JOACHIM F. KUCK

MÖRDERNEY

Der tote Wattführer

KRIMINALROMAN

Rowohlt Taschenbuch Verlag

2. Auflage März 2025
Veröffentlicht im Rowohlt Taschenbuch Verlag
Rowohlt Verlag GmbH, Kirchenallee 19, 20099 Hamburg

Originalausgabe
Zuerst veröffentlicht im Rowohlt Taschenbuch Verlag,
Hamburg, Februar 2025
Copyright © 2025 by Rowohlt Verlag GmbH
Redaktion Martha Wilhelm
Die Nutzung unserer Werke für Text- und Data-Mining
im Sinne von § 44b UrhG behalten wir uns explizit vor.
Covergestaltung bürosüd, München
Coverabbildung www.buerosued.de
Satz aus der Untitled Serif
bei Pinkuin Satz und Datentechnik, Berlin
Druck und Bindung CPI books GmbH, Leck
ISBN 978-3-499-01511-3

Kontaktadresse nach EU-Produktsicherheitsverordnung:
produktsicherheit@rowohlt.de

Für meine Kinder
und meine Frau.
Für meine Eltern
und meine Brüder
und meine Schwester.
Für unsere Liebsten.

Bojen allesamt,
in ewig stürmischer See.

PROLOG

Als der älteste Bewohner der Insel starb, wurde der jüngste geboren. Fast zeitgleich schrien sie auf, der Greis mit dem Siegelring und das Baby, das ein Feuermal am Hals trug. Blut tropfte hier wie da, im winzigen Krankenhaus, das nicht einmal einen Kreißsaal hatte, und weit oben auf der Düne, wo die Klinge erst in die Brust, dann in den Hals des alten Mannes getrieben wurde. Die dritte Nacht im Januar war es. Neujahrsfrost. Beißender Nordseewind. Ihr Skalpell hatte die Ärztin für den Kaiserschnitt gebraucht, anders als die Gestalt, die in den Schatten des Aussichtspunktes gewartet hatte, um den ältesten Wattführer des Eilands mit einem von Rost und Dreck überzogenen Fleischermesser zu ermorden. Und während die Mutter zusah, wie ihr Junge gewogen und gemessen und gewaschen wurde, sank der uralte Mann auf die Bank, von der aus man das erste Grau des anbrechenden Tages über dem Meer erblickte. Was seiner Kehle an Atem noch entwich, klang rasselnd. Einhundertundzwei Jahre hatte er auf seiner Insel verbracht, um jetzt, als die Gestalt ihn mit einer giftig-bleiernen Flüssigkeit übergoss, die Augen zu schließen. Er spürte den Schmerz nicht mehr, so wie er das Streichholz nicht hörte, das in der Finsternis hinter ihm angezündet wurde. Der Mann mit dem Siegelring zuckte nur, als er in Flammen aufging und einer menschlichen Fackel gleich die ganze Aussichtsdüne orangerot beleuchtete.

Plötzlich, während das Feuer ihn fraß und seine Haut verschmorte, tat er etwas gänzlich Seltsames.

Er verzog sein Gesicht.

Zu einem Lächeln.

* * *

TILLA

Tilla Flock spürte eine Kälte in ihren Knochen, die nicht vom Wetter kam. Die rote Winterjacke ihrer Schwester hielt den Wind ab, ebenso wie die Stiefel und die Handschuhe. Salz und Sturm mochten Tillas Haar strähnig machen, mehr aber auch nicht. Diese Kälte, dieses eisig ungute Gefühl, kam aus der Tiefe.

Tilla hatte noch nie eine Leiche gesehen.

Sicher, viel konnte von dem alten Josef Monningen nicht mehr übrig sein. Hoch oben auf der Georgshöhe war er verbrannt und mit ihm der Zaun und ein Teil der Düne. Aber als Tilla jetzt an die Absperrung herantrat, die den steilen Aufstieg zu Monningens Fundort von der Promenade trennte, wusste sie nicht, ob sie ohnmächtig werden würde, wenn sie den Leichnam aus der Nähe sah. Er rauchte längst nicht mehr, immerhin, aber mit jeder Windwallung stank es nach Fleisch und Feuer, und Tilla war klar, dass –

«Nichts riecht nach Feuer und Fleisch, was kein Feuer und Fleisch ist», murmelte sie.

«Was?», fragte der junge Polizist vom Festland, der die Stufen nach oben bewachte. Tilla kannte ihn nicht.

«Nichts», antwortete sie. «Kann ich rauf?»

«Wer sind Sie?»

«Zeitung.»

«Nee. Geh mal weg hier», sagte der Polizist und zog seine Kappe tiefer. Anfang Januar. Eisregen. Tilla seufzte.

«Ich hab eine Verbindung zu dem Fall. Eine intime.»

«Aha.»

«Die Bank, die mit Monningen verbrannt ist. Auf der bin ich gezeugt worden.»

«Guter Einstieg für die Trauerrede», antwortete der Polizist, als sein Funkgerät rauschte. Er drehte sich weg.

Tilla machte einen Schritt zurück. Natürlich konnte sie versuchen, den Berg hochzuklettern, vielleicht an der Rückseite, die erdig war und durchzogen von Dünengras. Aber nicht nur am Fuß der Hügelkette standen Polizisten. Oben, auf dem Kamm, sah Tilla ein Trio von Beamten bei Josef Monningens Überresten, kaum mehr als Silhouetten vor den grauen Wolken des Morgens. Keiner hatte gehört, als Tilla von unten gerufen hatte, wenn auch gedämpft genug, um die Illusion von Pietät zu wahren. Oder man hatte sie gehört, aber nicht beachtet. Beides konnte sich Tilla vorstellen.

«Heya», zischte sie einer Gruppe von Jungen zu. Mit BMX-Rädern lungerten sie unweit der Fluttore herum, die das Wintermeer von der Stadt fernhalten sollten. Tilla wusste nicht, was sie sagen wollte, aber noch ehe sie einen Plan schmieden konnte, hatte sie einen Geldschein hervorgezogen, den sie jetzt den Jungen entgegenhielt. Manchmal tat sie Dinge, die sie erst später verstand. Wenn überhaupt.

«Fünf Euro», sagte sie, «wenn ihr den Cop ablenkt.»

«Cop? Was bist du denn für eine?»

«Polizist. Cop. Meine Güte. Seid ihr Deutschlehrer?»

«Zehn Euro», sagte ein Junge mit pechschwarzen Haaren, wild und wütend geföhnt. Tilla blickte ihn scharf an.

«Sechs. Aber ihr haltet den Polizisten auf. Damit ich Fotos vom Fundort machen kann.»

«Neun. Und wir kriegen die Bilder von der Leiche.»

«Freak. Sieben, ohne Bilder», sagte Tilla.

«Acht Euro.» Der Junge grinste so selbstsicher, dass Tilla ihm das Geld am liebsten ins Maul gestopft hätte. Stattdessen fluchte sie, während ihre gelben Stiefel in den Matsch auf der Rückseite der Dünen einsanken, kaum eine Minute nachdem sie der Gruppe den Mittelfinger gezeigt hatte und losgezogen war, um die Anhöhe direkt an der Strandpromenade heimlich zu erklimmen.

Manchmal tat sie Dinge, die sie erst später verstand.

So klamm war die Erde, so nass die Abhänge, dass Tilla Flock sich wie bei einer vertikalen Wattwanderung fühlte. Bald kletterte sie weniger, als dass sie vielmehr aufwärts stolperte. Längst war die Jacke ihrer Schwester dreckig genug, um für ein heftiges Streitgespräch in der Zukunft zu sorgen. Tilla ging die Argumente durch, die sie anführen würde, aber in keinem Szenario kam sie gegen die kühle Strenge einer Ariane Flock an. Tilla wischte sich über die feuchte Stirn.

«Ernsthaft?», bellte plötzlich eine Männerstimme von oben, und erst jetzt bemerkte Tilla, dass drei Männer vom Tatort aus auf sie herabstarrten. Einer der Teenager stand neben ihnen, ganz offensichtlich stolz darauf, Tilla Flock verpfiffen zu haben. Heimlich zeigte er ihr den Mittelfinger.

«Verpiss dich», zischte Tilla ihn von der Seite an, als sie den Dünengipfel erreicht hatte. Sie keuchte. Ihre Nase lief. So voller Schlamm waren ihre Stiefel, dass sie ihr jetzt doppelt schwer erschienen. Ein älterer Polizist mit wettergegerbter Haut schüttelte fassungslos den Kopf.

«Was soll das werden?», fragte er.

«Hier ... herrscht immer noch ... Pressefreiheit.»

«Was hat jetzt Pressefreiheit mit irgendwas zu tun?»

«Stimmt es, was die Wache sagt, Paps? Dass unser Josef tot ist? Dann muss ich berichten. Die Leute wollen Infos.»

«Meine Güte, Tilla, der Mann ist noch ...»

«Noch nicht kalt? Darf ich das zitieren?»

«Das alles», grollte Enno Flock, «ist für mich schon schwierig genug. Würdest du bitte dein Drama ein bisschen zurückfahren? Nur heute?»

«Da liegt ein Haufen Asche. Woher wisst ihr, dass das Monningen ist?», antwortete Tilla, als hätte sie ihren Vater nicht gehört. Längst blickte sie an ihm vorbei. Die Form eines Menschen war auf den Resten der verkohlten Bank zu erkennen, schwarz und starrverkrampft im Tod. Identifizieren konnte sie die Person nicht.

«Sein Ring», antwortete Helge Weingärtner, ein viel jüngerer Polizist, dessen rostrote Locken an eine Perücke erinnerten. Einen dünnen Flaumbart ließ er sich wachsen, zumindest versuchte er das, aber die Haare gingen farblich im fleckigen Rot seiner Gesichtshaut unter. Er fror sichtlich.

«Ah. Familiensiegel», sagte Tilla. Weingärtner nickte.

«Muss noch dunkel gewesen sein, als er herkam. Hat sich mit Benzin übergossen und angezündet. Melodramatisch.»

«Selbstmord? Josef Monningen? Ihr verarscht mich.»

«Die Leute reden von Problemen mit der Kneipe», raunte Enno Flock. «Aber du musst jetzt wirklich gehen, Tilla.»

Am Fahnenmast flatterte das blau-weiße Wappen der Insel. Tilla blickte die lange, steile Treppe hinunter.

«Worin hat Josef das Benzin mitgebracht?», fragte sie.

«Hier», rief der dritte Mann. Er war so füllig, dass er kaum das Gleichgewicht wahren konnte, als er sich über den nicht zerstörten Rest des Zauns beugte. Tatsächlich lag ein gelber Kanister am Fuß der Düne, wo die Promenade weiter zu den Strandcafés führte. Jetzt beugten sich auch Weingärtner, Tilla und ihr Vater über den sturmverwitterten Holzbalken.

«Das ist Bullshit», sagte Tilla. Ihr Vater schnaubte.

«Erleuchte mich. Warum ist das, äh, Bullshit?»

«Die Kneipe. Hast du irgendwas von offenen Rechnungen gehört? Von Kündigungen? Das wäre Tagesgespräch! Niemand geht hier heimlich pleite. Hat ein Insulaner mal gesagt.»

«Wer?»

«Du. Bei Mamas Laden.»

Keine Antwort von Tillas Vater. Möwen schrien.

«Außerdem war der Josef nicht mehr beim Skat in der Teestube. Seit Monaten. Willst du wissen, warum?»

«Macht es einen Unterschied, wenn ich Nein sage?»

«Er kann die Karten nicht mehr hochnehmen. Rheuma.»

«Der Mann ist ja auch hundertdrei Jahre alt.»

«Hundertzwei», sagte Tilla. «Und jetzt soll er mit Gelenken über dem Verfallsdatum einen Benzinkanister hochwuchten? Voll genug, die halbe Georgshöhe bei Regen abzufackeln? Klar.»

Es dauerte einen Moment, bis Enno Flock die Worte seiner Tochter verarbeitet hatte, und einen weiteren, bis er akzeptieren konnte, dass sie recht hatte. Er richtete sich auf und mit ihm zwei Polizisten und eine dreckverkrustete Journalistin in der grellroten Jacke ihrer Schwester. Sie alle drehten sich um und starrten den Leichnam an. Flocken von Asche wurden ins Dünengras geweht, grauschwarz an grün.

«Ermordet», sagte Tilla. «Josef. Wurde. Ermordet.»

«Kein Wort zu irgendjemandem», fauchte ihr Vater. «Du hast Nachrichtensperre.»

«Du kannst mir keine Nachrichtensperre verpassen.»

«Dann hast du Hausarrest.»

«Ich bin fünfunddreißig, Papa!»

«Benimm dich zur Abwechslung so!», rief Enno Flock, bevor er seiner Tochter ganz nah kam. «Tilla. Kannst du dir vorstellen, was hier los sein wird? Bei so was kommt das LKA auf die Insel. Forensiker. Reporter. Von echten Zeitungen!»

«Echte Zeitungen. Danke. Wertvolles Feedback.»

«Ich brauche Ruhe in diesem Chaos. Ordnung. Struktur. Wenn du wieder Fragen stellst, die keiner hören will, machst du mein Leben noch schwerer als ohnehin schon!»

Tilla atmete tief durch. Sie blickte hinab auf das Gelb, das durch den Nordseeschlamm auf ihren Gummistiefeln hervorblitzte, und dann auf die tiefbraunen Winterschuhe ihres Vaters, die er schon vor Jahrzehnten getragen hatte.

«Ich sitze also in der Redaktion. Und mache nix.»

«Nur für einen Tag.»

«Ein Tag ist eine Ewigkeit!»

«Tilla», sagte Enno Flock, «du stehst morgens auf, wann immer du willst, und dann tust du, was immer du willst, und abends gehst du schlafen, wann immer du willst. Glaubst du wirklich, dass ein einziger Tag in deinem Lebensentwurf einen Unterschied macht?»

Tilla wandte sich ab, bevor ihr Vater sehen konnte, wie sehr seine Worte sie getroffen hatten. Sie zwang sich zu einem Nicken, bevor sie die Hände tief in die Taschen ihrer Jacke – *nee, Arianes Jacke, denn du hast es noch nicht mal geschafft, dir eine eigene Winterjacke zu kaufen* – steckte und auf Monningen hinabblickte. Noch immer lag der Kadaver schwarz verkohlt da, beide Arme grotesk abgeknickt und die Beine verzerrt, als würde er versuchen, davonzulaufen. Die Mundhöhle war ein Loch aus Asche. Die Augen leer.

Tilla schluckte.

Nein, vom Wind kam die Kälte in Tilla Flocks Knochen nicht. Sie kam von der Trauer um einen alten Bekannten, vom Ekel über seinen entstellten Körper und von der Wut auf seinen Mörder. Am ehesten aber kam die Kälte von der Scham, denn Tilla wusste, dass ihr Vater recht hatte. Sie war keine Journalistin und keine Ermittlerin. Eigentlich war sie überhaupt nichts. Sie wohnte bei ihren Eltern, sie hatte weder Freund noch Kinder, und tatsächlich machte es fast keinen Unterschied, ob sie morgens zur Arbeit erschien oder im Bett blieb. Fast alles war egal im Leben von Tilla Flock, und niemand auf der Welt würde ausgerechnet ihr zutrauen, die Verbrennung von Josef Monningen aufzuklären.

Niemand.

* * *

HARK

Hark Herforth musste kotzen.

Zumindest glaubte er das. Es war nicht neu für ihn, dieser Krampf im Magen und das Gefühl von Fremdkörpern in der Kehle. Aber auch wenn er den Drang, sich zu übergeben, oft genug unterdrücken konnte, schaffte Hark es ausgerechnet jetzt und hier nicht. Ohne Rücksicht auf die Reifen zog er seinen Wagen auf den Standstreifen und bremste, um die Tür aufzustoßen und sich keuchend nach draußen zu beugen.

Und zu warten.

Autos rauschten an ihm vorbei.

Nichts kam.

Hark zerrte sich zurück in seinen Sitz. Erst fühlte er seinen Puls, der zu schnell war, dann legte er den bleichen Handrücken auf die ebenso bleiche Stirn, um die Temperatur seines Körpers zu schätzen. Zuletzt streckte er den Kopf und rieb mit den Fingern abwärts am Hals entlang, immer wieder, vom Haar bis zum schneeweißen Priesterkragen, der ihm viel zu eng erschien. Doch Hark spürte keine Knoten, die Siechtum und Tod bedeuten würden. Seine Augen im Rückspiegel waren müde, aber ohne geplatzte Adern. Sein Rücken schmerzte, ebenso wie sein geblähter Bauch, aber nicht mehr als sonst. Immerhin. Pater Hark Herforth musste sterben, das glaubte er, wusste er, und es war nur eine Frage der Zeit, bis man die Krankheit fand, die ihn richten würde. Aber heute, jetzt und hier, lebte er noch, und er fuhr dem Meer entgegen.

Den Wellen. Dem Wind.

«Arschloch», sagte Hark mit einem Blick gen Himmel.

Keine Antwort.

Hark startete den Wagen. Er atmete durch, bevor er zurück auf die Autobahn fuhr. Schnee auf den Scheiben.

Als er die ersten Windräder passierte, die vom Inland bis zur Küste die Autobahn säumten, merkte Hark, dass sich sein Herz beruhigte. Später würde er seinen Puls noch einmal messen, um die Werte ordentlich im schwarzen Notizbuch zu notieren. Zum siebten Mal. Allein an diesem Tag.

«Raus», hatte sein Nachbar zu ihm gesagt, «hau schon ab», obwohl Hark am liebsten zu Hause geblieben wäre. Immer blieb er zu Hause, weil er es hasste, Unruhe in die gequälte Eintönigkeit seines Lebens zu bringen. Aber sein Nachbar hatte ihn gedrängt, bis Hark die Reisetasche gegriffen hatte und zum Auto gehumpelt war, wenn auch fluchend.

«Entspann dich, Hark. Auch Inseln haben Ärzte.»

«Fantastisch. Badeärzte. Wenn ich mich unterkühle.»

«Samstag bis Samstag. Du wirst es überleben.»

«Dein Wort in – in seinem Ohr», hatte Hark entgegnet, bevor er eingestiegen war. Seine linke Hand hatte sich kälter angefühlt als die rechte. Ein plötzliches Kribbeln im Fuß. *Infarkt*, hatte Hark Herforth gedacht, *auf der Autobahn vielleicht, dann ist die ganze Sache ohnehin vorbei.*

Es war kein Infarkt gekommen.

Hark trat das Gaspedal durch. Die Straße war leer, nicht so leer wie in seiner Kindheit, aber frei genug, um den schwächlichen Motor des Kombis auszureizen. Zwei Stunden trennten Hark von der Fähre, die ihn über das Meer bringen würde, wie damals. Hark hatte die Insel seit Jahrzehnten nicht gesehen, genauso wenig wie die Nordsee oder überhaupt etwas, das hinter den Grenzen seiner Stadt lag. Tatsächlich sah er nur seine Wohnung und seine Kirche und viel zu selten die Geschäfte, die dazwischenlagen.

Schmeckte sein Speichel sauer?

«Fahren Sie», hörte Hark die Worte seines Dekans im Kirchenschiff widerhallen, in dem sie vor ein paar Tagen gesessen hatten. «Eine Woche Urlaub wird Ihnen guttun.»

«Aber die Gemeinde, die braucht mich doch.»

«Ich sage Ihnen etwas», hatte der Dekan geantwortet. Älter war er als Hark, größer und wuchtiger, und er wirkte selbst sitzend, als könne ihm nichts etwas anhaben. Keine Krise. Kein Zweifel. Keine Krankheit. Hark hatte sich klein neben ihm gefühlt, ganz fehl am Platz, wie ein Schüler, der in der Bank zu nah an seinen Lehrer gerutscht war.

«Die Gemeinde braucht nicht Sie, sondern irgendeinen Mann mittleren Alters, der lesen kann und ein bisschen lauter singt als der Rest der Truppe. Nicht besser. Lauter.»

«Das ... das validiert meine Position nicht wirklich.»

«Ich bin nicht derjenige, der Ihre Position validiert, Hark», hatte der Dekan geantwortet.

«Wer dann?»

«Was glauben Sie?»

Herforth hatte kurz zum Altar geblickt, als wäre die Antwort offensichtlich, aber sein Dekan hatte nur geseufzt.

«Sie selbst, Mann. Und um ehrlich zu sein, momentan validieren Sie wenig. Wo ist Ihr Esprit? Ihre Lebensfreude?»

Keine Antwort. Ein Husten, irgendwo in der Kirche.

«Die Kirche», hatte der Dekan mit gesenkter Stimme gesagt, «wir operieren nicht am offenen Herzen, wissen Sie? Ich verlange nicht viel. Lächeln Sie ein bisschen mehr.»

Ein Zittern war in Harks Fingern aufgestiegen. Unruhe in den Muskeln. Der Dekan hatte auf Hark herabgeblickt.

«Machen Sie Urlaub. Essen Sie. Feiern Sie, und um Gottes willen, Herforth, legen Sie sich in die Sonne.»

Tiefgrau hingen die Wolkentürme über der Tankstelle.

Der Regen war stärker geworden, jetzt gerade, als Hark das Auto unnötigerweise volltankte. Gereicht hätte der Sprit noch bis zur Fähre und zurück, aber Herforth musste pinkeln, fast stündlich, auch wenn er nicht musste. Er zahlte, ohne sich einen Kaffee zu holen, weil er niemals Kaffee trank und selten etwas anderes als Wasser. Seine Kopfhaut juckte.

Noch eine Stunde.

Im Tunnel unter der Ems staute sich der Verkehr.

Vergeblich hoffte Hark darauf, dass der Wechsel von der Dunkelheit ins Tageslicht ihn berühren würde. Dass die Ausfahrt aus dem Untergrund ein spirituelles Ereignis wäre, profund genug, um seine Seele für die Reise ans Meer zu öffnen. Stattdessen schmerzten seine Augen, und Lichtflecken flimmerten, was Hark im Geiste die Symptome für Gehirntumore rezitieren ließ. Viele waren es nicht, die ihm einfielen, weil er sich selten konzentrieren konnte, wenn er etwas las.

Er beließ es bei den Lichtflecken und Kopfschmerzen, nicht ohne sich selbst daran zu erinnern, dass er fast immer Kopfschmerzen hatte und ständig Blitze vor den Augen sah.

Ja, Hark Herforth würde sterben.

Bald.

Vielleicht.

Runter von der Autobahn, auf die Landstraße.

Das Radio blieb stumm. Zu launisch war Hark für Musik. Wenn er etwas gefunden hatte, das er gern hörte, dann war sein Geist schon weitergezogen, als wäre er eine Karawane, für die keine Oase gut genug war. Hark konzentrierte sich lieber auf sich selbst, auf jedes Geräusch seines Magens, auf das herzrhythmische Rauschen in den Ohren, das stärker wurde, je länger Hark Herforth darüber nachdachte. Es war nie weg, dieses Rauschen, sondern begleitete ihn auf jeder Fahrt, bei jedem Schritt, vor allem aber in den quälenden Stunden, bis Hark es nachts schaffte, in den Schlaf zu finden. Ewig lag er dann wach, und der Gedankensturm tobte, kreiste nur um das baldige Ende und die Krankheit, die ihm vorausgehen würde, und um alles, was Hark in seinem Leben nicht gesehen und erlebt –

Die Hupe des entgegenkommenden Wagens ließ Hark das Lenkrad hektisch herumreißen. Er hatte seine Spur verlassen. Unbemerkt, wie so oft, wenn sich alles nur noch um seinen Körper drehte, der sich zu alt anfühlte, um den nächsten Jahren zu trotzen oder auch nur den nächsten sieben Tagen.

Einatmen. Ausatmen. Reiß dich zusammen.

Auch nachdem die Landstraße ihn endlich zur Küste und auf die Autofähre gebracht hatte, lag die Sorge noch immer wie ein nasskalter Umhang auf Harks Schultern. Der Mittagshimmel mochte sich über der Insel öffnen, und Hark mochte am Bug des Schiffes wie ein standfester Priester mit flatterndem Mantel wirken, ein Mann des Glaubens, dessen Leben so erfüllt war, wie sein Tod es sein würde. Aber nichts konnte Pater Herforth die Angst nehmen. Sie blieb bei ihm, als der Hafen in Sicht kam, und sie blieb bei ihm, als er durch die Straßen fuhr, durch die er seit dreißig Jahren nicht gefahren war. Sie umgab ihn, als er hinter der Pension parkte und an der Rezeption für sein Zimmer unterschrieb, immer fürchtend, dass seine Unterschrift anders aussehen würde als sonst. Die Mitarbeiter würden auf Harks Ausweis starren, und dann würden sie über ihn tuscheln, ihn, diese abnorme Attrappe eines Menschen.

Hark schnappte nach Luft.

«Sie bleiben bis Samstag?», fragte die erstaunlich junge Rezeptionistin, ganz und gar herzlich und ohne Ironie in der Stimme. So schmächtig wirkte sie hinter dem Tresen, so blass und verloren mit ihren schmalen Schultern, dass Hark zu ihr hinabblicken musste wie zu einem Kind. Das Hotel war dunkel, aber kuschelig. Cremefarbene Kissen auf den Sesseln, die im verglasten Vorbau des Hauses standen. Holzknarzende Treppen unter Teppich. Strohblumen. Kunstdrucke.

«Ja», sagte Hark schwach, «Samstag bis Samstag.»

«Darf ich Ihnen das Zimmer zeigen?»

«Ich war schon mal hier, ganz früher», antwortete Hark, obwohl er sicher war, dass er durch die Gänge irren würde, um dann erbärmlich an der Rezeption um Hilfe zu betteln. Aber Hark fand sein Zimmer, und der Schlüssel passte, und noch bevor das Gepäck verstaut und die Tür zum Balkon mit Blick auf das Meer geöffnet worden war, hatte Hark mit schwerem Atem das Wasser in der Dusche aufgedreht. Er riss sich seine Kleidung und seinen Priesterkragen vom Leib, um den viel zu heißen Strahl auf seiner Haut zu fühlen und sich an den Fliesen hinabgleiten zu lassen. Farben sah er nicht mehr. Stattdessen war seine Welt schwarz. So lag Hark Herforth da, überwältigt und beinahe betäubt von echten und eingebildeten Schmerzen, im Augenblick und noch für die ganze Stunde, die jetzt folgen sollte.

Ich kann das nicht mehr, dachte Hark.

Ich kann das nicht mehr.

* * *

Tilla Flocks Insel fühlte sich leer an.

Totenstill.

Jetzt, in den ersten Januartagen, gab es kaum Gäste. Viele Geschäfte waren geschlossen, die meisten Pensionen boten keine Herberge, und wenn nicht gerade Handwerker vom Festland die Ferienwohnungen mieteten, dann lagen ganze Straßenzüge wie verwaist da. Es mochte gebaut und renoviert werden, aber man sah die Arbeiter und Helfer weder an den schneeverwehten Stränden noch in den wenigen Cafés, die zumindest für ein paar Stunden am Tag geöffnet hatten. Als Tilla mit ihrem Fahrrad einsam über die Promenade fuhr, den Blick auf das aufgewühlte Meer gerichtet, konnte sie sich beim besten Willen nicht vorstellen, dass hier in ein paar Monaten kein Durchkommen sein würde, so dicht an dicht würden sich die Touristen aneinanderdrücken.

Tilla bog ab, in Richtung Stadt.

Ihre Hände waren eiskalt und rot.

Kein Spaziergänger wanderte durch den kahlen Laubwald, der Küste und Ortskern voneinander trennte. Kein Hund rannte über die Wiese, auf der seit Jahren ein Hotel hätte stehen sollen. Rollläden verschlossen Fenster. Morsche

Holzgitter versperrten Strandkörbe, die unter Vordächern standen. Es kreuzte kein Auto, als Tilla über die Inselstraßen fuhr, und selbst in der Fußgängerzone musste sie nicht bremsen. Erst, als der blassgelbe Altbau mit der übergroßen roten Haustür und der Balkon, der von klassischen Säulen getragen war, in Sicht kamen, ließ Tilla ihr Rad ausrollen. Sie schloss es nicht ab. Wie Gerippe wirkten die Bäume vor dem Gebäude.

«Morgen», sagte Tilla Flock, als sie die Redaktion betrat.

Man konnte den Raum kaum Redaktion nennen. Ein Büro war es, gerade groß genug für drei Personen. Zeitungen hingen gerahmt an den Wänden. Nein, keine Zeitungen, eher selbst kopierte Blätter in Zeitungsoptik, kaum größer als der Rabattprospekt vom Supermarkt. Zwei Tische waren besetzt. Ein kleinerer in der Ecke nicht.

«Bist spät», antwortete eine drahtige Frau, ohne von ihrem Computerbildschirm aufzublicken. Sie besetzte den größten Arbeitsplatz, wobei sie mit der Lehne ihres Stuhls beinahe an die Lehne des Mannes stieß, der an seinem Tisch ausgeschnittene Werbeanzeigen und Texte, Grußkarten und Fotos auf großen weißen Blättern anordnete. Der Mann trug Kopfhörer, aber ob er Musik hörte und ob das der Grund war, aus dem er sie nicht grüßte, wusste Tilla nicht.

«Ich war an der Georgshöhe», antwortete Tilla, während sie ihre Jacke auszog, «bei Josef. Also – dem Rest von ihm.»

«Ist das nicht meine Jacke?»

«Meine ist in der Reinigung.»

«Warum holst du sie nicht ab?»

«Weil», sagte Tilla mit einem leisen Stöhnen, «ich sie vergessen hatte. Und das ist inzwischen so lange her, dass es viel zu peinlich wäre, sie noch abzuholen. Jetzt hängt sie doof da.»

«Und dann klaust du einfach meine.»

«Josef Monningen hat sich nicht umgebracht, Arri. Das war Mord», gab Tilla ihrer jüngeren Schwester zurück. Jetzt musste Ariane Flock blinzeln, und auch der Mann mit den Kopfhörern hielt inne, wenngleich er sich nicht umdrehte. Mitten beim Papierschneiden ließ er seine Schere stillstehen.

«Mord?», fragte Thomas Manschott.

«Mord.»

«Woher willst du das wissen?»

«Der Benzinkanister. Das Feuer war so groß, der muss randvoll gewesen sein. Niemals hat Josef den getragen.»

«Warum sollte der auch freiwillig abtreten?», fragte Ariane. «Besser als ein Monningen lebt hier niemand.»

«Die Kneipe soll pleite sein. Angeblich.»

«Die ist doch niemals pleite.»

«Papa ist noch oben. Hab ich ihm auch gesagt.»

«Da stehen die Investoren Schlange, um das Haus zu Ferienwohnungen zu machen. Wenn die Kneipe pleitegeht, wischt sich Monningen die Tränen mit Geldscheinen ab.»

«Geht nicht», sagte Thomas. «Das Papier saugt nicht.»

Ariane Flock dachte kurz nach. Dann seufzte sie und zuckte mit den Schultern. Sie trug eine randlose Brille, die sie strenger erscheinen ließ, und wie immer hatte Tilla keine Ahnung, wie die makellose Frisur ihrer Schwester auf dem Weg vom Haus zur Redaktion dem Wind hatte trotzen können. Ihr eigenes Haar blieb selbst frisch gewaschen borstig.

«Warum ermordet man einen ehrenamtlichen Wattführer?», fragte sie, während sie sich auf Arianes Tisch setzte.

«Das wird die Polizei rausfinden», antwortete Ariane.

«Wir müssen mit Josefs Ehefrau reden.»

«Nein, die Polizei muss mit Josefs Ehefrau reden.»

«Oder wir befragen seine Kinder. Wester und Dortje.»

«Nein, die Polizei befragt seine Kinder.»

«Dann untersuchen wir seine Kneipe. In der Siedlung.»

«Du willst in die Siedlung? Bei allem, was du da abgezogen hast? Die lynchen dich. An der Bushaltestelle.»

«Würden wir die Hinrichtung zu den Veranstaltungstipps packen?», fragte Thomas, während er eine Kontaktanzeige auf das Blatt tackerte und die Klammern grob mit Deckweiß übermalte. Tilla knüllte Papier zusammen und warf es nach ihm.

«Echt jetzt», sagte sie zu ihrer Schwester, «ein Mord auf der Insel. Brutal. Bizarr. Das muss dich doch beschäftigen!»

«Nicht sonderlich.»

«Eine Verbrennung, mit Aussicht auf die Windräder am Horizont. Da müssen wir ran! Du, Thomas und ich. Die letzte Bastion des investigativen Journalismus an der Nordsee.»

«Bin raus», sagte Thomas.

«Dann eben du und ich, Arri. Das ist unsere Pflicht.»

Ariane verzog keine Miene. Stattdessen drehte sie den Monitor in Tillas Richtung, und Tilla musste kaum hinsehen, um die Listen zu erkennen. Die Tabellen. Die Rechnungen.

«Was publizieren wir?», fragte Ariane. Tilla stöhnte.

«Den Küstengruß.»

«Nein. Wir publizieren den hyperlokalen Ableger eines regionalen Anzeigenblattes, das der deutschen Zeitung eines europäischen Konzerns gehört, hinter dem internationale Geldgeber stehen. Und wovon leben lokale Anzeigen-blätter?»

«Ariane –»

«Wovon leben wir?», fragte Ariane, und es war klar, dass sie Tilla nicht vom Haken lassen würde.

«Wir leben davon, dass Touristen die Anzeigen über den Berichten lesen und in Läden gehen, die Umsatz generieren und dann neue Anzeigen schalten. Das weiß ich doch alles.»

«Glaubst du, irgendein Grillrestaurant will seine Werbung neben Berichten über verbrannte Wattführer sehen?»

«Assoziatives Marketing. Ist hip.»

Mit scharfem Blick legte Ariane den Kopf schief und wartete.

«Nein», antwortete Tilla Flock leise.

«Ich hab dich einmal ausrasten lassen, das hat mich fast die Zeitung gekostet. Wir sind kein Kriminalmagazin. Wir lösen keine Fälle. Je kleiner die Zeitung, desto größer die Nähe. Der Küstengruß ist nicht die letzte Bastion von irgendwas, sondern ein Gruß. Von der Küste.»

«Wir covern Spatenstiche, keine Messerstiche», fügte Thomas hinzu, bevor er aufstand. Summend heftete er eine große Doppelseite mit sorgfältig platzierten Berichten und Bildern an die Wand, wie er es heute noch drei Mal machen würde. Einen Computer hatte er nicht. Nur Papierbögen und Scheren und viel zu viele Klebestifte.

«Was hat Papa dir gesagt, Tilly?», fragte Ariane ihre Schwester. Jetzt klang ihre Stimme sanft.

«Dass ich die Füße stillhalten soll ...»

«Du kannst kein Enthüllungsstück über einen großen, bösen Mord auf einer kleinen, lieben Insel schreiben.»

«Also? Was mach ich stattdessen?»

«Wir brauchen neue Fotos von der Abbruchkante. Hinter dem Oststrand, beim FKK. Ist größer geworden beim Sturm.»

«Aber ich bin gerade erst gekommen», sagte Tilla.

«Dann solltest du los, bevor es zu gemütlich wird.»

Tilla atmete durch, wohlwissend, dass es keinen Sinn ergab, mit ihrer Schwester zu streiten. Sie griff Arianes rote Jacke, die sie eben erst aufgehängt hatte, nahm einen Kamerarucksack aus dem Regal und stapfte zur Tür.

«Und kauf dir Winterzeugs», hörte sie Ariane rufen, aber da war sie schon wieder draußen, in der Kälte, die jetzt noch schärfer schnitt im Vergleich zur heizungswarmen Redaktion. Nach Kaffee hatte es gerochen, und nach frisch verlegtem Teppich, und nicht zum ersten Mal spürte Tilla Flock, wie sehr sie sich nach einem echten Arbeitsplatz sehnte, der keine milde Gabe ihrer kleinen Schwester war, und einer eigenen Bleibe, nicht unter dem Dach ihrer Eltern.

* * *

Hark hatte geschlafen.

Er schlief oft, auch am Tage, als würde die Flucht in den Schlaf ihm Ruhe verschaffen vor der Angst um den eigenen Körper. Manchmal ließ er sich auf das Bett fallen, oder auf das Sofa, und während draußen die Wolken vorbeizogen und die Flugzeuge, stellte Hark sich ein anderes Leben vor, irgendwo am fernen Ende der Welt, und dämmerte ein.

Wenn er dann aufwachte, wie er eben aufgewacht war, hatte er manchmal das Glück, für ein paar Minuten nicht nachzudenken. Er existierte einfach. Zumindest bis ihn etwas daran erinnerte, wie zerfressen seine Organe sein mussten, wie infiziert sein Inneres und wie gewiss sein Schicksal. In diesen Momenten kamen die Schmerzen zurück.

Die Sorgen. Das Dunkle.

Als Herforth die Treppe des Hotels hinabstieg, fühlten sich seine Beine schwer an. Hark spürte die Schenkel, die aneinander rieben. Den Druck in seiner Brust, die vom Hemd eingezwängt war. Hark war nicht dick, aber er fühlte sich schwammig, mit zu vielen Rollen, Dellen und einstmals kantigen Wangen, die heute weich und rund waren. Wenn man ihm Fotos seiner Predigten zeigte, Bilder von Taufen und Trauerfeiern, starrte er durch das Papier hindurch. Er lächelte dann, als würde er sich selbst betrachten und zufrieden mit sich sein, obwohl er sich nicht betrachtete und nicht zufrieden war.

Niemals.

Die junge Rezeptionistin mit hilflos hochgestecktem Haar grüßte höflich. Hark grüßte ungelenk zurück, nur um beinahe gegen die Tür zu laufen. Draußen traf ihn der eisige Wind. Hark knöpfte seinen Mantel zu. Er hasste Kälte, weil Kälte sich nach Schüttelfrost anfühlte und nach Unwohlsein.

Als Hark auf die ziegelrot gepflasterte Straße trat, klirrten Seile an den Fahnenmasten gegen Metall. Ein Geräusch, das heute noch so klang wie früher, fand Hark. Er schluckte am Kloß in seinem Hals vorbei. Was auch immer in seiner Kehle stecken mochte, es verschwand nicht. Es war da, immer, einfach so, und während Hark gegen den tief sitzenden Widerstand würgte, erinnerte er sich an die Tage, an denen er noch nicht hatte über jeden Atemzug nachdenken müssen.

An der Küstenlinie wehte der Wind stärker.

Die Krankheit in seinem Kopf war wie ein tollwütiges Raubtier, dachte Hark manchmal, ein Raubtier, das wieder und wieder die Zäune seines Geheges austestete. Irgendwo gab es immer einen wunden Punkt. Irgendetwas stach oder schmerzte oder drückte, als würde Hark kurz vor der Enthüllung seines großen Finales stehen. Doch die Enthüllung kam nicht. Nichts kam. Hark Herforth war zu krank, um gesund zu sein, und doch zu gesund, um krank zu sein.

«Das ist albern», hatte sein Arzt einmal gesagt.

«Was ist daran albern?»

«Man ist krank, oder man ist es nicht.»

«Ich bin krank», hatte Hark geantwortet.

«Sind Sie nicht.»

«Aber wenn ich was fühle, dann muss auch was da sein.»

«Zu viele Menschen haben echte Krankheiten», hatte der alte Mediziner mit seiner gurgelnd klingenden Stimme gesagt, «da brauche ich nicht auch noch eingebildete.»

Hark wusste nicht, warum er gerade jetzt an seinen Hausarzt dachte. Seit Jahren war der Mann tot, qualvoll gestorben an einem echten, widerlichen Krebs. Als hätte er Hark zeigen wollen, wie man es richtig macht.

Hark schlug seinen Kragen hoch. Er hatte die Promenade erreicht, ohne es zu merken, und war ostwärts gegangen, ohne ostwärts gehen zu wollen. Jetzt lag die winterliche See links von ihm und die Anhöhe, von der aus er früher über die Stadt geblickt hatte, rechts von ihm. Sie war abgesperrt, warum auch immer, und selbst ein Polizeiwagen stand vor der Treppe, die auf die Düne führte. Hark kümmerte sich nicht darum. Er wollte weiter. Zum Sandstrand seiner Kindheit.

In der Ferne lief eine einsame Person am Wasser.

Ein roter Fleck in nebelweißer Januarstimmung.

Als Hark vom Steinboden auf den Sand trat, lächelte er. Erst jetzt fiel ihm auf, dass er seit Jahrzehnten nichts Sandiges unter den Füßen gespürt hatte. Der Gedanke kam ihm beinahe absurd vor, aber je mehr Hark versuchte, ihn zu widerlegen, desto weiter musste er zurückreisen in seinen Erinnerungen, bis er wieder ein Junge war und sonnengebräunt über ebenjenen Sommerstrand rannte, den er jetzt frierend vor sich sah. Und obwohl ihn die Eiseskälte zittern ließ, zog Hark seine Schuhe und seine Socken aus, damit seine Füße in den klammen Boden einsanken.

«Huh», entfuhr es ihm ein wenig zu laut, gerade dann, als eine Läuferin ihn überholte. Sie lächelte ihn von der Seite aus an, als könne sie das Hochgefühl verstehen, aber Hark glaubte fest daran, dass sie sich über ihn lustig machte.

Bald war sie nichts mehr als ein Schemen.

Hark wanderte ohne Ziel. Erst im tiefen Sand, dann immer näher am Wasser, bis endlich die Gischt seine Füße benetzte und Wellen seine hochgekrempelte Hose durchnässten. Die Fluten trafen seine Haut wie Nadelstiche, aber Hark konnte durchatmen und denken, denn sein Kopf konzentrierte sich auf etwas anderes als die Endlichkeit seines Lebens. Er richtete seine Aufmerksamkeit auf das Meer und die Kälte, und als sich Herforth das nächste Mal umsah, war nichts vor ihm und nichts hinter ihm als Strand.

«Huh», sagte er noch einmal.

Hark wusste, dass hinter den Dünen ein Restaurant liegen musste. Geschlossen, ganz sicherlich, und ewig weit entfernt, denn die Dünen konnte man von der Brandungszone aus nicht einmal erahnen. Kaum etwas konnte Hark erahnen, bis er eine Stunde gelaufen war und sich vor ihm der Sand zu einer scharf gebrochenen Abhangskante erhob. Wenn Hark sich am Wasser hielt, dann würde der Hügelkamm wie eine Wand über ihm aufragen, drohend und schroff und von unbekannter Länge. Würde Hark jedoch die sandige Anhöhe erklimmen, dann könnte er sich hoch oben auf die Kante setzen und die Füße baumeln lassen. Hark war sicher, dass hier im Frühling Hunderte Kinder in die Tiefe sprangen und rutschten und jauchzend herunterrollten. Jetzt lag der Berg menschenleer und massiv im Nebel.

Hark kletterte.

Ein Fehler.

Der Aufstieg im trägen Sand fiel ihm schwer. Schon nach den ersten Schritten wusste Hark, dass er sich überschätzt hatte. Er verabscheute das Gefühl des wild wütend klopfenden Herzens in seiner Brust, und als er sich in den Dreck fallen ließ und robbte, statt zu klettern, war die Leichtigkeit der Wanderung längst der aufwallenden Panik gewichen. Jetzt war der Wind nicht mehr frisch, sondern brutal, und Harks Haut prickelte nicht mehr, sondern brannte. Als er endlich den Kamm des Hügels erklommen hatte, sank er in sich zusammen, elend und geschwächt und ohne jeden Plan für eine Rückkehr.

Hark blickte auf seine Hände.

Adern. Schwielen. Risse.

Alles wurde plötzlich ganz klein. Alles war plötzlich ganz eng. Todesangst entfaltete sich in Hark Herforth wie eine Blüte im Zeitraffer, sein Atem wurde schneller, und noch ehe das Pochen in seinen Ohren zu einem Hämmern geworden war, fühlte Hark die Taubheit. Da war nur noch ein schrilles Piepen. Wieder blickte Hark zum Himmel, aber auch diesen stummen Fluch beantwortete niemand.

Nur Schmerz. Nur Hass.

Das Meer, dachte Hark.

So tief.

Sein Verstand hatte Mühe, aufzuholen, als Hark sich nach vorn drückte und den Abhang hinunterstolperte. Er lief vorwärts, erst langsam, dann entschlossener, immer dem Wasser entgegen. Vielleicht war er schneller, als er gedacht hatte, oder das Meer hatte sich ihm genähert, um ihn zu umarmen, aber als Hark seine Knöchel noch im ersten Schaum wähnte, spürte er die Brandung schon an den Knien, und als er noch von einer Sandbank unter den Füßen überzeugt war, ging ihm das Wasser schon beinahe bis zum Bauch. Er war bereit, ohne zu verstehen, dass er bereit war. Alles schien jetzt ganz logisch. Gleich würde die See ihn verschlingen, was gut und richtig war und keinesfalls gegen die Ordnung der Dinge verstieß, denn bald würde Hark Herforth ohnehin sterben. Als er keuchend tiefer watete und die Wellen eisig gegen seine Brust schlugen, da war es ihm, als würde er eine Frauenstimme hören –

«Hey!» Da brüllte tatsächlich eine Frau, und dann noch einmal und noch einmal. «Hey! Mann!»

Hark blieb stehen.

Mit einem Schlag war es, als hätte jemand nach einer Party das Licht angeschaltet. Frostkalt schnitt das Wasser in seine Haut. Getier an Harks Beinen. Algen dazwischen. Salz in den Augen.

«Hey», brüllte die Frau, näher jetzt, weil sie ins Meer gerannt war. Erst war sie gefallen und dann wieder aufgestanden.

Hark konnte sich kaum aufrecht halten im Sog der Fluten, aber er wuchtete sich durch die reißenden Wassermassen der Frau entgegen, sosehr ihn die Ebbe auch nach draußen aufs offene Meer ziehen wollte. Einen Moment später hätte die See gewonnen. Einen Moment später hätte sie den Boden unter Hark Herforth verschwinden lassen, sodass er in die Schwärze gesunken wäre, aber jetzt, endlich, spürte er Fingerspitzen unter seinen.

«Hand», keuchte die Frau, «festhalten.»

«Kann … nicht mehr.»

«Lass nicht los. Oder wir gehen beide unter.»

Wie sie es zurück zum Strand schafften, wusste Hark nicht. Aber er fand sich im Freien wieder, abseits der Brandung, wo er gemeinsam mit der fremden Frau im Sand zusammenbrach. Er zitterte zu sehr, um zu sprechen. Die Frau schien gefasster, vielleicht war sie ein Kind der Insel, bestimmt voller Adrenalin. Aber auch ihre Stimme brach, als sie ein ramponiertes Handy aus dem Rucksack zog, um Hilfe zu rufen.

Hark legte sich auf den Rücken.

Die Frau legte sich neben ihn. Drückte sich an ihn.

Und deckte sich selbst und ihn zu.

Mit einer leuchtend roten Winterjacke.

* * *

SAMSTAG

Tilla Flock und Hark Herforth hatten sich einander nicht vorgestellt. Irgendwann musste man irgendwie den Namen des anderen erfahren haben, im Rettungswagen vielleicht, oder beim Badearzt, der beiden nichts als eine harmlose Unterkühlung attestierte. Während ihre Kleider auf der Heizung der Praxis trockneten, erzählte Hark, dass er zu tief ins kalte Wasser gegangen und dann gestolpert sei. Der Fehler eines leichtsinnigen Touristen vom Festland. Man lachte, eingehüllt in Decken, aber der Arzt sah Hark von der Seite an, so wie Tilla ihn später von der Seite ansah, als sie gemeinsam vor Harks Hotel standen. Klamm waren ihre Hosen noch immer, genauso wie ihre Schuhe. Hark zitterte in seinem Mantel. Tilla zog die Nase hoch.

«Gestolpert», sagte sie. «Im Flachen.»

«Ja.»

«Und dann ins Tiefe gefallen. Wie von selbst.»

«Der Boden war abschüssig. Sehr. Abschüssig.»

«Hast du Kaffee auf dem Zimmer?», fragte Tilla, als eine Windböe aufkam. «Mir ist kalt.»

«Ich», setzte Hark an, «ich habe nicht aufgeräumt.»

«Meine Eltern wohnen am Ende der Insel. Und mein Rad steht an der Promenade. Ein Kaffee. Dann verschwinde ich.»

«Okay», konnte Hark nur murmeln. Er spürte, wie sich sein Bauch verkrampfte. Unter dem neugierigen Seitenblick der Rezeptionistin führte er Tilla die Hoteltreppe hoch. Der

Zimmerschlüssel klemmte, bis Hark die Tür aufdrückte. Tilla betrat den Raum. Kein Kleidungsstück lag herum. Kein Stuhl stand schräg. Die Bettdecke war glatt gestrichen. Tilla schien beeindruckt.

«Wie soll man nur in diesem Chaos leben?», nuschelte sie. Hark schloss die Tür, ohne zu wissen, was jetzt zu tun war.

«Holy shit», rief Tilla plötzlich. Hark zuckte zusammen.

«Was?»

«Ich habe einem Pfarrer das Leben gerettet?»

Tilla hatte Harks Priesterkragen an der Garderobe entdeckt. Nur das. Kein Kreuz. Keine Bibel. Kein Gebetsbuch.

«Gute Beobachtungsgabe», sagte Hark kleinlaut.

«Was bitte macht ein Pfarrer am FKK-Strand?»

Hark antwortete nicht sofort. Stattdessen füllte er den Wasserkocher, der viel zu wenig für zwei Tassen zu fassen schien. Alles in diesem Zimmer fühlte sich an, als wäre es für einsame Menschen wie ihn gemacht. Das Bett. Das Bad. Selbst der Balkon war gerade mal groß genug für eine Person. Hark verstand noch nicht, wie jemand einfach so in sein absurdes, enges, angstvolles Leben eindringen konnte.

«Ich bin im Urlaub», sagte er. «Samstag bis Samstag.»

«Niemand macht hier um diese Zeit Urlaub. Es gibt kalte Zeiten, und es gibt nasse Zeiten, aber wenn man in den nassen, kalten Zeiten reist, hat man was falsch gemacht.»

«Ich mag Hitze nicht», sagte Hark und nahm einen Kaffeebecher und eine Teetasse, die einzigen ihrer Art. Es stimmte: Hitze mochte er genauso wenig wie Kälte. Es gab kaum etwas, was Hark an seiner Umgebung wirklich schätzte. Für ihn war alles grau und gleichförmig, wie eine Herzlinie auf dem Monitor, die keinen Ausschlag mehr zeigte.

Hark verdrängte den Gedanken.

Tilla bemerkte von alldem nichts. Sie setzte sich auf den Boden, gegen die Heizung gelehnt. Hark hängte einen Beutel Schwarztee in seine Tasse. Er kippte Fertigkaffee in Tillas Becher und goss heißes Wasser darüber. Dampf waberte über furnierte Regale. Kandis. Kondensmilch. Ein Löffel, geteilt von beiden.

«Ist das nicht kontraproduktiv? Sich umzubringen, als Pfarrer?», fragte Tilla in die Stille hinein, und sie schien selbst überrascht, wie arglos sie den Satz herausbrachte.

«Ich wollte mich nicht umbringen», antwortete Hark.

«Du bist in die Nordsee gegangen. Im Wintermantel.»

«Sie hören nicht zu. Ich wollte mich nicht umbringen. Leute bringen sich um, wenn sie tot sein wollen. Ich will nicht tot sein.»

«Du musst nicht lügen. Ist okay. Ich urteile nicht.»

Hark runzelte die Stirn. Warum er sich Tilla öffnete, wusste er nicht. Schroff wirkte sie, ausgeflippt, und hätte man Hark gefragt, dann hätte er sie als letzte Person genannt, mit der er über die Traurigkeit und die Panik reden wollte, die seit Ewigkeiten in ihm steckten. Und doch ...

«Ich will nicht tot sein, aber leben will ich auch nicht mehr», sagte er, bevor er sich bremsen konnte.

«Den Satz sollte man im Kurhausworkshop auf Badetücher sticken», antwortete Tilla unbeeindruckt. Hark zog die Luft ein. Diese Frau schien keine Hemmungen zu haben. Keinen Filter. Kein bisschen Scham. Sie sprach aus, was sie dachte, bevor sie den Gedanken ausbremsen konnte. Für Hark Herforth war das unvorstellbar. Um jedes Wort rang er, wenn er mit Menschen redete, immer in Sorge, jemanden vor den Kopf zu stoßen oder etwas Dummes zu sagen oder eine Wahrheit auszusprechen, die man nicht zurücknehmen konnte.

«Sie leben hier?», fragte er, als er Tilla ein zweites Milchpäckchen gab. Sie nahm ein drittes. Ein viertes.

«Wir können Du sagen», antwortete sie.

«Du?»

«Ich hab dich aus dem Meer gezogen. Das verbindet.»

«Hark», war die zögerliche Antwort, «Hark Herforth.»

«Weiß ich doch. Tilla Flock.»

«Sehr angenehm.»

«Angenehm?» Tilla lachte. «Ich sollte dich meiner Mutter vorstellen. Ohne Priesterkragen. Ist sicherer. Mama ist nicht gut auf den alten Herrn zu sprechen.»

Hark nippte an seinem Tee und setzte sich auf das Sofa, gleich neben der Heizung, an die Tilla sich drückte. Seine Stimme war heiser.

«Ich habe nicht viel Kontakt zu ...»

«Mädels?», fragte Tilla.

«Menschen. Ich rede nicht viel.»

«Du bist Pfarrer. Pfarrer halten Predigten.»

«Da redet man ja nicht. Man liest vor.»

«Ich rede immer», sagte Tilla und rührte mit dem Löffel mehr Milch in ihren Kaffee ein. «Ich rede und rede, so lange, bis ich was sage, was mich selbst runtermacht.»

«Wie jetzt gerade?», fragte Hark sanft. Tilla schwieg. So nachdenklich wirkte sie, dass Hark etwas Mitfühlendes sagen wollte. Hastig spielte er im Kopf die Möglichkeiten durch, bis er die schlechteste Wahl traf, die er hätte treffen können.

«Zieh dich doch aus», entfuhr es ihm. Hark bereute es sofort und errötete. Er hatte nichts andeuten wollen, aber Tilla würde ihm sicher eine Ohrfeige geben und dann aus seinem Leben verschwinden.

«Danke», antwortete sie stattdessen völlig arglos, «aber die Heizung bollert und ich habe Kaffee. Brauchst du?»

Sie leckte den Kaffee von ihrem Löffel und hielt ihn Hark hin, wieder eine gänzlich vertraute Geste. Irritiert griff Hark danach. Es kam ihm vor, als wäre sie seine Schwester, keine Wildfremde. Er rührte seinen Tee um, bis der Kandis klirrte. Draußen riefen Möwen.

«Ist schon komisch», sagte Tilla nach einer Weile.

«Was denn?»

«Du wolltest dich im Wasser umbringen. Und heute Nacht erst wurde ein Mann im Feuer umgebracht.»

«Im Feuer ... umgebracht?»

«Mit Benzin übergossen und angezündet», sagte Tilla so düster, dass Hark unwohl wurde. «Auf der Georgshöhe. Mord in absoluter Bestlage.»

«Ist nicht wahr. Da war ich eben.»

«Hundertzwei Jahre alt. Josef Monningen. So hieß er.»

Hark dachte an den Polizeiwagen, den er auf dem Weg zum Strand gesehen hatte, und die Absperrung. Er schauderte bei der Vorstellung, dass sein eigenes Fleisch brannte und sein Haar versengt wurde und seine Fingernägel –

«Warum?», fragte er schnell.

«Weiß keiner. Nette Familie. Seit Generationen auf der Insel. Haben eine Kneipe, einer von denen war Polizist, die Tochter ist Künstlerin. Niemand bringt hier auf unserer Insel irgendwen um. Schon gar nicht den alten Josef.»

Hark nahm einen Schluck Tee und sah nach draußen.

«Euer Auge soll kein Mitleid zeigen», sagte er leise, «gewährt keine Schonung. Alt und Jung, Mädchen, Kinder und Frauen sollt ihr erschlagen und umbringen.»

«Und ich dachte, du wärst kein Serienkiller.»

«Die Bibel. Ezechiel, Kapitel neun. Mord kannte noch nie eine Altersgrenze. Nicht nach unten, nicht nach oben.»

«Aber wieso ermordet jemand einen Mann, der ...»

«... sowieso mit einem Bein im Grab steht?»

«Jep.»

«Jeder steht mit einem Bein im Grab, wenn man die Zeitleiste lang genug zieht», sagte Hark, und Tilla sah ihn vom Boden aus an. Müde wirkte er, mit Furchen im Gesicht, die von Trauer und Sorge erzählten. Ringe unter den Augen.

«Der Mann hat Wattführungen für Kinder gemacht», sagte Tilla nach einer Weile. «Er war herzlich. Beliebt. Tiefgläubig. Gibt sogar eine Sitzbank mit seinem Namen.»

«Bei der Andacht singen in meiner Kirche verfeindete Nachbarn Seite an Seite. Die reichen sich sonntags die Hände als Zeichen des Friedens, um sich montags gegenseitig anzuzeigen.»

«Josef mochte nur einen Menschen auf der Insel nicht. Einen einzigen. Und das war wegen einer dämlichen Wette.»

«Es gibt immer Gründe, einander zu hassen», sagte Hark. «Und wenn es keine echten gibt, dann erfindet man welche. Setz dich einmal in meinen Beichtstuhl, dann ...»

«Ich im Beichtstuhl? Nicht die beste Idee, Pater.»

«... dann weißt du, dass jeder Feinde hat. Jeder.»

Tilla nickte nachdenklich. Sie blickte zu Harks weißem Priesterkragen, der noch immer an der Garderobe hing.

«Die Menschen erzählen dir viel, hm?», fragte sie.

«Nicht mir. Meiner Kutte. Und meinem Kragen.»

Beide schwiegen, lange sogar, doch während Hark in seine Tasse starrte, rumorte es in Tillas Kopf. Sie spürte, wie sie unruhig wurde. Wie sich eine Idee bildete, so absurd sie auch sein mochte. Ein letztes Mal überlegte Tilla Flock, ein letztes Mal kicherte sie, für niemanden hörbar als sich selbst, bevor sie durchatmete und sich von der Heizung hochhievte.

«Hark Herforth», sagte sie, «du musst mit mir kommen.»

«Was? Warum?»

«Glaubst du an göttliche Vorsehung?»

«Vorsehung?», wiederholte Hark überrascht. «Nein!»

«Oh. Das macht die flammende Rede sinnlos, die ich halten wollte. Eigentlich wollte ich was vom Schicksal labern, das uns aus weltbewegenden Gründen zusammengeführt hat. Egal. Du musst mir helfen. Nimm deinen Priesterkragen, wir gehen!»

«Aber ich ... Was, wenn ich Dinge zu erledigen habe?»

«Du wolltest dich umbringen», sagte Tilla. «Was musst du denn erledigen? Deine Beerdigung verschieben?»

Tilla griff nach Arianes Jacke, die immer noch sandig war vom Strand, und öffnete die Tür. Sie blickte zu Hark.

«Komm mit mir», sagte sie ernst, «oder bleib hier. Aber wenn ich du wäre, würde ich nicht mit mir selbst allein bleiben wollen. Nicht heute. Nicht mit der See vor der Tür.»

Und schon war sie aus dem Zimmer verschwunden. Nur noch den düsteren Flur sah Hark, und dann, als er sich umblickte, die Tasche mit Medikamenten unter dem Tisch, mit seinem Blutdruckmesser und Fieberthermometer und Lanzetten für die Zuckertests, die er grundlos machte, immer in der Sorge, einen absurd hohen Wert abzulesen. Erst jetzt fiel Hark auf, dass er seit dem Vorfall am Strand kaum an seine Krankheiten gedacht hatte, nur wenig an seinen Körper und nicht an den Tod, der auf ihn wartete. Es war, als hätte Tilla Flock ein Fenster geöffnet, diese seltsame, übersprudelnde Frau. Nachdem Hark von seinen Arzneimitteln zum Flur und wieder zurück geblickt hatte, zum Flur, dann wieder zurück, stand er auf, griff seinen Kragen, den Mantel und trockene Schuhe und eilte Tilla hinterher, als würde sein Leben schon wieder von ihr abhängen.

* * *

«Journalistin?», rief Hark, während er versuchte, mit Tilla Schritt zu halten. «Welche Zeitung?»

«Küstengruß.»

«Äh?»

«Knallharte maritime Berichterstattung», sagte Tilla, um im gleichen Atemzug nach einem vorbeifahrenden Taxi zu pfeifen, als wäre sie in einer Großstadt. Der Wagen hupte und zog weiter. Tilla fluchte über die rauchende Fahrerin.

«Jetzt mal ernsthaft», keuchte Hark.

«Ich mache Fotos, für ein Werbeblatt», antwortete Tilla. «Wenn es auf der Insel Kaninchenzüchtervereine geben würde, würde ich Kaninchenzüchtervereine fotografieren. Aber es gibt keine. Also fotografiere ich was anderes. Meistens das Meer. Stürmisch. Ruhig. Ebbe. Flut. Nicht pulitzerverdächtig.»

«Huh.»

Tilla blickte auf ihr Handgelenk, nur um festzustellen,

dass sie keine Uhr trug und niemals eine getragen hatte. Dann sah sie sich um.

«Bushaltestelle», wisperte sie, vielleicht zu Hark, vielleicht zu sich selbst, vielleicht zum Wind, der langsam zum Sturm wurde. Mit resolutem Schritt stapfte sie in Richtung einer Kreuzung, die sonst bevölkert war von Spaziergängern und Fahrradfahrern und Lieferwagen. Jetzt lag sie still da.

«Ich hab keine Ahnung, was du vorhast», sagte Hark.

«Wir fahren zu Josef Monningens Witwe.»

«Zu seiner – was?»

«Du spendest Trost als Pfarrer. Ich versuche, eine Spur zu finden. Irgendwas, was uns im Fall weiterbringt.»

«Was für ein Fall? Wir haben doch gar keinen Fall!»

Tilla blieb stehen.

«Josef Monningen», rief sie, «verdient Gerechtigkeit. Hundertzwei Jahre lang rennt er in diesem verrückten Lebensmarathon, ohne dass er gefragt wurde, ob er überhaupt teilnehmen will. Und gerade, als er die Ziellinie sieht, kommt irgendjemand und ist so kaputt, so abgrundtief pervers, dass er Josef bei lebendigem Leib anzündet.»

«Ja», konnte Hark nur sagen.

«So was macht man nicht im Affekt. Das Ganze war ein Spektakel. Eiskalt inszeniert von einem Psychopathen, der sich vielleicht munter durch unseren Seniorenstift morden will. Macht dich das nicht wütend? Neugierig? Irgendwas?»

Hark dachte über diese Worte nach, während sie auf den Bus warteten, und er dachte immer noch darüber nach, als sie ohne einen einzelnen anderen Fahrgast auf den mittleren Sitzen saßen und erst die Stadt, dann die Ausläufer der Siedlung und bald die Dünen an sich vorbeiziehen sahen.

«Hirsche?», fragte Hark, als er in den Hügeln draußen eine Herde Damwild sah. Die Tiere blickten beim Motorgeräusch kaum auf.

«Hirsche», antwortete Tilla. «Ziehen über die ganze Insel. Gibt sogar einen Albino. Schneeweiß.»

«Ich habe früher am Wald gewohnt, ganz nah, und noch nie in meinem Leben einen echten Hirsch gesehen.»

«Das Schlechte an Inseln», sagte Tilla, «ist manchmal das Gute daran. Wir sind hier zusammengepfercht. Jeder kennt unser Wild. Gehört zur Familie. Wie überparfümierte Tanten.»

Der Bus fuhr weiter. Endlos dunkle Wolkenfelder.

«Warum?», fragte Tilla nach einer Weile.

«Warum was?»

«Warum bist du ins Wasser gegangen?»

«Oh.»

«Ich will dich nicht drängen», rief Tilla hastig. Hark zog unentschlossen die Schultern hoch. Möglicherweise, weil er selbst ratlos war, oder aber, weil all seine Muskeln verspannt waren, was für Hark ein Symptom bedeutete, das Konsequenzen haben würde. Immer fühlte er, wie ausgezehrt sein Körper war, geschwächt von Viren und Infekten, die das Kartenhaus seines Lebens bald zusammenfallen lassen würden.

«Ich habe Angst», antwortete Hark leise.

«Hat doch jeder.»

«Ich habe mehr Angst als jeder.»

Hark glaubte nicht, dass Tilla verstand, was er sagen wollte. Er rutschte tiefer in seinem Sitz. Draußen zog ein Campingplatz vorbei. Menschenleer wahrscheinlich.

«Ich habe Angst vor Krankheiten», sagte Hark nach einer Weile. «Vor Krankheiten und Leid und Schmerz und Tod.»

«Alles andere wäre unnormal», antwortete Tilla, doch Hark blickte nur auf seine Finger. Die Rillen in seinen Nägeln. Die Kuppen, die spröde waren, so oft kaute er auf ihnen herum und stach sie. Längst hatte sich Hornhaut gebildet.

«Kennst du Hunger?», fragte Hark. Tilla schnaubte.

«Jetzt gerade.»

«Ich kenne keinen Hunger. Nur den Schmerz im Bauch, wenn ich nichts gegessen habe. Aber obwohl ich weiß, dass es Hunger ist, kann es für meinen Kopf kein Hunger sein.»

«Was dann?»

«Irgendwas in meinen Eingeweiden, das gewachsen ist. Etwas, was ich ewig gespürt habe, aber jetzt bricht es endlich durch, damit mir ein Arzt mit traurigem Blick erklären kann, dass ich zu spät gekommen bin», sagte Hark. Ohne sie anzusehen, wusste er, dass Tilla verwirrt wirkte.

«Aber man hat immer irgendwie Hunger», sagte sie.

«Ja», antwortete Hark, «man hat immer Hunger.»

«Du kannst doch nicht immer Angst vor dem Tod haben.»

«Du hast keine Ahnung, was mein Kopf alles kann.»

«Das ...», setzte Tilla an.

«... macht keinen Sinn, ich weiß.» Draußen entdeckte Hark den Leuchtturm, auf den er als Kind gestiegen war. Scharf zeichnete er sich vor den Wolken ab, als wäre die Landschaft die Kulisse eines Theaterstückes und der Himmel nur gemalt.

«Nein. Das ist unfair, meine ich. Du bist ein Mann Gottes. Wenn man eine Sache von dir erwartet, dann sind das interne Infos von oben, dass der Tod etwas Wunderbares ist.»

«Ja. Und Schmerz nur eine Prüfung meines Glaubens.»

«Was. Für ein Haufen. Bullshit.»

Hark sah Tilla erstaunt an. Tilla hielt seinen Blick.

«Josef Monningen war so gläubig, der hat in Weihwasser gebadet», sagte sie. «Unerträglich positiv. Lachte immer. Ständig in der Kirche. Patenonkel der halben Insel. Aber was glaubst du, was er spürte, als das Feuer ihn auffraß?»

«Hitze?», fragte Hark unsicher.

«Angst. Dass alles eine Lüge ist. Dass da kein Himmel wartet, nicht mal ein schwarzes Nichts, sondern ein …»

«Golfplatz», sagte der Fahrer über die Lautsprecher. Es piepte, als Tilla auf den Halteknopf drückte.

«Was du fühlst, ist nicht falsch», sagte sie. «Falsch ist, den Tod zu etwas Schönem zu verklären, anstatt laut zu schreien, was für ein mieses, abgefucktes Konzept er ist.»

Der Bus hielt. Ventile zischten. Türen öffneten sich. Tilla war ausgestiegen, bevor Hark den Gedanken verarbeiten konnte, und er musste sich davon losreißen, um ihr zu folgen.

Der Weg, den sie gingen, führte weg von der Straße und vom Hotel, das dunkel war und verlassen. Röhrend fuhr der Bus davon. Hark fragte sich, ob er wiederkommen würde.

«Ist es weit?», rief er. «Zu den Monningens?»

«Nicht wirklich.»

«Ich komme vom Dorf. Wir sind mit dem Bus zur Schule gefahren, früher, fast eine halbe Stunde. Die ganze Fahrt führte an den Ländereien einer einzigen Familie vorbei.»

«Das Weideland gehört zu Helma Fohrmanns Pferdehof», rief Tilla von vorn, «aber die Dünen. Die Dünen gehören niemandem. Nur dem Meer.»

Hark wusste nicht, ob Tilla melodramatisch hatte sein

wollen oder ob sie es ernst meinte. Beides schien möglich bei ihr, so unvorhersehbar wechselte sie zwischen übersprudelndem Tatendrang und tiefer Melancholie, zwischen Bissigkeit und Mitgefühl. Ihre rote Jacke war der einzige grelle Farbfleck im Grau des später werdenden Nachmittags, und ihre Haare tanzten weniger im Wind, als dass sie sich gegen ihn aufzulehnen schienen. Tillas Stiefel waren praktisch, praktischer jedenfalls als Harks, der sich jetzt ärgerte, dass er sein feuchtes Wanderschuhwerk gegen trockene Turnschuhe ausgetauscht hatte. Sand knirschte zwischen seinen Zehen, während er Tilla Flock auf den Kamm der Anhöhe folgte, über die der Weg führte.

«Ach», stieß Hark aus, als er das Haus unter sich sah. Josef Monningen hatte unweit der Küste gelebt, die hinter Ketten von Hügeln lag, manche grasig, andere sandig. Das Haus war alt. Nicht groß. Über die Jahre verbaut. An jeder Wand standen Blumentöpfe. An allen Ecken hingen Laternen.

«Was hast du erwartet? Glas und Stahl und Edelholz?»

«Alles hier ist aus Glas und Stahl und Edelholz.»

Töne von Windspielen hallten ihnen entgegen. Bunt bemalte Zäune fassten das Grundstück eng ein, als hätte Monningen die Insel nicht belästigen wollen mit seiner Anwesenheit. Zwei Autos standen in der Einfahrt, zweckmäßig statt schön, weil niemand auf der Insel sich um den Wagen des Nachbarn scherte. Fahren durfte man ohnehin kaum, und so wunderte es Hark nicht, dass die Hollandräder, die er als Nächstes entdeckte, gepflegter wirkten als die Autos, neben denen sie parkten. Ein Schotterweg führte weg vom Haus, um auf die Straße zu treffen, an der Hark und Tilla ausgestiegen waren.

«Die Familie ist da», sagte Tilla. «Das rote Auto gehört Dortje. Ist die Tochter von Josef und Elisabeth.»

«Okay.»

«Dortje ist über siebzig. Spielt grandios Cello. Wirkt jünger als Wester, ihr Bruder. Sie war Buchhalterin, bevor sie in den Achtzigern Künstlerin wurde. Wester war Polizist.»

«Muss ich mir das etwa merken?»

«Dann gibt's die Enkelin und den Schwiegerenkelsohn.»

«Das ... Ist das ein echtes Wort?»

«Hanna ist Dortjes Tochter. Erkennst sie an den roten Wangen. Und an ihrem Mann. Der ist Rechtsanwalt.»

«Hm. Jeder macht Fehler.»

Tilla warf Hark einen Seitenblick zu.

«Wer von euch ohne Sünde ist ...», sagte sie.

«... der werfe den ersten Stein», antwortete Hark. «Am besten auf einen Anwalt.»

«Traumatisches Erlebnis?»

«Vier Semester Jura in Jena. Vor der Theologie.»

«Der Mann heißt Gero. Gero Freiherr von Steinbrink», wisperte Tilla, bevor sie auf das Haus zuhielt. Hark stöhnte.

«Gero Freiherr von Steinbrink? Dein Ernst? Was ist das, der böse Fabrikbesitzer aus einem Kinderhörspiel?»

Tilla sagte nichts. Wieder folgte Hark ihr, und jetzt, da sie sich dem Gelände näherten, spürte er Nervosität. Er wusste nicht, was Tilla von ihm erwartete. Wahrscheinlich würde sie reden, und er würde danebensitzen und höflich zuhören und vielleicht die Hand der alten Dame halten, die ihren Mann auf so grausame Weise verloren hatte.

«Du klingelst», raunte Tilla, «ich breche hinten ein.»

«Was?!»

«Gib mir Deckung für zwanzig Minuten.»

«Ich – ich dachte, wir wollten mit der Witwe reden?»

«Dokumente in der Hand sind besser als Worte im Ohr!»

Mit diesen Worten war Tilla verschwunden. Sie huschte zwischen den Autos entlang, als wäre ihre rote Jacke mit Tarnmustern versehen. Ehe Hark verstand, was geschah, fand er sich allein vor der Haustür vor. Sturmböen zogen in Wellen durch das Dünengras hinter dem Grundstück.

«Tilla?», zischte Hark. «Tilla!»

Keine Antwort. Keine Tilla. Hark rieb sich nervös den Nacken. Gleich würde er bei einer Frau klingeln, die er nicht einmal kannte, um Worte zu sagen, die niemand hören wollte. Hark dachte daran, Tilla etwas Unflätiges zuzurufen, jedes Mal, wenn er ihre Jacke aufblitzen sah – zuerst auf dem Weg zum Schuppen, von dort aus zum Kräuterbeet und von dort aus zum Garten. Gerade, als er sich die übelste Beleidigung zurechtgelegt hatte, öffnete sich die Haustür.

«Ja?», fragte eine Frau, in deren graues Haar sich Strähnen von Blond mischten. Ringe trug sie, und eine Kette mit Steinen in exotischen Farben. Hark schluckte irritiert.

«Ich hab gar nicht geklingelt», stammelte er, «oder habe ich geklingelt?»

«Was wollen Sie denn? Es passt gerade wirklich nicht.»

Wenn Hark schon müde aussah, dann wirkte die Frau, als würde sie gleich ohnmächtig werden vor Erschöpfung. Ihre Augen waren gerötet. Ihre Wangen bleich unter der Schminke. Zu entkräftet schien sie, zu leidend, um sich zu streiten, aber Hark spürte, dass er unerwünscht war.

«Wer ist das, Dortje?», hörte er eine schwache Stimme aus dem Haus. Die Frau mit den graublonden Strähnen machte Platz für eine viel, viel ältere Dame, ihrerseits gequält im Auftreten, mit milchigem Blick und schmerzgebeugtem Kreuz. Jeder Schritt schien ihr zu viel zu sein.

«Geh wieder rein, Mama», sagte Dortje, die Künstlerin, aber Elisabeth Monningen ließ den Blick an Hark herabgleiten. An seinem Priesterkragen blieb sie hängen.

«Wer sind Sie?», fragte sie.

«Hark Herforth», war die Antwort. «Ich bin Pfarrer, und ich soll – will Ihnen beistehen an diesem düsteren Tag.»

Zu viel Pathos, dachte Hark. Sekunden vergingen, die ihm wie Stunden vorkamen. Er stellte sich vor, wie Tilla hinter dem Haus nach einem offenen Fenster suchte, um dann von den Monningens ertappt zu werden. Und das nur, weil Hark versagt hatte. Weil er als Mensch nicht mit anderen Menschen reden konnte und als Pfarrer so von Gott verlassen war, so wankend in seinem Glauben, dass er nicht einmal der Witwe eines ermordeten Wattführers Trost spenden konnte, während seine bekloppte neue Bekannte in deren Haus einbrach.

«Herr Pfarrer», flüsterte da Josef Monningens Witwe mit einem Hauch von Demut, «bitte, kommen Sie doch rein.»

Hark stockte.

«Und ... und ich störe ganz sicher nicht?»

Die Witwe legte ihre kalte Hand auf Harks warme, und bevor er sich anders entscheiden konnte, hatte sie ihn hineingezogen in das Haus, in dem es nach Kamin roch, nach Wäsche und Küche und den urgroßelterlichen Erinnerungen aus zwei sehr, sehr langen Leben.

* * *

Tilla Flock fühlte sich, als wolle sie in den Louvre einbrechen. Sie schlich von Fenster zu Fenster, inspizierte die Räume von außen und zog weiter, um sich ein Bild zu verschaffen von den Familienmitgliedern, die Elisabeth Monningen besuchten. Man hielt sich nicht im Wohnzimmer auf, so viel war sicher, und auch nicht im Atelier, das in die Dünen guckte. Stattdessen saßen der Sohn der Witwe, ihre Enkelin und deren Mann, der Anwalt, im Esszimmer, in das jetzt von Dortje und Elisabeth Monningen auch ein überfordert wirkender Hark geführt wurde. Vielleicht hätte Tilla gejauchzt, wenn sie sich damit nicht verraten hätte. Hastig duckte sie sich, um ihren Rücken an die Hauswand zu pressen.

Hatte einer der Monningens einen Hund?

Tilla wusste es nicht. Weiter.

Sie schlich weiter, während Hark inmitten der trauernden Familie Platz nahm. Ein kleines Mädchen spielte im Hintergrund. Hark schüttelte Hände, die kaum zudrückten, so fassungslos waren die Monningens über den Tod ihres Ältesten, dessen Hausschuhe noch vor dem Sessel standen.

«Wie lange sind Sie auf der Insel, Pater?», fragte Dortje Monningen, die Tochter mit den kunstvoll geschminkten Augen einer Künstlerin, die sie in aller Trauer jung wirken ließen für ihr Alter. Hark glaubte nicht, dass er lügen konnte.

«Nur eine Woche», sagte er. «Samstag bis Samstag.»

«Sie helfen in unserer Kirche aus?», raunte ein streng gescheitelter Herr, der Monningens Sohn Wester sein musste.

«Nein», antwortete Hark wahrheitsgemäß, «ich bin nur hier, um Sie ... um Sie alle abzulenken.»

Ein Hauch von Dankbarkeit in den Gesichtern, gleich darauf wieder überschattet von dem Schmerz, der auch in der Stimme der alten Witwe Monningen lag, als sie sprach. Sie zog die Worte in die Länge und verschluckte die Silben.

«Mein Josef», sagte Elisabeth Monningen, «war niemals wütend. Nie laut. Hat ein gutes, redliches Leben geführt.»

Dortje Monningen und ihre rotbäckige Tochter Hanna nickten. Nur Hannas Ehemann, kaum älter als Hark, starrte ins Leere. Seine Haare waren wellig, seine Uhr teuer. *Der Anwalt,* dachte Hark. *Warum immer wellige Haare?*

«Er war nie untreu, mein Ehemann. Hat all seine Leute ordentlich behandelt. Wer, Herr Pfarrer, macht so etwas Grauenvolles? Wer würde einen Menschen einfach verbre...»

«Grommi, nicht», ging Hanna dazwischen. Sie griff die Hand ihrer Großmutter, die wiederum die Hand von Dortje nahm, und selbst Wester und der Anwalt hielten einander, bis sie einen Kreis bildeten. Hark fühlte sich fremd in dieser Familie. Unlauter in seinen Absichten. Seine Kehle wurde eng. Seine Wangen rot. Er räusperte sich.

«Wollen wir vielleicht beten? Das Wort Gottes.»

«Kackscheiße», zischte Tilla derweil draußen.

Tatsächlich hatte sie ein Fenster gefunden, das einen Spalt breit offen stand, doch ein Nagel im Rahmen war spitz genug gewesen, um Arianes Jacke am Ärmel aufzureißen. Tilla drückte das Fenster auf, um sich stöhnend über den Sims zu hieven, und polterte möglichst leise in den Raum. Es war die Waschküche, in der Tilla sich auf dem Kachelboden wiederfand, zwischen Körben mit gebügelter Kleidung. Hosen. Blusen. Hemden, die noch jetzt nach Josef Monningen rochen. Tilla schlich aus dem Raum und kreuzte durch den Flur, um dann vor der Treppe zu stehen, die steil und schmal zum Büro führte. Plötzlich sah sie Hark im fernen Esszimmer, und er sah sie.

«Amen», sagte er in die Runde, vielleicht ein wenig zu hastig. Niemand sonst hatte Tilla gesehen. Niemand sonst durfte sie hören, wenn sie die Holztreppe nach oben nahm, also wedelte Tilla mit den Händen, um Hark zu verstehen zu geben, dass er lauter reden sollte.

«Ihr Mann», bellte Hark die Witwe an, «war gläubig?»

Elisabeth Monningen zuckte zusammen, so kräftig sprach er. Tilla setzte ihren Fuß auf die erste knarzende Stufe.

«Sehr», war die umso leisere Antwort der Witwe, «mehr als ich, wenn ich ehrlich bin.»

«Unser Vater, er lebte für die Kirche», erzählte jetzt Wester Monningen. «Alles hat er für die Gemeinde gegeben.»

«Groppi sammelte für Bedürftige», sagte Hanna. «Und stellte Leute von der Straße und Durchreisende ein.»

Tilla hatte die nächsten Stufen geschafft, nur um jetzt auf ein knackendes Stück Diele zu treten. Impulsiv schlug Hark im Esszimmer mit der Faust auf den Tisch.

«Fotos! Wir sollten uns Fotos anschauen», rief er aus. Er schwitzte. Auch Tilla wurde es warm vor Aufregung, als sie den oberen Flur erreichte. Links lag das Badezimmer. Vor ihr der Raum, in dem Elisabeth Monningen genäht hatte, zumindest früher, und rechts –

«Das Büro», flüsterte Tilla. Schritt für Schritt kroch sie vorwärts, vorbei an Familienporträts aus guten Zeiten, als würde sie im Zeitraffer erleben, wie aus kleinen Kindern große wurden und aus jungen Eltern alte. Vorsichtig öffnete Tilla die Tür und atmete den Duft von staubigen Büchern und Aktenordnern ein. Halbdunkel war das Zimmer, das sie betrat, so düster, dass sie den uralten, hageren Mann nicht bemerkte, der zwischen zwei Regalen in einem Sessel döste.

«Wo ist er jetzt wohl, mein Josef?», fragte unten die Witwe Monningen und blätterte in einem Fotoalbum. Ihre rotbäckige Enkeltochter Hanna füllte Likör in Gläser.

«Großvater geht es jetzt besser, Grommi», sagte sie.

«Und woher weißt du das?»

«Weil er im Himmel ist. Likör, Pater?»

«Nicht im Dienst», sagte Hark. Elisabeth hob ihr Glas.

«Als heute Morgen der Polizist kam, da war das Erste, was er sagte, dass Josef verstorben ist. Das Zweite war, dass er vielleicht umgebracht wurde, und das Dritte war, dass er im Feuer starb. Und dann hatte sein Kollege die Dreistigkeit, mir etwas von Gnade zu erzählen, und dass Gott schon wissen würde, warum die Dinge sind, wie sie sind.»

Mit Tränen in den Augen kippte sie ihren Likör.

«Wie kann so etwas gnädig sein?»

Hark atmete durch. Er sah die Bilder an, auf denen Josef Monningen kraftstrotzend Steine schleppte, um ein Haus zu bauen, und dann Szenen seines erfüllten Lebens auf der Insel. Zitate waren auf die Fotos geschrieben. Anekdoten darunter. Daten daneben, bei manchen. Elisabeth sah Hark an.

«Pater?»

«Ich glaube», sagte Hark, den Blick noch immer auf das Album gerichtet, «ich glaube, dass es falsch ist, den Tod zu etwas Schönem zu verklären. Seien wir doch ehrlich. Der Tod ist brutal, selbst wenn er friedlich ist. Er ist das Rätsel, das Milliarden von Menschen gelöst haben, aber sie können uns nicht davon erzählen. Nicht die Angst davor nehmen.

Ich schäme mich nicht, wenn ich laut rausschreie, dass ich den Tod für ein, Verzeihung, mieses, abgefucktes Konzept halte.»

«Amen», sagte Wester Monningen leise. «Amen, Pater.»

«Verrückt, richtig? Ich bin Pfarrer. Wenn man eine Sache von mir erwartet, eine einzige Antwort, dann die Gewissheit, dass wir am Ende Frieden finden. Erlösung.»

Hark erhob sich. Alle Augen waren auf ihn gerichtet.

«Ich habe diese Gewissheit nicht. Niemand hat sie. Wir können nur ahnen, wo Ihr Mann ist, und beten, dass er Ruhe findet. Gott lässt uns Achterbahn im Dunkeln fahren.»

Hark nahm das Fotoalbum vom Tisch, zeigte es in die Runde und blätterte durch die Seiten, während er sprach.

«Aber vielleicht», sagte er, «würde es uns allen guttun, das Leben zu zelebrieren. Nicht das, was danach kommt oder nicht kommt. Vielleicht sollten wir daran denken, wie erfüllt Josefs Jahre waren, als Ehemann, als Vater und als Bürger dieser Insel, anstatt Gott, diesem gütigen Despoten, das zu geben, was er einfordert. Demut. Reue. Todesangst!»

Stirnrunzeln in der Runde, während ein Stockwerk über Hark und den Monningens Tilla ganz und gar nicht sanft die Schubladen des Schreibtisches durchwühlte und dann einen Aktenschrank öffnete. Ein Wust von Briefen kam ihr entgegen, von Rechnungen, allesamt unsortiert. Tilla las, während hinter ihr unbemerkt der alte Mann in seinem Sessel die Augen öffnete, und sie las noch immer, als er sich zitternd hochdrückte und einen Schritt in ihre Richtung machte.

«... Adeline?», wisperte er beinahe lautlos.

«Lassen wir das Böse nicht siegen», sagte Hark unten. «Feiern wir Ihren Mann, Ihren Vater und Ihren Großvater und Urgroßvater und – Schwiegergroßvater. In stillem Gedenken.»

Tillas spitzer Schrei schallte durch das Haus.

Chaos brach aus. Als Erstes sprang Wester Monningen auf, ganz der Polizist, der er einst gewesen war. Dann eilten der Anwalt und seine Frau Hanna zu ihrem Mädchen, das vor Schreck in Tränen ausbrach. Elisabeth Monningen blickte mit aufgerissenen Augen zur Decke und griff die Hände ihrer Tochter Dortje. Hark stand inmitten all dieser Menschen und stammelte. Sein Herz hämmerte, in diesem Moment und später, als er auf dem Rücksitz eines geparkten Polizeiwagens saß, neben Tilla Flock, die ihren Kopf an die Fensterscheibe gelehnt hatte. Das Haus der Monningens lag im Nebel des Nachmittags. Tillas Vater stand in voller Uniform davor und diskutierte mit dem Anwalt, die Hände beschwichtigend erhoben, während Dortje Monningen ihre Mutter hielt und Wester Flüche ausstieß, die Tilla im Auto nicht hörte.

«Wer hätte ahnen können», fragte sie leise, «dass die Josefs senilen Bruder Bertram oben im Büro parken? Ich glaube, der hat mich für seine tote Mutter gehalten. Sei ehrlich. Sehe ich wie eine tote Mutter aus?»

«Du hast mir nicht erzählt, dass dein Vater Polizist ist», sagte Hark.

«Mein Vater ist übrigens Polizist.»

«Ich komme mir vor, als wäre ich fünfzehn. Und high.»

«Willkommen in meiner Welt», entfuhr es Tilla. «Ich wohne bei meinen Eltern. In meinem alten Kinderzimmer. Wenn ich erst nachts nach Hause komme, werde ich morgens verhört.»

«Hast du wenigstens irgendwas gefunden?»

«Nichts. Zu wenig Zeit.»

«Im Film wäre das der Moment», sagte Hark, «in dem du ein Foto aus der Tasche ziehst, das den Fall weiterbringt.»

Tilla sah Hark an.

«Aber wir haben gar keinen Fall. Deine Worte.»

«Irgendwas», raunte Hark, «haben wir vielleicht doch.»

Einen Augenblick lang wusste Tilla nicht, worauf Hark hinauswollte. Dann griff er in die Tasche seines Mantels und zog etwas heraus. Ein Foto war es, aus dem Album der Monningens, mit handgeschriebenen Worten darauf. Tillas Augen wurden groß.

«Nicht dein Ernst, Pater Herforth», hauchte sie. «Du hast Beweismaterial gestohlen?»

«Ich denke, wir sollten ein bisschen tiefer graben ...»

Das Bild, das Tilla und Hark anstarrten, zeigte einen jüngeren Josef Monningen auf der Georgshöhe, auf der Bank, auf der er Jahrzehnte später verbrennen würde. Sein Gesicht lag im goldenen Licht der Abendsonne, aber es wirkte nicht friedlich, sondern hart und unnahbar. Ungewöhnlich stechend waren die Augen, die in die Kamera starrten. Tilla hatte ein seltsames Gefühl im Magen. Sie wusste, dass es Hark nicht anders ging.

«Lies, was da steht», sagte Hark.

«Die Georgshöhe», las Tilla vorsichtig vor, um dann bei den letzten Worten aufzublicken. «Vielleicht findet hier im Tode Erlösung, wer sie im Leben nicht finden durfte.»

«Hmmm», sagte Hark.

«Hmmm», sagte auch Tilla.

Beide schauten aus dem Fenster, zum Haus, wo der Clan

der Monningens noch immer mit Tillas Vater stritt. Sand wehte gegen den Polizeiwagen und über die Wege, die zu den Dünen führten und von dort aus zum Strand und zuletzt zum Wasser, das so eisig und tief und endlos schien.

* * *

«Ein Pfarrer!», brach es aus Tillas Vater hervor.

«Ein Pfarrer», bestätigte sie. Ihr Vater grollte.

«Alles hätte ich erwartet, aber nicht, dass du mit einem Pfarrer bei einer frisch gebackenen Witwe einbrichst.»

«Frisch gebacken? Wortwahl, Paps. Schon wieder!»

Tilla musste ein Grinsen unterdrücken, auch wenn ihr Vater wütend war, und selbst Hark verkrampfte sich, um die Mundwinkel nicht zu verziehen. Düster werdende Landstriche zogen an ihnen vorbei. Noch immer saß Hark im Polizeiwagen wie ein Verbrecher, und wie einen Verbrecher starrte ihn Enno Flock im Rückspiegel an, während sie zur Stadt fuhren.

«Will ich wissen, woher Sie meine Tochter kennen?»

«Vom FKK-Strand», sagte Tilla. Hark stieß sie mit dem Ellenbogen an.

«Und dort verabredet man sich zu einem Einbruch?»

«Hark ist nicht eingebrochen. Ich bin eingebrochen.»

«Ausgerechnet unsere Monningens!», zischte Enno Flock. «Weißt du, wie viele Gefallen ich denen jetzt schulde?»

«Einen?»

«Die zeigen euch nur nicht an, weil Wester Polizist war. Gebettelt hab ich. Wie ein Hund. Ein Hund, Tilla! Hatte ich dich nicht um Rücksicht gebeten?»

«Du hast nicht darum gebeten», gab Tilla zurück.

«Sondern?»

«Du hast einen Befehl gegeben, Papa. Du hast mich nicht gebeten, sondern mir einen – einen Platzverweis erteilt. Als wäre deine Tochter irgendein Tourist, der besoffen Fahrräder ins Hafenbecken schmeißt.»

«Besoffene Touristen sind zumindest besoffen!», rief Tillas Vater. «Du bist nüchtern. Du bist doch nüchtern?»

«Viel zu nüchtern», sagte Tilla. Sie seufzte.

Hark sah die ersten Bäume, die das Dünenmeer vom Rand der Ortschaft trennten. Wenn es hier Gaststätten gab, dann lagen sie noch im Winterschlaf. Nur ein Supermarkt hatte geöffnet, oder das, was als Supermarkt galt in dieser Wohngegend, die ewig weit entfernt wirkte vom Herzen der Stadt, auch wenn sie eigentlich ganz nah war. Aber Hark erinnerte sich daran, wie still diese Straßen in den Sommern seiner Kindheit gewesen waren. Nach Pinien hatte es gerochen. Ein Lächeln.

Winzig war der Markt. Leer. Schon wieder außer Sicht.

«Ich will Sie nicht mehr sehen», sagte Enno Flock zu Hark, als der Polizeiwagen wenig später hielt. Flock ließ den Motor laufen und sah aus dem geöffneten Fenster zu, wie Tilla und Hark ausstiegen.

«Samstag bis Samstag», rief Hark. «Dann bin ich weg.»

«Wissen Sie, Pater, bei uns neigen Unruhestifter und Polizisten dazu, sich immer wieder über den Weg zu laufen. Ich würde es bevorzugen, wenn das bei uns beiden nicht passiert.»

Enno Flock warf Hark einen strengen Blick zu.

«Wir hatten einen Mord. Einen grausamen Mord. Erweisen wir dieser guten, leidenden Familie Respekt, indem wir alle versuchen, uns wie Menschen zu verhalten.»

«Jawohl, Herr Wachtmeister», sagte Tilla. Ein letztes Kopfschütteln ihres Vaters, dann fuhr Enno Flock davon und ließ seine Tochter und Hark vor dem Denkmal aus schwerem Stein zurück, auf dem eine ebenso steinerne Möwe ihre Flügel ausbreitete. Tilla und Hark sahen dem Wagen hinterher.

«Hat dein Vater gerade gesagt, dass diese Stadt nicht groß genug ist für uns zwei?», fragte Hark.

«Er guckt im Fernsehen nur Western und Werbung.»

«Das ist gruselig. Ich auch.»

«Super. Eines Tages tauscht ihr euch noch über Heißluftfritteusen aus. Oder Geräte, mit denen man Gemüse in Streifen schneidet.»

Hark schmunzelte, auch wenn er das Ziehen in der Seite spürte, das ihn in dieser Nacht wach halten würde. Die Euphorie des Nachmittags mit Tilla wich der Einsamkeit des Abends, und Hark ahnte schon jetzt, dass er seine Nacht grübelnd verbringen würde, ängstlich und mit pochenden Schläfen.

«Wie geht's weiter?», fragte er, während sich die Gedanken über seine Schultern legten wie eine kalte Decke.

«Auf dem Foto steht was von Erlösung», sagte Tilla. «Morgen nehme ich mir Monningens Kirche vor. Du gehst zu seiner Kneipe. Vielleicht haben die Mitarbeiter was bemerkt in den letzten Tagen.»

«Du zur Kirche und ich zur Kneipe?», fragte Hark. «Wäre es andersrum nicht logischer?»

«Nee.»

«Aber ...»

«Du brauchst die Kneipe dringender als die Kirche, und ich die Kirche dringender als die Kneipe», antwortete Tilla Flock. «Gib mir deine Nummer.»

«Ich ... ich hab kein Handy», sagte Hark kleinlaut.

«Du hast kein Handy?»

«War irgendwann leer. Konnte mich nicht aufraffen, es zu laden.»

«Wie lange ist das her?»

«Ein halbes Jahr.»

Tilla wollte auflachen. Doch dann erinnerte sie sich an Arianes Jacke, die sie nur trug, weil ihre eigene seit Ewigkeiten in der Reinigung hing. Sie lächelte, als sie Hark gegen den Arm boxte, zögernd und ein bisschen ungeschickt.

«Du bist ein seltsamer Mann, Hark Herforth», sagte sie. Hark sah zu Boden.

«Ich weiß», sagte er leise.

«Hey. Seltsam ist gut.»

«Ist es?»

«Alles andere wäre langweilig, oder?», rief Tilla und ging mit wehenden Haaren über die Straße. «Ich hole dich morgen früh ab.»

«Wann?»

«Wann auch immer!»

Hark antwortete nicht mehr. Er spürte bereits, wie ohne seine ungewöhnliche neue Freundin die Kälte in ihm hochkroch, und er wusste, dass sein Kopf die Waffen nicht länger niederlegte, sondern seinen Körper zum Duell herausforderte, als wäre Hark Herforth selbst sein größter Feind.

* * *

SONNTAG

*E*in Auto fuhr im Morgengrauen.

Schotter unter den abgefahrenen Reifen. Dreck am Kennzeichen, das ausländisch wirkte, wenn man es aus der Ferne sah. Aber niemand war um diese Zeit auf der Straße, um es zu sehen. Das Auto hatte seine besten Zeiten hinter sich.

Musik spielte im Inneren.

Es war ein sanftes Lied, auf Französisch gesungen von einer ebenso sanften Frauenstimme. Irgendwie passte es zu dem Auto, denn das Lied schien alt zu sein, aus Zeiten zu stammen, in denen Lieder noch von Gitarren begleitet wurden und nach Fernweh klangen, und nach Frieden, und nach Blumen in den langen Haaren junger Menschen.

Der Fahrer des Autos war nicht jung. Sein Haar grau und raspelkurz rasiert. Der Parkplatz, auf dem er nach endlos scheinender Fahrt hielt, war nichts als eine gewaltige, leere Ebene, unweit des Meeres und doch so gut versteckt hinter den Zuggleisen, dem Deich und den letzten Häusern des Festlandes, dass der aussteigende Mann keine Ahnung hatte, wo der Fährhafen war. Aber er wirkte, als würde er jeden Weg finden, ob in seinem eigenen Land oder in einem fremden. Kantig war sein Gesicht. Hart von sechzig harten Jahren. Als der Mann den Kofferraum öffnete, wurde der Ärmel seiner Jacke weit genug hochgezogen, um eine tiefrot tätowierte Schlange zu enthüllen, die *sich von der Hand über den Arm ziehen musste und von dort aus weiter.*

Der Mann sah sich um.

Noch immer kein Mensch.

Er nahm seine Reisetasche, braunes Leder, ebenso alt und abgenutzt wie das Automobil, und dann noch einen zweiten Koffer, kleiner und eckig. Mehr hatte der Mann nicht dabei, als er den Parkplatz hinter sich ließ. Die Hafenstraße. Den Anleger dahinter. Seine Fähre wartete, auf ihn und höchstens eine Handvoll anderer Reisender, frühe Touristen vielleicht oder die ersten Arbeiter des Tages, die mit müden Gesichtern auf die Insel fuhren, weil sie hinfahren mussten. Kaum jemand achtete auf den Mann, als er das Schiff betrat und in den untersten Passagierraum hinabstieg, wo Maschinenlärm den sanften Dreiklang übertönte, der die Überfahrt einläutete.

Der Mann setzte sich an den letzten Tisch.

Verworrene Muster auf abgewetzten Bänken.

Er zog den Brief hervor, der ihn auf die Insel lockte, doch er las ihn nicht. Jede Zeile kannte er. Jedes Wort. Sein Arm ruhte auf seiner Reisetasche, in der eine Waffe lag, die ihm Probleme bereitet hätte, wäre er von der Polizei angehalten und durchsucht worden. Aber man hatte ihn nicht angehalten auf der langen Fahrt von seinem Haus bis zum Parkplatz an der Küste, nicht am ersten Tag der Reise und nicht am zweiten. Und so saß er hier, tief unten in der ersten Fähre des Tages, und hätte man ihn beobachtet, dann hätte man vielleicht den Hass in seinem Blick gesehen, und die Entschlossenheit, die ihn über das Meer führte.

Der Mann mit der Tätowierung lehnte sich zurück.

Und schloss die Augen.

Noch immer hörte er das französische Lied in seinem Kopf,
und vielleicht bewegte er die Lippen zu den Worten, gesun-
gen von der jungen Frau mit den Blumen in ihren langen
Haaren.

* * *

Hark wachte genauso erschöpft auf, wie er Stunden nach
Mitternacht endlich eingeschlafen war. Es konnte nicht die
Sonne sein, die ihn weckte, weil durch die Vorhänge nur
Grau zu sehen war, und es konnten nicht die Vögel sein, weil
Hark sein Fenster geschlossen hatte, anstatt das Meeres-
rauschen zu genießen. Es dauerte einen Moment, bis Hark
verstand, dass ihn ein Klopfen aus wirren Träumen gerissen
hatte, Träumen von menschlichen Fackeln, die man vom
Wasser aus sah wie Leuchtfeuer in einer stürmischen Nacht.

Hark kämpfte sich aus dem Bett.

Kein Knochen, der nicht schmerzte, kein Finger, der nicht
taub war, während Hark über die Reisetasche trat und sich
zur Tür schleppte. Er musste tastend am Schloss zerren, so
verschwommen war sein Blick, und längst hatte er die Tür
geöffnet, als ihm klar wurde, dass er kein Shirt trug und nur
eine Unterhose.

Die Rezeptionistin strahlte trotzdem zu ihm hoch.

«Guten Tag, Pater», sagte sie, zierlich wie gestern schon,
«unten wartet eine junge Frau auf Sie.»

«Danke.»

«Und Sie haben einen Brief bekommen.»

«Einen Brief? Wer weiß denn, dass ich hier bin?»

Die Rezeptionistin hielt Hark einen Umschlag hin. Kein Absender. Kein Empfänger. Nur der Umschlag, den Hark mit einem Stirnrunzeln öffnete, während die junge Frau zusah.

«Und?», fragte sie. Irritiert zog Hark etwas heraus.

«Eine Rückfahrkarte», murmelte er. «Fürs Festland.»

«Wie nett», sagte die Rezeptionistin arglos, um sich dann zu räuspern und die Stimme zu einem Flüstern zu senken. «Sie waren nicht beim Frühstück. Heute Morgen.»

«Wie bitte?»

«Sie haben Frühstück gebucht, aber nicht gefrühstückt.»

«Ich habe verschlafen», antwortete Hark. «Ich ermittle im Fall von Josef Monningens Tod. Irgendwie. Glaube ich.»

«Aber Sie sind kein Polizist. Sie sind Pfarrer.»

«Im Urlaub. Samstag bis Samstag.»

«Wenn Sie Frühstück buchen, sollten Sie frühstücken», sagte die Rezeptionistin. «Alles war für Sie vorbereitet.»

Hark gähnte und legte seinen Kopf an den Türrahmen.

«Kann ich was aufs Zimmer bestellen? Tee oder so?»

«Außerhalb der Saison leider kein Zimmerservice.»

«Okay», sagte Hark. Er rieb seinen Nacken und ließ die Halswirbel knacken, so laut, dass die Rezeptionistin zusammenzuckte.

«Das klingt nicht gut», sagte sie. «Ist die Matratze in Ordnung?»

«Die Matratze ist toll, nur der Hals ist im Eimer», brachte Hark hervor. Da bemerkte er, dass er noch seine Socken trug, so wie er immer die Socken im Bett anbehielt. Nie zuvor hatte er sich so sehr gewünscht, unsichtbar zu sein.

«Ich wollte nicht stören», sagte die Rezeptionistin. «Aber das Frühstück ist die wichtigste Mahlzeit des Tages.»

«Morgen bin ich da», antwortete Hark, «versprochen.»

Nach einem letzten gegenseitigen Nicken blickte er der jungen Frau nach. So aufrecht war ihr Gang, dass der Kopf fast auf Schulterhöhe ihrer Kollegen sein musste, wenn es Kollegen gab. Außer der Rezeptionistin hatte Hark noch niemanden gesehen. Keinen Mitarbeiter. Keinen Gast. Keinen einzigen Menschen. Er schloss die Tür und blickte auf das Rückfahrticket in seiner Hand, verwirrt und gänzlich ratlos.

An diesem Tag legte er sich nicht unter die Dusche, sondern blieb stehen, wenn auch mit dem Kopf an die Kacheln gelehnt, die im prasselnden Wasser kühl an seiner Stirn lagen. Hark wusste, dass seine Haut gerötet sein würde, wenn er sich abtrocknete, mit marmorierten Mustern von der Hitze und vom Stress, also legte er ein Handtuch um, bevor er sich im Spiegel ansah. Überhaupt vermied er es, seinen Körper zu begutachten, weil irgendwo immer ein Fehler war. Als Hark pinkelte, pinkelte er auf Toilettenpapier, um es dann mit routiniertem Blick gegen das Licht zu halten.

Kein Blut. Immerhin.

Rasiert, angezogen und mit nass durchkämmten Haaren, die zu lang waren für einen Mann in Harks Alter und zu kurz für einen Draufgänger, warf er sich seinen Mantel über. Hark trug seinen Priesterkragen, obwohl er nichts von dem Hochgefühl spürte, das ihn früher darin überkommen hatte. Nur die steife Höflichkeit der Menschen genoss er, diesen Hauch von zur Schau gestelltem Anstand, als würde ein wohlwollender Geistlicher ihnen Punkte bringen, eines Tages, irgendwo.

Als Hark sein Zimmer verließ, sah er das Tablett auf dem Boden nicht sofort, so dunkel war der Gang. Aber er spürte den Duft von frischem Ostfriesentee, und als er nach unten blickte, waren da Teller mit Obst vor ihm, Croissants, ein Frühstücksei und Marmelade. Ein Zettel klebte an der Tasse, hellgelb und handgeschrieben in verspielten Lettern.

Sie sahen hungrig aus, stand da. *Nicht verraten.*

Hark erlaubte sich ein Lächeln.

Die Rückfahrkarte hatte er schon vergessen.

* * *

Wenn er einen schnippischen Kommentar von Tilla Flock erwartet hatte, eine Schelte dafür, dass sie hatte warten müssen, dann wurde Hark enttäuscht. Tilla grüßte ihn, als wäre kein Augenblick vergangen seit ihrem Abschied gestern Abend, und als würde Wartezeit auf der Insel nichts bedeuten als ein paar Momente der Ruhe im salzig klaren Seewind.

«Du hast Frühstück», sagte sie nur. Hark blickte auf das Croissant, das er mitgebracht hatte. Er teilte es und gab Tilla die Hälfte. Sie biss ab.

«Hast du jemals dein Croissant in Kaffee getunkt?», fragte sie mit vollem Mund. «Wie die Franzosen?»

«Ich trinke keinen Kaffee», antwortete Hark.

«Ich habe mich immer irgendwie in Frankreich gesehen. Franzosen wissen, wie man richtig lebt.»

«Ist dein Vater noch sauer auf dich?», fragte Hark.

«Mein Vater ist immer sauer auf mich.»

«Gestern wirkte er besonders sauer.»

«Das ist nur seine Art, Liebe zu zeigen. Er wechselt zwischen wütender Enttäuschung und enttäuschter Wut.»

«Mein Vater war nie enttäuscht», sagte Hark. «Fand alles toll, was ich machte. Und weil er alles so toll fand, hatte ich keine Ahnung, was ich mit mir anfangen sollte.»

«Kommt man so zu vier Semestern Jura in Jena?»

«So kommt man zu vier Semestern Jura in Jena.»

Tilla ließ einen Fahrradfahrer vorbeiziehen, bevor sie zu einer Straßenecke trottete und dort stehenblieb. Wie gestern trug sie die leuchtend rote Jacke, nur noch knitteriger.

«Du gehst in die Siedlung», sagte sie, «ich gehe zur Kirche in der Stadt.»

«Warum bleiben wir nicht einfach zusammen?»

«Weil Monningens Kneipe in einer Gegend liegt, in der ich nicht wirklich willkommen bin.»

«Jetzt redest du auch schon wie in einem Western.»

«Jedenfalls ...»

«Nein, nicht jedenfalls. Du kannst doch so etwas nicht sagen und mich dann hängen lassen. Das ist wie bei der Beichte, wenn jemand was Wildes ankündigt und dann kneift.»

«Frag in der Kneipe, ob man was Auffälliges an Josef bemerkt hat», antwortete Tilla, und Hark spürte, dass sie mit dem Thema abgeschlossen hatte. «Hat er in letzter Zeit irgendwas Absurdes gesagt?»

«Er war hundertzwei.»

«Hat er was getan, was man mit hundertzwei nicht tut?»

«Ich weiß nicht, was man mit hundertzwei tut oder nicht tut, Tilla, weil ich nicht hundertzwei bin.»

«Stell dir vor, du wärst so alt wie Josef Monningen, und dann frag dich, was du machen musst, um nicht auf einer Aussichtsdüne bei Sonnenaufgang verbrannt zu werden. Easy.»

Hark nickte, auch wenn er sich noch nie vorgestellt hatte, alt zu werden. Tatsächlich hatte er sich seit Jahren nicht mehr vorgestellt, älter als fünfzig zu sein, und seit Monaten ging es ihm so schlecht, dass er kaum noch daran glaubte, seinen nächsten Geburtstag zu erleben.

«Easy», sagte er trotzdem.

Er blickte länger hinter Tilla her, als er es wollte. Nicht, weil er sich zu ihr hingezogen fühlte. Diese Zeiten waren vorbei, da war sich Hark sicher. Viel eher war es die Sorge, dass Tilla nicht zurückkehren könnte. Als wäre sie in sein Leben gestolpert, chaotisch wie ein Wintersturm, um ihn jetzt wieder allein zu lassen mit seinen Gedanken.

Hark wollte nicht mehr allein sein.

Er machte sich auf den Weg zur Siedlung. Tillas Wegbeschreibung führte ihn einen Pfad entlang, der ebenso wirr schien wie Tilla selbst, aber das machte nichts.

«Zum Hafen», las Hark den Namen der Kneipe halblaut vor, nachdem er die richtige Straße nach einer Reihe von falschen endlich erreicht hatte. Blinzelnd blickte er sich um. «Welcher Hafen?»

Wenn es einen Ort auf der Insel gab, der nicht an Boote erinnerte, oder an irgendetwas Maritimes, dann war es der Gebäudezug, in dem Josef Monningens Kneipe lag. Es waren Häuser, die man auch in tristen Kleinstädten hätte finden können. Einförmig miteinander verbundene Bauten. Rostbraun verputzt und so charakterlos, verglichen mit dem Rest der Insel, dass sie wirkten wie die Hallen hinter den Kulissen eines Vergnügungsparks. Selbst gebastelte Blumen klebten an einem Fenster. Bunte Fußballwimpel an einem anderen. Flaggen aus allen Teilen der Welt.

«Hafen», murmelte Hark ein drittes Mal, bevor er all seinen Mut zusammennahm und die Tür ansteuerte. Wo immer er auch war, Hark fühlte sich, als würde man ihn beobachten und verdächtigen. Ging er durch den Supermarkt, trug er die Dosen und Flaschen und Tüten überdeutlich weit entfernt von seinem Körper, damit man nicht mal auf die Idee kam, dass er klauen wollte. Saß er verquollen nach einer Nacht voller Panik in der Bahn, spürte er die Verachtung in den Blicken der anderen Menschen, die ihn sicher für einen Säufer hielten. Hark war ein Fremdkörper, ein falsches Puzzlestück in einer Welt von passenden. Sein Herz klopfte viel zu schnell, als er den Türgriff von Josef Monningens Kneipe in der Hand spürte.

Hark zog. Vergeblich. Die Tür war verschlossen.

«Großartig, Sherlock», sagte er und sah sich um.

Eine Gasse lag zwischen den zwei Häusern. Kurz zögerte Hark, dann ging er los und betrat den schattigen Durchgang, nicht ahnend, dass man ihn längst beobachtete.

Kaum einen Kilometer weiter hatte Tilla Flock die Kirche erreicht. Sie strich mit der Hand über das Mauerwerk, als sie den Vorraum betrat. Es roch nach Stein, obwohl weite Teile der Kirche aus Holz gebaut waren und wie ein Schiff wirkten, rot und weiß und ungewöhnlich luftig für ein Gebäude dieses Alters.

«Tilla?», zog eine Frauenstimme durch die Halle. Tilla drehte sich um.

«Roschi», entfuhr es ihr überrascht.

«Das ist lange her.» Die Dame, die Roschi hieß, wirkte unerschütterlich, mit gütigen Augen unter einem praktischen Haarschnitt. Einen grellen Kapuzenpullover trug sie, und zu enge Jeans, und alles davon war weiß befleckt mit Farbe. Die Frau hatte einen Pinsel in der Hand und kniete vor dem Holzbalken, den sie frisch lackierte.

«Zwei Jahre und zwei Monate», antwortete Tilla.

«Wie geht es deinem Vater?»

«Warum fragen alle, die ich nach Ewigkeiten mal wieder treffe, wie es meinem Vater geht?»

«Du hast recht. Wie geht es deiner Mutter?»

Tilla verdrehte die Augen. Roschi grinste, um dann den Pinsel tief in ihren Farbeimer zu tauchen und das rissige Holz am unteren Ende des Balkens zu übermalen. Nichts konnte die Furchen wirklich füllen.

«Ich weiß nicht, wie oft ich diese verfluchte Stelle schon lackiert habe», sagte Roschi. Tilla ließ den Blick durch die Kirche schweifen.

«Der Wind zieht durch die Ritze unter der Tür», sagte sie dann. «Bricht sich hier am Balken. Mit Sand und allem. Das Holz verwittert wie unsere Strandkörbe im Sturm.»

«Wahrscheinlich ist das Gottes Art, mir mitzuteilen, dass ich mehr Gymnastik für die Knie machen soll.»

«Oder Profis anheuern», sagte Tilla und setzte sich in die vorderste Bank. «Jesus war immerhin Zimmermann.»

Roschi lächelte, während sie sich am Balken hochzog, die Hände an der Jeans abwischte und dann selbst in die Bank rutschte. Tilla störte nicht, dass sie ihr dabei nahe kam.

«Also. Wie geht es dir, Tilla?», fragte Roschi.

«Frag mich nicht.»

«Zwei Jahre und zwei Monate. Wie zur Hölle schaffst du es, mir auf einer Insel zwei Jahre und zwei Monate lang aus dem Weg zu gehen?»

«Ich verlasse das Haus nur für Aktivitäten, bei denen ich weiß, dass du nicht dabei bist. Sind nicht viele.»

«Volker und ich hätten dich gern mal gesehen.»

«Wie kann man parallel drei Sportgruppen leiten?»

«Tilla. Du weißt, dass du bei uns in der Familie noch immer willkommen bist, oder? Trotz allem?»

«Ich weiß, Roschi, aber ich verstehe nicht, warum», sagte Tilla. Leises Gemurmel, als ein Touristenpaar die Kirche betrat, beladen mit Rucksäcken, die von einer Wanderung zeugten. Sanft las der Mann aus einem Reiseführer vor. Tilla und Roschi nickten ihnen höflich zu.

«Was führt dich hierher?», fragte Roschi leise.

«Josef Monningen.»

«Oh Gott. Was für eine grausige, grausige Geschichte.»

«Ist dir was aufgefallen in den letzten Wochen? Hat er sich irgendwie komisch benommen, wenn er hier war?»

«Warum fragst du? Schreibst du was für die Zeitung?»

«Ariane lässt mich doch nichts mehr schreiben.»

«Warum dann?»

«Ich weiß nicht, was passiert ist», antwortete Tilla, «aber irgendwie bin ich da reingerutscht. Ich ermittle. Mit einem Pfarrer vom Festland. Katholisch. Der Pfarrer.»

«Sieht er gut aus?»

«Roschi!»

«Man darf ja wohl fragen», flüsterte Roschi, während sie Farbe von ihren Fingern knibbelte. Tilla sah sie an.

«Und? Monningen?»

«Ja, etwas war komisch, wenn ich ehrlich bin.»

«Was?»

«Dass Josef nicht mehr hier war», antwortete Roschi.

«Seit ich denken kann, kam er jeden Tag zum Helfen in die Kirche. Machte seine Witze. Dämliche Kartentricks. Und dann? Wurde er immer schweigsamer, in den letzten Monaten.»

«Und plötzlich kam er nicht mehr?»

«Kein Wort von ihm. Wir dachten, vielleicht hat er mit hunderteins die Nase voll von uns.»

«Hundertzwei», sagte Tilla nachdenklich.

«Aber ich weiß, dass Josef sich ein paar Mal mit Pater Visser getroffen hat», wisperte Roschi dann.

«Pater Visser? Der lebt noch?»

«Der überlebt uns alle.»

«Aber die mögen sich doch gar nicht seit dem Streit wegen der Wette», sagte Tilla. «Was bespricht man, wenn man seit zwanzig Jahren nicht miteinander redet?»

«Du solltest ihn besuchen», antwortete Roschi, «wenn du schon deine Beinahe-Schwiegereltern nicht besuchst.»

Die Frau legte ihre farbbefleckte Hand auf Tillas saubere, woraufhin Tilla ihrerseits eine Hand obendrauf legte. Dann stand sie auf. Das Touristenpaar war längst weitergezogen.

«Wo finde ich Pater Visser?», fragte Tilla.

«Es sind zwei Grad draußen. Was glaubst du?»

Tilla seufzte. Sie ging zur Tür, als Roschi aufstand.

«Tilla.»

«Was?»

«Er … Daniel hat geheiratet. Er hat ein Baby.»

Tilla hielt inne.

«Ein Mädchen», sagte Roschi.

«Du bist Oma», sagte Tilla erstaunt. Roschi nickte.

«Die Welt dreht sich weiter, schätze ich.»

«Daniel wollte immer ein Mädchen. Ist gut für ihn.»

«Eigentlich müsste dein Vater davon wissen», sagte Roschi. «Aus dem Verein. Hat er vielleicht vergessen.»

«Glückwunsch.» Tilla meinte es ernst, auch wenn sie die Stirn in einer Mischung aus Schmerz und Freude runzelte. Als sie ging, ging sie zunächst rückwärts, um sich dann umzudrehen und den Altar hinter sich zu lassen, und die Frau, die ihr hinterherblickte, viel zu gütig und gut für Tilla.

Windig war es draußen, bei Tilla vor der Kirche und weiter östlich bei Hark, der die Gasse zwischen den Gebäuden hinter sich gelassen hatte und das Hinterhaus von Monningens Kneipe umrundete. Fässer standen hier. Bierkästen. Eingeschweißte Lebensmittel, vertrauensvoll abgeladen, weil niemand sich vorstellen konnte, dass sie geklaut werden könnten.

Hark blickte zum Hintereingang der Kneipe, ohne die schleichende Gestalt im Durchgang hinter sich zu erahnen oder das Brecheisen, das sie trug. Irgendwo bellte ein Hund.

«Hallo?», rief Hark und klopfte an der Tür. Doch niemand öffnete, auch nachdem er ein zweites Mal geklopft hatte und durch das Fenster sah. Drinnen war alles dunkel.

«Jemand da?»

Keine Antwort.

Hark wusste nicht, warum er die Hand auf den Türgriff legte, und er wusste nicht, warum er ihn herunterdrückte. Vielleicht hatte Tilla ihn wagemutiger gemacht. Oder dümmer.

«Nicht hauen, ich komme jetzt rein», rief Hark, als er verstand, dass die Hintertür nicht verschlossen war.

Gelüftet worden war heute noch nicht, und vielleicht auch

gestern nicht. Hark ging durch einen stillen Flur mit altbraunen Bodenfliesen. Links die Küche. Rechts ein Büro. Toiletten, die ohne Klosteine vielleicht besser riechen würden, als sie es jetzt taten. Überhaupt lag ein Aroma von Frittierfett und Zigaretten über allem, obwohl man drinnen längst nicht mehr rauchen durfte. Doch Josef Monningens Kneipe wirkte, als wäre sie aus der Zeit gefallen. Die Gaststube betrat Hark durch einen Vorhang aus Holzkugeln, die an ihm entlangglitten wie dünne, klickende Schlangen. Hark dachte an das Haus seiner Großeltern und die Tür zur Veranda, die so hell gewesen war im Sommer, dass man sonnenblind wurde.

«Hallo?»

Die Theke musste jahrzehntealt sein. Gläser hingen kopfüber. Schilder warben für Biersorten in Lettern, die längst modernisiert worden waren. Auf den Tischen sah Hark keine Aschenbecher, aber er zweifelte nicht daran, dass Josef Monningens Gäste in dieser Kneipe machten, was sie wollten. Erdnüsse in Schalen. Viereckige Bierdeckel, vielleicht, weil man mit runden keine Türme bauen konnte.

Hark blieb stehen.

Hatte er eben ein Geräusch gehört?

Während er noch grübelte, was er überhaupt hier machte, illegal und sicherlich unerwünscht, fiel sein Blick auf Reihen von Fotos an der Wand. Verblichen waren sie, wenn auch verglast und gerahmt, und allesamt ähnlich in ihrem Charme. Sie mochten Stammgäste zeigen, oder alte Insulaner, aber das war es nicht, was Hark stutzen ließ. Stattdessen starrte er auf die handgeschriebenen Namen unter den Fotos.

Hark griff in die Innentasche seines Mantels.

Er fand das Bild von Josef Monningen auf der Georgshöhe, geklaut – *geliehen*, dachte Hark – aus dem Album der Familie. Hark hielt es hoch. Er verglich das Format, die Farben und die Komposition mit den Bildern an der Wand und zuletzt die exakt gleiche Schrift, die darunter prangte.

«Heilige Sch...»

Hark Herforth hörte das Geräusch des aufgerissenen Holzvorhanges kaum, so laut war der Männerschrei, der gleichzeitig ertönte. Er sah etwas Blitzendes, was er gerade noch als Metall erkannte, bevor das Brecheisen auf den Tisch gleich neben ihm einschlug und Holz splittern ließ. Hark kreischte auf und fuhr herum zu seinem Angreifer, der das Eisen erneut hob und vor Wut mit jedem Wort spuckte.

«Wir gehen nicht!», brüllte der grobschlächtige Hüne. «Lasst uns endlich in Ruhe!»

«Nicht!», rief Hark. Er duckte sich und hielt die Hände schützend über den Kopf. Doch nachdem er die Augen geschlossen hatte, im festen Glauben, gleich von einer schweren Metallstange erschlagen zu werden, geschah nichts.

Hark blinzelte.

Wie eingefroren stand der Mann vor ihm und starrte auf den Priesterkragen.

«Sie sind ... Pfarrer?»

«Im Urlaub», keuchte Hark. «Samstag bis Samstag.»

«Nicht von der Firma?»

«Firma? Ich untersuche den Tod von Josef Monningen!»

«Warum brechen Sie dann bei uns ein, verdammt?»

«Macht der Gewohnheit, was weiß ich!», rief Hark. Der Hüne atmete durch und streckte seine Pranke aus, damit Hark Halt fand und sich auf die Bank fallen lassen konnte.

Zwei Hände fanden sich, nicht gleich groß, aber gleichermaßen zitternd.

«Karl Arneke», sagte der Mann schnaufend.

«Hark Herforth.»

«Ich wollte Sie nicht töten.»

«Wie passend, ich wollte nicht getötet werden.»

«Durstig?», fragte Karl Arneke mit einer gewaltigen Stimme, die zu seinem gewaltigen Körper passte. Er legte sein Brecheisen auf die Theke, griff zwei Gläser und eine Flasche und zog einen Stuhl heran.

«Oh», sagte Hark überrascht. «Wasser?»

«Ich hätte auch Küstengras. Ordentlicher Schnaps, auf der Insel gereift.»

«Danke, nein. Ich vertrage Alkohol nicht.»

«Man verträgt Alkohol nicht. Man erträgt ihn.»

«Kann man den Satz auf Handtücher im Kurhaus drucken?»

«Bei mir persönlich gibt es nur Wasser oder Eistee», sagte Karl Arneke. «Niemand glaubt mir, aber man darf auch eine Kneipe führen, ohne dauernd hartes Zeug zu kippen.»

«Nicht am Niederrhein.»

«Ich achte auf ausreichende Hydration. Das sollten Sie auch tun, sonst wird Ihre Haut noch fahl und grobporig.»

Hark antwortete nicht. Der Mann wirkte bei aller Größe behutsam und selbst geschockt von seinem Angriff, so schien es zumindest, als er mit fahrigen Bewegungen Wasser in die Gläser goss und eines davon zu Hark schob.

«Wie kommt ein Pfarrer im Urlaub dazu, den Tod von einem uralten Insulaner zu untersuchen?»

«Tilla Flock», sagte Hark. Zu seinem Erstaunen schien

Arneke zufrieden zu sein mit der Antwort. Wissend schüttelte der Hüne den Kopf, trank und goss nach, als wären es Gläser voller Schnaps statt Tafelwasser, zartmild prickelnd.

«Zeit, Pater», sagte er nach einer Weile.

«Zeit?»

«Sie wollen wissen, warum Josef gestorben ist? Weil die Zeit diese Insel zerfrisst, so wie sie alles zerfrisst.»

Während Hark beobachtete, wie der Mann mit den Worten rang, ging Tilla über die leere Strandpromenade. Sie hörte nicht, was Karl Arneke sagte, aber sie konnte fühlen, was er meinte. Die Hände in ihren überlangen Ärmeln versteckt, setzte sie sich auf eine Bank, um auf die eisig graue See hinauszublicken. Tillas Haare waren salzverweht. Ihre Haut schmerzte vor Winterkälte. Ihr Herz schmerzte vor Reue.

In Josef Monningens Kneipe schwieg Hark, während er Arneke zuhörte. So breit und schwer war der Mann, dass das Wasserglas winzig wirkte in seiner Hand. Dunkles Holz hinter ihm. Gehäkelte Thekenlampen. Kein einziges Material, das man heute noch so verbaute.

«Das alles hier», fuhr Karl Arneke fort, «unsere alte Kneipe, in der Generationen von uns gelacht und geweint und getrunken haben, das alles sollte längst abgerissen sein. Damit irgendjemand, der tausend Kilometer weit weg lebt und niemals einen Fuß auf die Insel setzen wird, einen vierstöckigen weißen Würfel hochziehen kann, in dem die Wohnungen am Tag mehr kosten, als meine Kellner im Monat verdienen.»

«Investoren?», fragte Hark. Arneke blickte aus dem bunt verglasten Fenster. Ein Bus fuhr draußen vorbei, leer.

«Das sind keine Investoren», antwortete Karl, «das sind

Raubtiere. Bröcker und Witt aus Frankfurt. Esperior Real Estate, irgendwo im Ausland. Seit Jahren übernehmen die unsere Insel. Und seit sie wissen, dass Monningen seine Häuser niemals verkauft, versuchen sie es mit Gewalt.»

Hark hob eine Augenbraue. Der Hüne nickte.

«Wir werden terrorisiert, Pater. Tagsüber. Nachts. Immer wieder. Keiner von uns schläft noch ruhig. Keiner von uns kommt mit gutem Gefühl zur Arbeit. Als ich gesehen habe, wie Sie um das Haus rumgeschlichen sind ...»

«... dachten Sie, ich käme von einer der Firmen.»

«Uns wurden die Scheiben eingeschlagen. Mülltonnen angezündet. Mariella, meine Köchin, hatte eine Katze. Einen Tag, nachdem Josef endgültig abgelehnt hatte, fraß das arme Tier Fleisch mit Scherben. Ist in Mariellas Armen verreckt.»

«Sie glauben, dass einer der Investoren Monningen umgebracht hat, weil er das Haus nicht verkaufen wollte?»

«Nicht das Haus. Die Straße.»

«Josef Monningen gehört die Straße?»

«Josef gehörten ganze Viertel. Stellen Sie sich die Quadratmeterpreise vor und rechnen Sie, Pater, und dann sagen Sie mir, was Menschen für diese Summe tun würden.»

Hark bemerkte, dass er selbst sein Glas schwenkte, als wäre guter Whiskey darin. Er nahm einen Schluck, bevor er sprach.

«Sie führen die Kneipe für Monningen?»

«Seit über zwanzig Jahren.»

«Und sind Sie beteiligt? An den Gebäuden, meine ich.»

Arneke sah Hark erstaunt an. Er kratzte sich am Arm, ein wenig zu hastig vielleicht. Dann nickte er.

«Mir gehört ein Teil, genau wie Elisabeth Monningen, Wester, Dortje und Josefs Bruder Bertram. Wir alle wollten die Besitzverhältnisse der Häuser komplexer gestalten, um diese Heuschrecken abzuwehren. Aber es ging mir nie um Gewinn!»

«Ist es nicht so», brachte Hark heiser hervor, ohne zu wissen, woher der Mut für seine Worte kam, «dass ... dass auch Sie von einem Verkauf an Investoren profitiert hätten?»

«Ist es nicht so?», wiederholte Karl Arneke. «Was soll das werden, Pater, ein Gerichtsdrama?»

«Gut. Ich formuliere meine Frage neu ...»

«Abgelehnt», sagte Arneke, bevor er aufstand. Er nahm die Gläser und die Flasche und ging zur Theke.

«Ja», sagte er dann, «ich würde reich werden durch den Verkauf von Josef Monningens Besitz. Aber wie viel Reichtum braucht man auf einer Insel? Meine Familie hat drei Läden und einen Baustoffhandel auf dem Festland. Ich lebe von den Mieten unserer Wohnungen. Müsste nie mehr arbeiten.»

«Warum arbeiten Sie dann hier?»

«Weil irgendjemand den Rest an Tradition pflegen muss, den wir hier noch haben, Pater. Bis auch die letzten Cafés mit Ostfriesengeschirr durch eine Kette ersetzt wurden, in deren Filialen ein Plastikbecher mieser Kaffeeplörre fünf Euro kostet.»

Karl Arneke klang aufrichtig, und er sah aufrichtig aus, während er die Gläser spülte und auf ein Trockentuch stellte, das mehr Loch als Stoff zu sein schien. Ein letztes Mal fühlte Hark über das Holz des Tisches, das abgegriffen und glatt war, so viele Menschen hatten schon daran gesessen. Als er aufstand und zum Korridor ging, bemerkte er das

Foto von Josef Monningen auf dem Boden, das er beim Angriff von Arneke verloren haben musste.

«Die Schrift», sagte Hark, während er das Bild aufhob und Karl Arneke zeigte, «ist dieselbe wie auf den Fotos an der Wand.»

«Natürlich. Ist derselbe Fotograf.»

«Und wer?»

«Bertram Monningen», antwortete Karl Arneke. «Josefs kleiner Bruder. Hat früher die ganze Insel fotografiert.»

«Und all diese Porträts geschossen?»

«Ja. Aber wenn Sie den befragen wollen, kommen Sie ein paar Jahrzehnte zu spät.»

«Warum?»

«Weil Bertram Monningen seit über vierzig Jahren ein seniler Pflegefall ist und kein verständliches Wort mehr spricht.»

Hark nickte, während er durch den Vorhang aus Holzkugeln tauchte. Er warf einen letzten Blick zurück zu den Reihen von Porträts, die farbstichig und verschwommen von besseren Jahren erzählten. Wenn die jungen Insulaner darauf noch lebten, dann waren sie jetzt alt und müde, und die, die auf den Bildern faltig waren, konnten heute nicht mehr sein als die schwindende Erinnerung an verstorbene Verwandte.

«Ich sage doch, Pater», rief Arneke Hark hinterher, «die Zeit zerfrisst alles.»

«Ja», antwortete Hark. Sein Magen drückte. Ein Pochen in seinem Kopf. «Ja, das tut sie wohl.»

Er nickte dem Hünen zu und trat in das Regengrau des späten Vormittags, um Josef Monningens Kneipe hinter sich zu lassen, und mit ihr die gerafften Vorhänge, die alten Stammtische und die grachtengrünen Sitzkissen, auf denen eines Tages niemand mehr sitzen würde.

* * *

Seufzend starrte Hark eine Puppe mit Clownsgesicht an.

«Das ergibt alles keinen Sinn, Tilla», sagte er.

«Dass Immobilienhaie alte Männer auf Inseln töten?»

«Nicht töten. Demütigen. Öffentlich verbrennen.»

«Hinrichten», sagte Tilla. Sie hatte Hark vor seinem Hotel getroffen, und nun saßen sie im Vorraum, in dem sonst das Frühstück gereicht wurde. Niemand war hier, nicht einmal die junge Rezeptionistin. Tilla ließ ein Bein über die Armlehne ihres Stuhls baumeln und hörte dem Prasseln des Regens zu. Hark hingegen stand vor einem Ohrensessel, auf dem ein Clown saß, den niemand bei klarem Verstand für dekorativ halten konnte. Aber jemand hatte die Puppe mit rührenden Absichten hier platziert, neben Töpfervasen und modernen Bildern in alten Rahmen. Hark glaubte, dass die bunten Striche Segel auf einem Wellenkamm darstellen sollten, oder Menschen am Strand.

«Oder sie sind Gekritzel, das nach mehr aussieht, als es ist», wisperte er. Tilla legte den Kopf schief.

«Das ist ein Kalenderblatt. Vom Drogeriemarkt.»

«Die Melodramatik, die passt einfach nicht. Wenn ich jemanden wegen Geld töten will, zünde ich ihn nicht an.»

«Das beruhigt mich», sagte Tilla.

«Ich ... ich schneide seine Bremsschläuche durch.»

«Niemand fährt hier Auto, Hark.»

«Oder ich stoße ihn von einem Kliff, damit es aussieht wie ein Unfall.»

«Kliff? Sind wir auf Helgoland?»

«Auf jeden Fall quäle ich ihn nicht vor aller Welt zu Tode. Du hast es selbst gesagt. Das Spektakel eines miesen Psychopathen. Sind Immobilieninvestoren Psychopathen?»

Tilla guckte, als wäre die Antwort nicht so eindeutig, wie Hark dachte. Sie nahm einen Salzstreuer, drehte und schüttelte ihn, bis genug Kristalle vor ihr auf dem Tisch lagen, um darin mit dem Finger einen Weg zu zeichnen.

«Okay», sagte sie, «vergessen wir die Investoren. Vielleicht kannte Josef Monningen seinen Mörder. Dann bleiben nur knapp fünftausendsiebenhundert Verdächtige.»

«Wir könnten fünftausendsiebenhundert Leute anrufen.»

«Du hast aber kein Handy.»

«Treib den Stachel noch tiefer», sagte Hark. Tilla lächelte. Sie zog die Linie durch das Salz, bis sie nach einer Kurve wieder auf sich selbst traf, fast wie eine Acht.

«Alles», sagte sie nachdenklich, «ist hier miteinander verbunden. In den Städten werden die Karten jeden Tag neu gemischt. Aber hier, hier brodelt es. Ewig. Liebe. Hass. Betrug ...»

«Sex?»

«Vor allem Sex.»

«Das Babylon gleich neben Baltrum», sagte Hark und legte seine heizungswarme Stirn an das beschlagene Fenster. Er sah einer Möwe hinterher, die auf dem Zaun der Pension gesessen hatte und jetzt in das aufziehende Unwetter flog, vielleicht zur Georgshöhe, die noch immer abgesperrt sein musste. Hark fragte sich, wer für die Beseitigung von Monningens Asche zuständig war. Die Spurensicherung? Die Stadtreinigung?

«Josef Monningen war seit Wochen nicht mehr in der Kirche, was seltsam ist», sagte Tilla. «Aber er hat sich mit dem alten Pfarrer Visser getroffen, was noch seltsamer ist, weil sich die beiden gehasst haben wie die Pest.»

«Wie kann man einen Pfarrer hassen?»

«Wirst du rausfinden. Hol deinen Mantel.»

«Bei dem Wetter bräuchten wir Taucherbrillen.»

Tilla raffte sich vom Stuhl auf. Hark folgte ihr, bevor er zurückeilte und ihr Salz sorgsam vom Tisch fegte.

Draußen peitschte der Regen beinahe horizontal gegen ihre Gesichter. Tilla und Hark lehnten sich in den Sturm hinein. Sie wanderten gegen eine Wand aus Wasser an, bis sie sich zur Promenade gekämpft hatten. Das Meer war im Nebelweiß kaum zu sehen. Hark rückte näher an Tilla heran, damit er mit ihr sprechen konnte.

«Das Foto von Josef Monningen», rief er, «auf der Georgshöhe, das hat sein Bruder gemacht. Bertram.»

«Der Onkel, wegen dem ich mir gestern im Haus fast in die Hose gepinkelt hätte.»

«War früher Fotograf. Sagt Karl Arneke.»

«Das muss vor meiner Zeit gewesen sein», stieß Tilla gegen die Windböen aus, «ich kenne den nur als Pflegefall.»

«Was genau ist passiert mit dem?»

«Unfall oder so. Hat aufgehört zu sprechen, irgendwann in den Achtzigern. Heute lebt er bei Josefs Sohn. Wester.»

Ein Lastenfahrrad kam ihnen entgegen. Tilla nickte dem Fahrer zu. Er nickte nicht zurück. Mit einem Schnauben zog Tilla die Kapuze von Arianes roter Jacke fest, drehte sich um und zeigte dem davonziehenden Fahrer beide Mittelfinger, bevor sie die Hände wieder in den Taschen vergrub.

«Feigling», zischte sie und ging weiter.

«Okay», sagte Hark, «du musst mir erzählen, was mit dir und den Leuten hier los ist.»

«Es ist nichts los.»

«Weißt du, wie viele Beichten ich abgenommen habe?»

«Nicht meine.»

«Vielleicht sollten wir das ändern.»

«Vielleicht solltest du weniger reden», sagte Tilla, den Blick nach vorn gerichtet. Hark warf die Arme hoch.

«Gottverdammt, Tilla Flock! Dein eigener Vater hat offensichtlich ein tief sitzendes Aggressionsproblem mit dir. Du weigerst dich, ein Wohnviertel auf deiner Heimatinsel zu betreten, nicht ein Haus oder eine Straße, sondern ein ganzes Viertel, und ich wette, wenn ich dich nach deiner Mutter fragen würde oder nach der Liebe ...»

«Stopp», schrie Tilla und blieb stehen. Sie sah Hark an. Als sie sprach, klang ihre Stimme brüchig, so brüchig, dass Hark überrascht bemerkte, dass er sich verrannt hatte. «Ich bin nicht eines deiner Schäfchen. Wenn ich gerettet werden will, dann sage ich es.»

Sie ging weiter, ohne eine Antwort abzuwarten.

Die Milchbar, vor der im Sommer Scharen von Touristen auf Mauern saßen und den Sonnenuntergang betrachteten, lag leer und dunkel da. Selbst im Hotel dahinter brannte nicht ein einziges Licht, und das Café hoch oben auf einem Hügel war eingerüstet, weil es renoviert wurde. Farblos wirkte die Wiese darunter, auf der sonst Kinder spielten, obwohl der Grund hügelig war und voller Löcher. Jetzt war nur ein Hund zu sehen, dessen Besitzerin kaum mehr als ein Schemen im Dunst war. Der Hund zitterte. Hark zitterte noch mehr.

«Es gibt kalte Zeiten», sagte er in den Wind, «und es gibt nasse Zeiten.»

«Aber wenn man in den nassen, kalten Zeiten reist, hat man was falsch gemacht», gab Tilla zurück. «Da vorn ist es. Gleich neben dem schönsten Haus der ganzen Insel.»

Hark blickte auf und sah eine cremeweiße Altbauvilla am Durchgang zur Stadt. In diesen Fenstern schimmerten tatsächlich Lampen, so warm und wohltuend, dass der sterile Wohnturm auf der anderen Seite auf Hark wie eine Todsünde wirkte. Er musste Schritt halten mit Tilla, die ihn zu einer rostigen Eisentreppe an der Promenade brachte. Vorsichtig stieg Hark die schmalen Stufen hinab zum Strand und schleppte sich durch nassen Sandschlamm in Richtung Meer.

«Pater Visser», rief Tilla von vorn, «war schon uralt, als ich noch ein Kind war. Aber immer sportlich. Irgendwann haben wir rausgefunden, dass man aus Pater Visser auch Vater Pisser machen kann. Haben wir gerufen und sind weggerannt. Mich hat er erwischt. Als Einzige.»

«Zehn Vaterunser?»

«Ein Nachmittag Müll aufsammeln in der Brandungszone.»

«Vater Pisser ...»

«Hör auf, sonst nenne ich ihn gleich noch so.»

Hark konnte sich ein Grinsen nicht verkneifen. Tilla und er passierten einen einsam stehenden Strandkorb. Ein grob gestrickter Pullover lag darin. Jeans. Badeschlappen unter einem Handtuch, als wäre es Juli und nicht Januar.

«Vater Pisser», sagte Hark erneut. Tilla fuhr herum.

«Hark!»

«Ich weiß es echt nicht. Vater Pisser? Pater Visser?»

«Wann fährt noch mal deine Fähre?»

«Vater ...», flüsterte Hark. Da sah er den Kopf eines Mannes in den Wellen. Tilla hob drohend den Zeigefinger.

«Wehe.»

«... Pisser.»

Tilla boxte Hark Herforth gegen den Arm, vielleicht mit einem Lächeln, aber viel fester als beim letzten Mal.

«Denk an mich», sagte sie, «wenn dein Arm blau wird.»

Auch Hark lächelte, aber er ahnte, dass er am nächsten Morgen seinen Oberarm mit Herzklopfen im Spiegel betrachten würde. Selbst wenn er sich an Tillas Schlag erinnerte, würde der blaue Fleck wie ein Mahnmal auf ihm prangen und für all jene Krankheiten stehen, bei denen sich Blut unter der Haut sammelt. Vielleicht könnte Hark sich beruhigen, atmen und im Liegen die kühle Hand auf die heiße Stirn legen, wie seine Mutter es oft getan hatte. Aber schon jetzt spürte er einen dumpfen Schmerz in seinen Gelenken, sein Nacken verspannte sich, die Lunge brannte, und er bekam Panik vor der Nacht, auch wenn sie noch in weiter Ferne lag.

Hark keuchte auf. Sein Hals wurde unerträglich eng. Plötzlich fühlte er den Sand nicht mehr unter seinen Schuhen und den Regen nicht mehr auf seiner Haut. Nur noch Taubheit war da, und Lähmung, obwohl Hark versuchte, sich zu bewegen, bis ihm nach endlosen Momenten der Atemlosigkeit ein Schrei entfuhr ...

«Hey», sagte Tilla plötzlich. Sie war stehen geblieben. Ihr Blick lag auf Hark, der schwer atmend durch den Sturm gewankt war und jetzt mit gequälter Miene blinzelte.

«Hey», wiederholte Tilla sanft. Sie streckte die Hand aus, bis Hark sie nahm. Ihre Fingerspitzen waren ebenso kalt wie seine. Beide Handflächen waren klamm, aber das machte nichts. Tilla ließ nicht los, sondern zog Hark zu sich, um ihn zu beruhigen.

«Alles ist gut», sagte sie leise. «Du bist hier. Am Meer. Hier kannst du atmen. Du hast genug Luft. Sie ist eisig und klar und nass, und sie strömt in deine Lungen, um dich frei zu machen von allem. Da ist Gischt drin, in der Luft, und Salz. Spürst du sie auf der Haut? Auf den Lippen?»

Hark nickte.

«Spürst du sie?», fragte Tilla noch einmal.

Wieder nickte Hark, überzeugter jetzt, während sein Herzschlag langsamer wurde und die sengende Hitze in seinen Schläfen abnahm. Doch Tilla ließ seine Hand nicht los, sondern drückte sie nur noch fester, als sie ihre rote Wange an seine bleiche presste.

«Ich bin bei dir», flüsterte sie in Harks Ohr.

Eine Minute verging.

Zwei Minuten. Drei.

«Ich bin bei dir.»

So standen sie da, bis Hark bereit war, zum alten Pfarrer Visser zu gehen. Weit draußen im Meer schwamm der Mann, obwohl es viel zu kalt war. Seine Haare waren lang und weiß. Ein Bart umrandete sein strenges Gesicht. Tilla trat in die ersten Schaumfetzen der sich brechenden Nordsee.

«Vater Pisser!», rief sie laut. Sie stockte, während Hark vergeblich versuchte, nicht grunzend aufzulachen.

* * *

Der Mann, der aus den Wellen emporstieg wie ein Gott des Meeres, wirkte auf Hark nicht wie einer der ältesten Bewohner der Insel. Seine Haut mochte nicht mehr straff sein, doch der Körper war definiert, und Vissers Schädel schien wie aus Stein gemeißelt. Neongelb und eng lag die Badehose an, die Hark und Tilla fassungslos zu ignorieren versuchten. Sie schafften es nicht. Tilla räusperte sich.

«Pater Visser», rief sie in der Hoffnung, dass der Pfarrer sie eben nicht verstanden hatte.

«Fräulein Flock», war die Antwort. «Du willst wohl noch mal die Brandungszone aufräumen?»

«Sorry, Pater.»

«Was würden Sie als Strafe vorschlagen?», fragte Visser mit Blick auf den Priesterkragen unter Harks Mantel.

«Zehn Vaterunser?»

«Junge Geistliche. Ihr seid einfach zu weich.»

Tilla und Hark sahen zu, wie der Pfarrer ohne Eile zu seinem Strandkorb ging. Er schien nicht zu frieren, als er sich das Handtuch umlegte, und er schien sich nicht zu genieren, als er seine Badehose auszog und sich nackt im Wind dehnte. Tilla blickte zur Seite, Hark zum Himmel.

«Noch nie einen nackten Mann gesehen?»

«Keinen nackten Pfarrer», sagte Tilla.

«Nacktheit befreit. Seht her, ich trage keine Waffe, ruft mein Körper. Kriege würden enden, wären wir alle nackt. Ich habe nie verstanden, warum wir das nicht zelebrieren.»

«Vielleicht, weil es knapp über null ist», sagte Hark und zog die Schultern ein. Eisregen lief über die Brust von Pfarrer Visser, während er seine Boxershorts anzog.

«Gehen wir halt rein, wenn ihr friert», sagte er.

Visser erreichte die Promenade so, wie er seinen Strandkorb verlassen hatte. Er hielt seine Kleidung, statt sie zu tragen. Das Handtuch lag über seiner Schulter, doch weder hatte es ihn getrocknet, noch wärmte es den Pfarrer, und Hark fragte sich, warum Visser es mitgebracht hatte, wenn er doch nur dem eisigen Wind trotzte, anstatt sich abzureiben. Beinahe neunzig Jahre musste der Mann alt sein, doch es war, als hätte er der Zeit verboten, ihn zu belästigen. Selbst die Falten in seinem Gesicht wagten nicht, noch tiefer zu werden.

«Was wollt ihr von mir?», fragte Visser.

«Josef Monningen», antwortete Tilla.

«Was soll mit dem sein?»

Hark sah den Pater irritiert an.

«Sie wissen, dass er verbrannt wurde?», fragte er.

«Natürlich weiß ich das.»

«Wir wollen herausfinden, warum.»

«Für die Zeitung?»

«Für die Zeitung», log Tilla. Pater Visser sah sie an.

«Als würde dich deine Schwester auch nur das Datum über einen Artikel setzen lassen», raunte er.

«Wir wollen einfach nur wissen, warum Josef Monningen gestorben ist.»

«Das kann ich euch sagen, Kinder. Josef Monningen ist gestorben, weil er sterben wollte.»

Jetzt sah Tilla Hark irritiert an. Visser ging weiter, doch nicht in Richtung eines Wohnhauses, sondern zu den Treppen eines Strandrestaurants. Kein einziger Tisch stand draußen. Düsternis hinter den Fenstern. Trotzdem klopfte der Pfarrer an die Glastür, Wassertropfen in seinem Bart.

«Josef hatte genug», sagte er in die Stille.

«Aber wieso?»

«Kinder, der Mann war hundert Jahre alt.»

«Hundertzwei», sagten Tilla und Hark gleichzeitig.

«Ab neunzig verschwimmt die Lebenszeit. Dir kommt wie eine Dekade vor, was ein halbes Jahrhundert zurückliegt.»

Visser klopfte erneut, bis aus den Hinterzimmern des Restaurants eine Figur zur Tür kam. Eine junge Köchin in Schürze. Sie schloss auf. Öffnete mit einem Lächeln.

«Theo», sagte sie. Visser nickte zu Tilla.

«Kann ich mit den zwei Frostbeulen bei dir einkehren?»

Die Frau ließ Tilla, Hark und den Pfarrer hinein. Nur in der Küche brannte Licht. Alle Stühle standen umgekehrt auf den Tischen. Es duftete nach gewürztem Fisch.

«Was machst du, Nieke?», fragte Theo Visser die Frau.

«Rezepte ausprobieren. Wollt ihr essen?»

«Nur trinken. Am liebsten ...»

«Weiß ich doch», unterbrach sie ihn. Der Pfarrer peilte einen Platz am Fenster an und griff zwei Stühle gleichzeitig. Hark und Tilla halfen, und doch fühlten sie sich seltsam unnütz in der Präsenz des alten Mannes. Sie sahen der Frau hinterher, die durch die Schatten des Raumes zur Küche ging, und setzten sich mit Visser an den Tisch.

«Reden Sie von Selbstmord?», fragte Tilla nach einer Weile. «Dass Josef sich selbst angezündet hat?»

«Um Gottes willen, nein. Dem hat jemand geholfen.»

«Aber wer?»

«Irgendwer. Josef hatte genug loyale Freunde, um eine ganze Horde mit auf die Georgshöhe zu nehmen. Aber von denen würde keiner reden. Niemals. Spart euch die Mühe.»

Als die Köchin wieder zum Tisch kam, trug sie drei schlanke Schnapsgläser und eine Flasche, in der Hark grüne Grashalme schwimmen sah. Er versuchte, das ebenso grüne Etikett zu lesen, doch das Innere des Restaurants wurde vom Sturmgrau des Tages vor dem Fenster kaum erhellt. Erst, als Nieke vor jedem ein Glas absetzte, konnte Hark den Schriftzug ausmachen.

«Küstengras», sagte die Köchin wie zur Bestätigung.

«Oh Gott», stöhnte Tilla. Visser nahm die Flasche.

«Wer mit mir redet, muss mit mir trinken.»

«Nicht für mich», sagte Hark, doch der Pfarrer hob nur eine Augenbraue und öffnete den Schraubverschluss.

«Wer mit mir redet, muss mit mir trinken.»

Hark starrte das Glas an, während Pater Visser die klare Flüssigkeit bis zum Rand eingoss. Stückchen moosgrüner Pflanzen tanzten an der Oberfläche. Der Pfarrer füllte alle Gläser, zuletzt sein eigenes, und alle schwappten beinahe über, als er die Flasche zur Seite stellte, nur nicht zu weit weg.

Hark schluckte.

«Ich trinke nie», sagte er matt.

«Dann ist heute wohl nie», erwiderte der Pfarrer, aber Tilla sah, dass Hark es ernst meinte. Visser hob sein Glas und prostete der Köchin zu, die zurück zur Küche ging.

«Ein Wehen, ein Klagen, an all uns'ren Tagen», zitierte er wie zum tausendsten Mal, «drum fülle das Glas mit dem Küstengras. Erst kaut man, dann trinkt man, dann tanzt und dann singt man. Wenn ich jetzt gehen müsste, dann stoßt auf mich an mit dem Grase der Küste. Prost!»

Visser kippte seinen Schnaps.

Tilla atmete durch, dann trank sie ihr Glas in einem Zug aus, bevor sie Harks nahm und es ebenfalls leerte. Beide knallte sie so fest auf den Tisch, dass er wackelte.

«Wenn mein Freund nicht will», sagte sie zu Visser, «dann will er nicht.»

Visser nickte, vielleicht ein wenig beeindruckt von Tillas Härte. Erneut füllte er die Gläser. Auch Harks. Wieder trank er, und dann trank Tilla, nicht nur ihren eigenen Schnaps, sondern Harks gleich hinterher. Hark sah hilflos zu, wie Tilla sich schüttelte und das Gras kaute, das zwischen ihren Zähnen hing.

«Monningen», raunte sie Visser mit brennender Lunge und verkniffenem Gesicht zu. «Was wollte er von Ihnen?»

«Was meinst du?»

«Er war bei Ihnen. Kurz vor seinem Tod. Josef hat Sie gehasst, und Sie haben Josef gehasst, wegen der Kirschlikörwette beim Kirchenfest, aber hier ist er, bei Ihnen, kurz bevor er öffentlich verbrannt wird. Warum?»

«Verdächtigst du mich etwa, Tilla Flock?»

«Monningen hat früher meinen Lieblingshonig gemacht. Sommerblüten. Ich verdächtige jeden hier», antwortete Tilla mit zu schwerer Zunge. Sie lehnte sich auf ihrem Stuhl zurück und bemerkte stirnrunzelnd, dass ihre Gläser wieder voll waren. Visser musste frisch aufgefüllt haben, ohne dass es ihr aufgefallen war. Doch noch trank der Pfarrer nicht. Stattdessen sah er aus dem Fenster. Ein Spaziergänger ließ sich vom Wind treiben.

«Ich sollte das nicht erzählen», sagte Visser. «Ich breche das Beichtgeheimnis. Mein Gott erlaubt das nicht.»

«Keine Panik. Mein Hark erteilt Ihnen Absolution.»

«Vielleicht helfen Sie, einen Mord aufzuklären», sagte jetzt Hark und lehnte sich vor. «Es ströme aber das Recht wie Wasser und die Gerechtigkeit wie ein niemals versiegender Bach.»

«Wenn Sie von mir erwarten», erwiderte Visser, «dass ich Kapitel und Vers kenne, muss ich Sie enttäuschen. Ich war nie sonderlich bibelfest für einen Pfarrer.»

«Könnte Josef Monningen zwischen der Aufklärung seines Mordes und der Geheimhaltung seiner Beichte entscheiden, was, glauben Sie, würde er wählen?»

Pater Visser zögerte, bis Hark plötzlich eines der randvollen Gläser nahm und es kippte, ohne den Blickkontakt zum Pfarrer zu unterbrechen. Er unterdrückte den Würgereiz, der in seinem Hals aufstieg, und atmete durch die Nase, während sich die Hitze in seinem Bauch ausbreitete wie ein Virus, das ihn tagelang ans Badezimmer fesseln würde. Visser selbst nahm sein Küstengras und leerte es langsam, nur um ebenso langsam wieder nachzuschenken. Tilla sah Hark an.

«Hark!»

«Wer mit ihm redet, muss mit ihm trinken», ächzte Hark. Das Flimmern vor seinen Augen ließ ihn blinzeln.

Der uralte Pfarrer kämpfte mit sich, viel länger als nur einen Augenblick. Dann, endlich, sprach er.

«Josef Monningen war todkrank», sagte er. «Seit ein paar Monaten. Sein Arzt hatte was gefunden, zu spät, aber wer guckt schon genau nach beim ältesten Mann der Insel?»

«Krebs?», fragte Hark.

«Ist das wichtig? Am Ende ist es egal, ob dich Ostwind zum Kentern bringt oder Nordwind. Du ertrinkst.»

«Aye», sagte Tilla. Ihr Kopf pochte vom Küstengras.

«Josef hasste die Vorstellung, dass man tränenreich bei ihm vorsprechen würde, wie unfair das Leben doch sei. Dass man plötzlich anders mit ihm umgeht. Er kam zu mir, weil er wusste, dass er von mir kein Mitleid erwarten konnte.»

«Die besten Beichten nehmen Pfarrer ab, die man nicht leiden kann», sagte Hark. «Man hat nichts zu verlieren.»

«Wir trafen uns ein paarmal. Redeten. Über das Alter. Dinge, die man bereut. Menschen, die man verletzt hat.»

Tilla blickte auf. «Gab es da jemanden?», fragte sie. Visser zuckte mit den Schultern.

«Er hatte nicht das beste Verhältnis zu seinem Sohn.»

«Wester.»

«Da war vieles unausgesprochen», sagte Pater Visser. «Josef hatte sich immer Enkel von Wester gewünscht.»

«Sonst niemand?», fragte Hark heiser. «Keine Feinde?»

«Was glaubt ihr? Der Mann war kein Engel, auch wenn man ihn hier gern so darstellt. Kein Mensch verbringt ein Jahrhundert an einem einzigen Ort, ohne anzuecken. Aber nichts, was Josef mir erzählt hat, rechtfertigt einen Mord.»

Während seine Worte noch in der Luft hingen, trank der Pfarrer. Und auch Hark trank, noch bevor Tilla ihr Glas nehmen konnte. Sie wusste nicht, ob sie in der Lage war, die Bewegung ihrer Finger so genau zu koordinieren, also griff sie mit beiden Händen nach dem zierlichen Gefäß und kippte den Schnaps so unelegant, dass sie kicherte.

«'tschuldigung», glaubte sie zu sagen.

«Monningen war also», setzte Hark an, «Monningen war also bereit, zu sterben. Bevor ihn die Krankheit holte.»

«Ja.»

«Was dann?»

«Ich sagte ihm, dass er sein Leben aufarbeiten sollte, solange er noch konnte. Sich entschuldigen. Alte Freunde kontaktieren. Frieden schließen. Und er sollte entscheiden, auf welche Art er diese Welt verlassen wollte.»

«Und er wollte ... auf der Georgshöhe brennen?»

«Blödsinn. Er wollte nur nicht im Hospiz verrecken.»

«Ich will einen Herzinfarkt beim Knuddeln mit Welpen», brachte Tilla ohne Unfälle hervor. Sie hob ihr Glas, und nachdem sie enttäuscht festgestellt hatte, dass es leer war, nahm sie selbst die Flasche. Allen schenkte sie ein, auch Hark, der Schweiß auf der Stirn hatte und versuchte, sich nicht zu übergeben. Tilla trank und schüttete nach.

«Besoffen im Graben», rezitierte sie, «an dreckigen Tagen, deshalb schütte ins Glas unser Küstengras. Erst kaut man, dann trinkt man, dann kotzt und dann stinkt man. Wenn ich jetzt rülpsen müsste, dann stoße ich auf in den Mund, der mich küsste. So haben wir's in der Schule gesagt. Prosit.»

Sie trank. Hark trank. Visser trank.

«Vater Pisser», sagte Hark und stöhnte, während das Hitzegefühl im Bauch einer tief sitzenden Kälte wich, «Sie glauben also, dass Josef Monningen nicht stillschweigend gehen wollte, sondern einen Freund für ein besonderes Ende engagiert hat? Eine Art ... letztes Hurra nach einem langen, guten Leben?»

«Ja. Das glaube ich. So wahr mir Gott helfe.»

Beeindruckt hob Hark die Augenbrauen, so weit, wie er es noch konnte. Er zeigte mit dem Finger auf den Pfarrer, oder mit zwei Fingern, oder einem, den er doppelt sah.

«Das war ein saugutes Schlusswort», lallte er.

Tilla hatte noch ein letztes Glas Küstengras runterge-schüttet. Jetzt erhob sie sich und wankte dorthin, wo sie den Ausgang vermutete. Hark kämpfte sich mit einer Ver-abschiedung vom Stuhl hoch und versuchte, seiner Freundin zu folgen. Als der Regen sein Gesicht benetzte, griff er Tillas Hand, und Tilla griff seine.

Keiner von ihnen sah die Gestalt hinter dem Gebäude.

Keiner von ihnen bemerkte, dass sie verfolgt wurden, während sie gemeinsam über die Promenade wankten. Man hielt mehr Abstand, als man hätte halten müssen, während Hark und Tilla kichernd und mit vereinter Kraft den Weg zum Hotel fanden, und zu Harks Zimmer, und auf sein Bett.

Gänzlich benebelt starrten sie an die Decke.

«Hark?», flüsterte Tilla nach einer Weile.

«Ja?»

«Das hier ist keine Affäre, oder?»

«Nein», antwortete Hark mit erstaunlich fester Stimme, «nein, Tilla, das ist es ganz sicher nicht.»

«Gut. Weil Affären jede Freundschaft kaputt machen.»

«Ja.»

Ein Moment verging. Hark nickte ein, bis ...

«Hark?», flüsterte Tilla erneut.

«Was?»

«Sind wir befreundet?»

«Ist komisch, aber fühlt sich so an.»

«Wir dürfen keine Affäre haben. Niemals. Ich will nicht, dass unsere Freundschaft kaputtgeht.»

«Ich auch nicht.»

Stille. Wieder schloss Hark die Augen, und wieder schlief

er ein, beruhigt von der Wärme und von Tillas Nähe und vom Regen, der gegen das Fenster prasselte.

«Hark?», flüsterte Tilla dann zum dritten Mal. Hark war kaum noch anwesend.

«Hm?»

«Ich hab jemanden umgebracht.» Die Worte kamen aus Tillas Mund, doch Hark hörte sie nicht mehr. Er schlief, und auch Tilla schlief, und Seite an Seite schnarchten beide, obwohl es nicht Nacht war und noch nicht einmal Abend.

* * *

MONTAG

Zweiundsiebzig.
Dreiundsiebzig.
Vierundsiebzig.

Fünfundsiebzig Mal richtete der Mann mit der roten Tätowierung seinen Oberkörper auf, und fünfundsiebzig Mal spannte er seine Muskeln dabei so sehr an, dass er stöhnte vor Anstrengung. Jede Sehne in seinem Körper zog sich in die Länge. Jede Faser war bereit, zu schreien, bis der Mann sein Training abschloss und sich flach auf den Boden legte, um zu atmen. Es war ein Monteurzimmer, das er hier auf der Insel gemietet hatte, schmucklos und klein und beinahe anonym. Kein Möbelstück passte zum anderen. Selbst die Vorhänge, die die Oberlichter verhüllten, hatten unterschiedliche Muster.

Aber das machte dem Mann nichts aus.

Er hatte immer schmucklos gelebt.

Boxer war er gewesen, früher einmal, oft auf Reisen und noch öfter in Städten, in denen es keine Hotels gab. Stattdessen war der Mann mit der Tätowierung bei Menschen untergekommen, die er nicht gekannt hatte, und deren Zimmer waren schlimmer gewesen als dieses.

Während er sich anzog, fiel der Blick des Mannes auf seine Waffe auf dem Tisch. Es war eine unspektakuläre Pistole, aber gepflegt und gewartet und ausreichend für seinen Zweck. Ohnehin waren es andere Instrumente, die der Mann brauchen würde. Als er seine Jacke nahm und das Zimmer sowie das mittig liegende Reihenhaus verließ, wusste er genau, was er kaufen musste.

Das kalte Wetter war perfekt für Handschuhe.

Der Mann wollte nicht, dass man seine tätowierte Schlange sah. Es gab nicht viele Tätowierungen hier. Oder Kerle wie ihn.

Er nahm den langen Umweg, der am Meer entlangführte, anstatt direkt in die Stadt zu gehen. Der Mann mochte das Meer, vor allem das kalte, nicht den warmen Ozean seiner Heimat. Als er die große Runde machte, die in einem schrecklich ineffizienten Halbkreis vom Frachthafen zur Innenstadt führte, hatte er eine Landkarte dabei, die er in seinem Zimmer gefunden hatte. Er fühlte sich albern, auf eine Karte schauen zu müssen, so klein, wie die Insel war. Aber der Mann musste zugeben, dass er die Struktur der Stadt noch nicht verstanden hatte und auch nicht verstehen würde, bis er abreiste oder starb.

Beides war ihm recht.

Das Geschäft, das ihm die Vermieterin genannt hatte, war nicht geschlossen. Die Inhaber anderer Läden mochten den Januar für Urlaub nutzen, für Inventur oder Renovierungen, aber in diesem hier wurde der Mann überfreundlich begrüßt, als er den Verkaufsraum betrat. Verhalten grüßte er zurück, bevor er zwischen Haushaltswaren und Möbeln, Lampen und Farben und Stoffen die Dinge suchte, die er brauchte.

«Sie arbeiten hier?», fragte die Verkäuferin herzlich, um dann den Satz noch einmal auf Englisch zu wiederholen. Einen nach dem anderen tippte sie die Preise ein, während der Mann gebrochen antwortete. Ja, er arbeite hier, wie so

viele in diesem Monat. Er wusste, dass sich die Verkäuferin
nicht an ihn erinnern würde. In diesen Dingen war er gut.
Als er ging, trug er die Tüte, wie man eine Tüte eben trug.
Völlig normale Gegenstände waren darin, passend für eine
Baustelle oder eine Ferienwohnung oder ein Hotel. Nichts,
was Aufsehen erregen würde, selbst wenn die Vermieterin
des Mannes sein Zimmer betrat, um zu lüften.
Der Mann wusste nicht, ob Vermieterinnen so etwas noch
machten. Ob sie die von ihnen vermieteten Zimmer betra-
ten, um zu lüften. Aber er fühlte sich wohler mit den Sachen,
die er gekauft hatte, als mit den Messern, die er zuerst hatte
mitnehmen wollen aus seiner Heimat. Als er die Wohnungs-
tür hinter sich geschlossen hatte, sah er zu seinem eckigen
Koffer auf dem Tisch, geöffnet. Ein uralter Filmprojektor
war darin. Der Mann stellte die Tüte ab und nahm die Ge-
genstände heraus, um sie auf die Küchenzeile zu legen.
Bald würde er sie einsetzen.
Jeden Einzelnen von ihnen.
Eine Schere war dabei, und eine Zange, und ein Hammer,
und zuletzt Schälwerkzeuge für Äpfel oder Kartoffeln oder,
wenn man denn wollte und konnte, für Haut.
Der Mann mit der roten Tätowierung lächelte nicht.
Beinahe schien er ein französisches Lied zu hören.

* * *

Tilla erwachte, wie Hark am vergangenen Morgen erwacht
war. Jemand klopfte an der Tür, vorsichtig, nicht zu laut,
aber hartnäckig genug, dass Tilla sich auf dem Hotelbett
wälzte. Noch immer trug sie die klammen Kleidungsstücke

des letzten Tages, doch Hark hatte sie während der Nacht zugedeckt und die Heizung aufgedreht. Tilla fror, obwohl ihr heiß war. Die Füße spürte sie kaum. Ihren Kopf umso mehr.

Wieder das Klopfen.

Als sie sich aufsetzte, sah Tilla Hark nur als Silhouette am Fenster, geduscht und angezogen, aber keinen Hauch frischer als sie selbst. Tilla kniff ihr rechtes Auge zu, bis sie schärfer sehen konnte. Sie wunderte sich über die sonnenbeschienenen Winterwolken am kaltblauen Himmel.

«'n Morgen», sagte sie heiser. «Oder guten Tag?»

«Du klingst, wie ich mich fühle», antwortete Hark. Das Klopfen an der Tür hörte nicht auf, und so ging er hin und öffnete. Dahinter wartete die schmalschulterige Rezeptionistin. Die junge Frau strahlte, als wäre jeder Tag ihr bester, zumindest bis sie Tilla in Harks Bett erblickte.

«Oh», sagte die Rezeptionistin, und ihre Wangen wurden rot, «ich wusste nicht, dass Sie in Begleitung sind, Pater.»

«Es ist nicht das, was Sie denken», sagte Hark.

«Keine Sorge. Das hier ist ein sehr diskretes Haus.»

«Sie müssen nicht diskret sein. Wir haben ein wenig zu viel getrunken und sind eingeschlafen. Küstengras.»

«Küstengras! Ich bringe Ihnen Kopfschmerztabletten und Kühlpacks», sagte die junge Frau, und noch ehe Hark erwidern konnte, dass er von beidem genug in seiner Tasche hatte, war die Rezeptionistin schon aus dem Zimmer geeilt.

«Es ist ein sehr diskretes Haus», flüsterte Tilla.

Als es kurze Zeit später wieder an der Tür pochte, brachte die Frau nicht nur Pillen und kühlfachfrische Masken für die Augen, sondern auch genug Frühstück für Hark und Tilla. Fast schleichend trat sie ein, als würde sie etwas Verbotenes tun, und deckte den Tisch mit einer Auswahl, die sie heimlich aus der Küche entwendet haben musste. Hark sah zu, wie die Rezeptionistin Spiegeleier, Tee, Toast und frische Früchte servierte. Hunger hatte er keinen.

«Pater Visser glaubt also an Selbstmord», sagte Tilla, während sie ihre Augen kühlte. Ein Stöhnen entfuhr ihr.

«Selbstmord aus Angst vor dem Tod», antwortete Hark.

«Was denkst du?»

«Ist nicht das absurdeste Konzept. Glaub mir.»

«Aber Monningen war einfach nicht der Typ.»

«Es gibt keinen Typ», sagte Hark leise. «Nicht dafür.»

Tilla legte den Kopf in den Nacken. Die Rezeptionistin goss ihr Kaffee ein. Hark seufzte und setzte sich.

«Wir sind kein Stück weiter», sagte er. «Suizid. Mord.»

«Das Motiv könnte persönlich sein. Finanziell.»

«War es ein Fremder?», fragte Hark. «Ein Bekannter?»

«Mitleid? Habgier? Blanke Wut?»

«Was, wenn Josef seine Häuser verkaufen wollte, aber die Bewohner ihn dafür hassten? Vielleicht wollte jemand ein Exempel an ihm statuieren. Lasst unsere Insel in Ruhe, sonst ...»

«Mach es doch noch komplizierter», stieß Tilla hervor. Sie nahm die Kühlmaske ab und setzte sich an den Tisch, auch wenn sie den Speck nicht riechen mochte. Hark murmelte etwas, das nach einem Dankeschön klang, in Richtung der Rezeptionistin. Er wusste nicht, ob er ein Trinkgeld geben sollte und wie viel angemessen wäre.

Aus diesem Grund ging er nicht in Restaurants und kaufte Essen nur zum Mitnehmen, am liebsten von Automaten, die man nicht vor den Kopf stoßen konnte.

«Wir sind kein. Stück. Weiter», wiederholte er.

«Natürlich nicht», sagte plötzlich die Rezeptionistin, «Sie haben ja auch kein Wandbild.»

Tilla und Hark blickten auf.

«Was?»

«Wie wollen Sie in den Wirrungen eines Mordfalls den Überblick behalten, wenn es kein Wandbild gibt? Ein klarer Kopf liebt die Struktur. Sagt meine Mutter.»

Die junge Frau in ihrem ausufernden Blazer hatte einen Notizblock aus der Schublade des Schreibtisches geholt, bevor Hark und Tilla etwas erwidern konnten. Beide sahen zu, wie sie Josef Monningens Namen auf ein Blatt schrieb, um sich dann in die Höhe zu recken und ein Gemälde über der Couch abzuhängen. Die Nägel blieben in der Wand, und an einem davon befestigte die Rezeptionistin das Papier, sodass Monningens Name mitten auf der Zimmertapete prangte.

«Ihr Opfer», sagte sie. «Josef Monningen.»

«Huh.» Hark stand auf. Nahm selbst Notizblock und Stift, um ausladend Elisabeth Monningens Namen zu schreiben und das Blatt an den zweiten Nagel zu hängen, sodass Mann und Frau nebeneinander vereint waren. Hark drehte sich zur Rezeptionistin. Aufregung lag in seiner Stimme.

«Sie hätten nicht zufällig farbiges Papier?»

Die Augen der jungen Frau funkelten.

* * *

Das Geflecht, das sich pünktlich zum Schlag der Kirchturmuhr über die Wand des Hotelzimmers spannte, ließ Hark und Tilla zufrieden nicken. Mittig hing das Monningen-Ehepaar,

103

umgeben von den Angehörigen auf sechs blauen Karteikarten und verbunden durch Bindfäden, die zwischen Reißzwecken gespannt waren. Blassrot waren Karl Arneke aus der Kneipe und seine Köchin Mariella, deren Katze man ermordet hatte. Grün wie Dünengras hingegen die Immobilienfirmen, Bröcker und Witt in Frankfurt und Esperior Real Estate, an deren Namen sich Hark gerade noch erinnert hatte. Ein Foto der Georgshöhe klebte über allem, ausgeschnitten aus einem Reiseführer des Hotels. Dazu hatte Tilla gelbe Karten geklebt, für Pater Visser, dem sich Josef Monningen trotz des Streits in den letzten Wochen seines Lebens geöffnet hatte, und Gruppen von Verdächtigen, die vielleicht wütend auf Monningen waren.

«Bewohner», las Tilla auf einer der Karten.

«Familie», las Hark auf einer anderen.

«Fragezeichen», sagte die blasse Rezeptionistin feierlich, bevor sie eine letzte weiße Karte mit ebenjenem Symbol aufhängte. Sie trat einen Schritt zurück und verschränkte die Arme, als wären Hark und Tilla nicht ihre Gäste, sondern Gefährten. Auf dem Boden lagen gelbe Fetzen eines Papiers, auf dem Tilla Pater Visser versehentlich seinen alten Spitznamen gegeben hatte. Hark ließ den Blick an dem fertigen Wandbild hinabgleiten, bevor er seinen Mantel nahm und das vergilbte Foto von Josef Monningen aus der Innentasche zog. Er heftete es an die Wand, gleich unter die Karte von –

«Bertram Monningen», sagte er nachdenklich. «Josefs seniler Bruder. Wenn der doch nur reden könnte. Ich würde zu gern wissen, was er mit dem Satz unter dem Foto meinte.»

«Die Georgshöhe», zitierte Tilla, wie sie es vor zwei Tagen

im Polizeiwagen ihres Vaters gemacht hatte. Hark stellte sich neben sie.

«Vielleicht findet hier im Tode Erlösung, wer sie im Leben nicht finden durfte», las er vor. «Erlösung ...»

«Im Tode.»

«Bertram. Du hast gesagt, er wohnt bei Josefs Sohn?»

«Seit er nicht mehr geradeaus sprechen kann», antwortete Tilla. «Wester pflegt ihn. Echte Nächstenliebe.»

«Alle Monningens sind gläubig, was?»

«Ab einer gewissen Windstärke ist jeder hier gläubig.»

«Erzähl mir von Wester», sagte Hark nach einem Moment.

«Gibt nicht viel zu erzählen. War Polizist auf dem Festland. Hat nie geheiratet und sich lieber um seinen Onkel Bertram gekümmert, als der abbaute. Er ist Jäger.»

«Jäger auf einer Insel. Was schießen die? Hirsche?»

«Wer unsere Hirsche schießt, soll verflucht sein», sagte die Rezeptionistin unerwartet scharf. «Wir haben achttausend Kaninchen hier. Das muss reichen.»

Sie räumte die Reste des kaum angerührten Frühstücks auf einen Servierwagen. Eilig nahm Tilla ein Croissant und tunkte es in ihre halb leere Kaffeetasse.

«Wenn wir zu Bertram wollen, müssen wir an Wester vorbei», sagte sie. «Absoluter Endgegner. Der ist wütend, weil wir bei seiner Mutter eingebrochen sind. Und du willst keinen alten Insulaner mit Waffenschein wütend machen.»

«Du bist eingebrochen. Ich wurde hereingebeten.»

Tilla warf Hark einen bösen Blick zu, bevor sie in ihr durchweichtes Croissant biss. Sie verzog das Gesicht.

«Was bitte finden Franzosen daran?», fragte sie.

Die Rezeptionistin hatte die Zimmertür geöffnet und ihren Wagen nach draußen geschoben, um sich jetzt mit dem Hauch einer Verbeugung zu verabschieden. Hark verbeugte sich unbeholfen ebenfalls, auch wenn er sich fragte, warum.

«Wenn Sie etwas brauchen, bin ich da», sagte die junge Frau, «aber kommen Sie doch bitte morgen zum Frühstück.»

Alles, was Tilla und Hark noch hörten, als sie ging, war das Klopfen ihrer Absätze auf dem Holzboden des Hotelflurs und ein leise quietschendes Rad des Servierwagens.

«Ich kenne nicht mal ihren Namen», sagte Hark. Tilla griff die rote Jacke ihrer Schwester und zwängte die endlich warmen, trockenen Füße in ihre kalten, halb feuchten Stiefel.

«Wir gehen zu meinem Vater», sagte sie. Hark hustete.

«Das ist vielleicht die dämlichste Idee, die du ...»

«Papa und Wester Monningen sind Polizisten. Die denken gleich. Die reden gleich. Wenn es jemanden gibt, der uns zu Bertram bringen kann, dann ist es mein Dad.»

«Aber dein Vater hat gesagt, dass diese Stadt nicht groß genug für einen Sheriff und einen Mann Gottes ist.»

«Macht den Männerquatsch unter euch aus.»

«Und wir sollen uns von den Monningens fernhalten!»

«Wenn es nach meinem Vater geht, soll ich mich von allem fernhalten», sagte Tilla. «Von jeder Geschichte. Jedem Bewohner. Am besten sperre ich mich ein und sage nichts.»

«Warum?», fragte Hark.

«Weil ich dann auch nichts kaputt machen kann.»

Warum?, hätte Hark beinahe erneut gefragt, aber dann erinnerte er sich an gestern und den Strand und die Tränen in Tillas Augen. Er schwieg, während er seinen Mantel anzog, und während er Tilla durch das Hotel folgte, in dem noch immer kein Gast außer Hark zu wohnen schien. Alle Schlüssel an der Rezeption hingen in ihren Fächern, nur seiner nicht.

Die Sonne am Himmel brachte keine Wärme, aber draußen auf der Straße schloss Hark trotzdem die Augen und genoss das Gefühl, keine betonfarbene, schwer lastende Wolkendecke über sich zu haben. Er glaubte, Tilla würde ihn zur nahen Bushaltestelle führen, damit sie dann zu ihren Eltern fahren konnten, wo auch immer sie wohnen mochten. Stattdessen ging Tilla weiter, vorbei an geschlossenen Läden und durch leere Seitenstraßen, bis sie einen Schleichweg fand, der so winzig und versteckt war, dass Hark ihn noch nie gesehen hatte.

«Ich glaube, du lockst mich ins Watt», sagte er.

«Wir können nicht immer den Bus nehmen», antwortete Tilla, «oder hast du schon mal Ermittler gesehen, die um halb sechs abends aufhören, weil der ÖPNV nicht mehr fährt?»

Der Weg öffnete sich zu einer Geschäftsstraße, und während Hark sich noch fragte, was seine Freundin vorhatte, hielt Tilla auf einen Fahrradverleih zu, der geöffnet war. Bullige Crossräder hingen im Schaufenster, mit Reifen, die ideal sein mussten für den Strand. Schlanke Aluminiumrahmen daneben, auf denen man wohl mit dem Wind halsbrecherisch über die Deiche fahren konnte, dachte Hark. Er hörte das Türklingeln kaum, als Tilla den Laden betrat, sondern betrachtete die Räder, vor denen er sein Spiegelbild sah. Hark konnte nicht anders. Ein Grinsen. Sein Herz schlug schneller.

«Was nehmen wir?», rief Hark, als er Tilla hineinfolgte und den Geruch von Öl und Gummi einsog. «Mountainbikes?»

* * *

Ein Tandem.

Hark starrte die zwei hintereinander liegenden Sitze an, und die vier Pedale, und die Lenker. Es war nicht einmal ein schnittiges Tandem, das da vor ihm stand, sondern ein seltsam aufgebautes Etwas mit rund geschwungenen Stangen und lederbraunen Sätteln, auf denen Hark und Tilla aussehen würden wie ein Ehepaar, das jede Leidenschaft verloren hatte. Hark schämte sich für den Gedanken.

Noch mehr schämte er sich für das Tandem.

«Ernsthaft?», fragte er.

«Ich liebe Tandems», antwortete Tilla. «Du nicht?»

«Nein.»

«Dein Problem. Wir sind jetzt Tandemfahrer.»

«Bis Samstag wieder?», fragte der Ladenbesitzer.

«Bis Samstag», antwortete Tilla, während sie ihren Namen unter den Mietvertrag kritzelte. Grinsend schob sie das Rad auf die Straße. Hark sah den Besitzer an.

«Kann nichts dafür», sagte der, «ich wollte ihr was Ordentliches geben.»

«Zehn Vaterunser», zischte Hark, «als Strafe.»

Draußen schwankte Tilla gemeinsam mit ihrem Tandem, während sie versuchte, aufzusitzen. Sie fuhr vorn, so viel war Hark klar, als er selbst nach dem hinteren Lenker griff und sein Bein über den Rahmen schwang. Beinahe fiel er, weil Tilla sich abstieß und Hark noch nicht bereit war, aber nach einem ersten Halbkreis auf der Straße und einem Fluch, den Tilla einem hupenden Handwerkerwagen hinterherbrüllte, fanden beide ihre Balance und ihren Rhythmus. Hark hechelte.

«Okay», musste er zugeben, als sie die Stadt hinter sich ließen und auf die stille Promenade fuhren, «ist okay.»

Der Weg zu Tillas Eltern führte westwärts.

Hark bemerkte seinen angestrengten Herzschlag nicht, als er die letzten Häuser mit Meerblick sah. Er dachte kaum an die Möglichkeit eines Infarkts oder an die Frage, ob der Alkohol von gestern Abend tödlich wirken könnte in Verbindung mit dem Adrenalin der Fahrt, die schneller und schneller wurde, je länger Hark und Tilla mit dem Wind reisten. Sie ließen den Spielplatz am Strand mit seinen Trampolinen und die Auffahrt zum Deich hinter sich, um stattdessen in wilden Schlenkern über die schräge, luftige Fläche zu ziehen, die den Sand von den Dünen trennte. Hark wusste, dass sie auf dem Weg zum Hafen waren. Er kannte die weitläufige Kurve, die das Tandem bald zur Südspitze der Insel führte, wo die Fähre ablegte und mehr Menschen mitnahm, als sie vom Festland bringen würde. Wochen und Monate würde es noch dauern, bis sich die Hotels wieder füllten, bis das gewaltige Osterfeuer am Strand aufgeschichtet wurde und bis die Enge der kleinsten Einkaufsstraße so gefüllt mit Touristen war, dass Hark als Kind seine Mutter mehr als einmal in der Menge verloren hatte.

«Ich hätte nicht gedacht, dass deine Eltern am Hafen leben», rief Hark. «Gibt es da überhaupt Wohnhäuser?»

«Meine Eltern leben nicht am Hafen.»

«Warum fahren wir dann zum Hafen?»

«Du bist Tourist, Hark. Du hast keine Termine. Keine Verpflichtungen. Frag nicht so viel. Fahr einfach.»

Eine Möwe flog über Harks Kopf hinweg. Er sah zu, wie der Vogel im Wind glitt, genauso schnell wie das Tandem und fast so weiß wie die Wellenkämme im Januarmeer.

«Fahren wir einfach», rief Hark zurück.

Im Sommer mussten unzählige Taxen an dem Bordstein warten, den Tilla und Hark mit einem gemeinsamen Aufschrei hinunterfuhren. Aber jetzt war es nur ein einzelner Wagen, vor dem eine einzelne Fahrerin stand und rauchte. An der Zigarette ziehend blickte sie dem kuriosen Tandem hinterher, das bis zum äußeren Hafenrand rollte und bremste, direkt im Schatten an einer ablegenden Fähre. Die Taxifahrerin hustete ein ungesundes Husten, unschlüssig, ob die beiden Urlauber waren oder kauzige Zugezogene.

Letztlich war es ihr egal.

Über Hark und Tilla thronte das Schiff in unfassbarer Größe, und hätten sie sich gefährlich über das Geländer gebeugt, dann hätten sie vielleicht das Heck berühren können, das weiß und grün im brackschwarzen Wasser lag. Kein Mensch stand auf den Außendecks. Nichts als leere Sitzbänke spiegelten die schrägen Fenster der oberen Brücke wider.

«Weiter», sagte Tilla, und schon wendeten sie das Tandem an der Kante und machten sich auf den Weg zu den Jachten und Kuttern und Arbeitsschiffen, die vor Anker lagen. Es roch nach Fisch und Dieselmotoren und dann nach der Küche eines Restaurants, aus Glas gebaut und mit Blick auf die Bucht und einen abseitsliegenden Bungalow am Inselende.

«Die Immobilienhaie», rief Hark bei einem Schlenker zu

Tilla, «die Monningen bedroht haben sollen. Die müssen wir überprüfen, auch wenn Visser an Selbstmord glaubt.»

«Was willst du da überprüfen?»

«Verbindungen. Zu Leuten auf der Insel. So was muss doch in irgendwelchen Verzeichnissen stehen. Geschäftsberichte. Akten.»

«Spannend. 'tschuldige, bin kurz eingeschlafen.»

«Wir brauchen jemanden, der uns bei der Recherche hilft», sagte Hark. Tilla überlegte einen Moment.

«Ariane», rief sie. Ihre Stimme klang angestrengt, während sie das Hafengelände hinter sich ließen und für die steile Auffahrt zum Deich schwerer in die Pedale traten. Auch Hark keuchte, so sehr, dass die Sorge in ihm aufflammte und er sich an seinen Puls erinnerte, und an das Kribbeln in seinen Beinen. Immer lauter rauschte es in seinen Ohren. Immer blasser sah das Rot von Tillas Winterjacke vor ihm aus, bis der Tritt des Rades plötzlich leicht wurde, weil das Tandem den Radweg hoch oben auf dem Deich erreicht hatte. Sie rollten. Wie schwerelos.

Die Farben kehrten in Harks Welt zurück.

«Ariane?», rief er in den Fahrtwind.

«Meine Schwester. Meine Chefin. Je nach Tagesform.»

«Die Geschwister Flock. Gnade mir Gott», sagte Hark. Sein Grinsen war dämlich. Vielleicht hätte Tilla ihn geboxt, wenn sie nicht die Hände am Lenker gehabt hätte. Einen letzten Moment lang ließ sie Hark den Ausblick über das Wattenmeer genießen, dann nahm sie die Füße von den Pedalen und fuhr das Tandem mit Schwung bergab zu einem Gewirr aus Wohnstraßen und Gassen und Schrebergärten. Die Häuser, die Hark jetzt sah, waren prachtvoll in ihrer Einfachheit. Rostrote Ziegel. Sorgsam angelegte Rasenflächen. Teiche, an denen Silhouetten von metallenen Störchen im Boden steckten. Kein einziger Bau musste den Rest der Insel beeindrucken, weil die Bewohner seit Ewigkeiten hier lebten und ihre Häuser an Kinder und Kindeskinder vermachen würden, anstatt sie zu verkaufen.

«Ariane leitet unser Werbeblatt», sagte Tilla, «und recherchieren kann sie. Hat mal in Berlin gearbeitet.»

«Und dann kommt sie zurück? Für eine Inselzeitung?»

«Je kleiner die Zeitung, desto größer die Nähe. Ariane liebt den Küstengruß. Am Ende sind alles nur Worte auf Pap...»

Tilla hatte den Satz noch nicht beendet, als plötzlich aus einer Seitenstraße ein Geländewagen heranraste. Hark schrie auf. Tilla bremste, und sie versuchte auszuweichen, aber das Tandem war zu schwerfällig. Harks hinterer Reifen wurde von der Seite des aufheulenden Wagens getroffen, sodass Tilla und er heftig genug ins Schleudern gerieten, dass sie abgeworfen wurden. Schreiend kratzte Hark mit der Wange über den Asphalt. Tilla stieß sich die Schulter, während das wuchtige Auto um die Kurve raste und verschwand. Nur den Motor hörte man noch, bis auch er immer leiser wurde.

«Arschloch», rief Tilla dem Fahrzeug hinterher.

«Verdammt», keuchte Hark. «Bist du okay?»

«Der darf hier überhaupt nicht fahren», presste Tilla hervor, als hätte sie Harks Frage nicht gehört. Sie zerrte sich hoch, blass, wie sie war. Harks Herz hämmerte. Seine Wange brannte. Er schaffte es, aufzustehen und das Tandem zu nehmen, um schweren Schrittes Tilla zu folgen, die zitternd den Hausschlüssel aus ihrer Tasche holte.

«Bist du okay?», fragte Hark erneut. Wieder keine Antwort. Stumm öffnete Tilla die Tür zu ihrem Elternhaus. Fast schien es, als hätte sie den Unfall schon vergessen, und wieder einmal fragte sich Hark, was vorgefallen war in der Familie Flock, hier, wo man so wenig vom Wind und den Wellen hörte, dass man sich kaum auf einer Insel wähnte.

***

«Sie», entfuhr es Tillas Vater, als er Hark hinter seiner Tochter im Flur des Hauses sah.

«Ich», antwortete Hark vorsichtig.

«Papa ...»

«Ich dachte, ich hätte mich klar ausgedrückt», zischte Enno Flock, vielleicht zu seiner Tochter, vielleicht zu Hark. Obwohl der wütende Ausbruch Hark ablenkte, kam er nicht umhin, die Reinlichkeit des Haushalts zu bemerken. Was Holz war, war Buche, und was Boden war, war glänzend gewischte Kachel. Nicht Raufaser bedeckte die Wände, sondern Putz, und darauf hingen Dutzende Familienfotos in Rahmen, die allesamt in Form und Farbe gleich waren. In Vitrinen ruhten Sammlerstücke, die Hark zuerst für antik hielt, doch als er sich das Feuerzeug genauer ansah und die Lupe, die Haarnadel und einen Brieföffner mit Spuren von Rost, da ahnte er, dass Enno Flock die Objekte als Strandgut gesammelt und für seine Regale geputzt hatte.

Bestimmt in seinem Hobbykeller.

«Samstag bis Samstag», sagte Hark, «so lange bin ich noch hier, dann reise ich ab.»

«Erinnern Sie sich noch, was ich gesagt habe? Dass sich

Unruhestifter und Polizisten bei uns immer wieder über den Weg laufen?»

«Das ist dein Standardspruch, wenn Touris dich nerven, Paps», sagte Tilla. Sie streifte sich die Schuhe ab und schlüpfte in eines von vielen Paaren filzweicher Hausschlappen. Ihr Vater zuckte zusammen, als er sah, dass Tilla ihre rote Jacke nicht aufhängte, sondern über das Treppengeländer warf.

«Der zweitbeste Ort für eine Sache ist genau das», sagte er mit hoher Stimme, «der zweitbeste Ort.»

«Ich stehe unter Schock. Wir sind vom Rad gefallen.»

Tilla ging an ihrem Vater vorbei ins Wohnzimmer. Enno Flock kam Hark ganz nah. Er roch nach Hautcreme und Salbeibonbons.

«Was haben Sie mit meiner Tochter vor?»

«Äh», sagte Hark, «einen Mord aufzuklären?»

«Bitte was? Ich hatte explizit verboten ...»

«Monningens Kneipe wurde bedroht», rief Tilla ihrem Vater aus der Küche zu, «wusstest du das?»

«Natürlich weiß ich das. Jeder weiß das!»

«Ehrlich?», fragte Tilla im Türrahmen, einen Moment lang überrumpelt. Sie drückte eine Tüte Tiefkühlerbsen an ihre Schulter und warf Hark eine ebenso gefrorene Packung Rotkohl zu. Wohlig stöhnte er unter der Kälte, als er die improvisierte Kompresse an seine Wange hielt. Er wusste nicht, ob er seinen Mantel ausziehen oder anbehalten sollte. Enno baute sich vor ihm auf.

«Was habt ihr begnadeten Ermittler noch rausgefunden? Dass Investmentfirmen Monningens Häuser kaufen wollten? Dass Josef einer der reichsten Männer der Insel war, obwohl er aussah, als könnte er nicht mal ein Fischbrötchen bezahlen?»

Tilla schwieg. Hark ebenfalls. Enno starrte beide an.

«Ihr glaubt, dass alle außer euch Idioten sind, oder? Dass wir den ganzen Tag nur Säufer aus Strandkörben holen.»

«Josef Monningen war unheilbar krank», gab Hark als Antwort zurück. «Wussten Sie das auch?»

Stille.

«Das ist nicht wahr», antwortete Flock. Tilla lehnte sich an die Wand, was ihrem Vater sichtlich missfiel.

«Doch», sagte sie. «Hat Vater Pisser erzählt.»

«Warum habt ihr mit Pater Visser gesprochen?»

«Weil Roschi gesagt hat, dass Josef bei ihm war.»

«Roschi redet mit dir?», sagte Enno Flock fassungslos.

«Sie ist Oma geworden. Wolltest du mir das irgendwann erzählen, oder sollte ich das ganz allein rausfinden?»

«Führ doch über deine gescheiterten Beziehungen selbst Buch, Tilla! Wenn es auf der Insel genug Papier dafür gibt.»

«Eine Krankheit könnte wirklich für Suizid sprechen», ging Hark sanft dazwischen. Enno Flock schüttelte den Kopf.

«Monningen hatte Rheuma. Kein hundertzweijähriger Mann mit Rheuma trägt volle Benzinkanister auf einen Berg.»

Tilla machte einen Knicks, als wolle sie sich bei ihrem Vater dafür bedanken, dass er ihr Argument aussprach.

«Er könnte Hilfe gehabt haben», sagte sie. «Ein Freund vielleicht. Wenn Josef eines hatte, dann ein Netzwerk.»

Tillas Vater dachte nach, während Hark die Rotkohltüte auf die kalte Seite drehte. Ihm selbst war heiß, auch wenn die

Heizung perfekt eingestellt war, warm genug, um geplatzte Rohre zu vermeiden, aber kühl genug, dass kein Geld verschwendet wurde. Enno Flock kämpfte mit einer Antwort, bis er aufgab und Hark ansah.

«Rein», sagte er und gab den Weg zum Wohnzimmer frei. Dann nickte er zu Harks Winterschuhen. «Schlappen.»

Hark suchte sich aus den Hausschuhen ein graues Paar heraus. Sie waren rutschig, was ihn beinahe schmunzeln ließ. Wäre er mutiger gewesen, dann hätte er wie ein Kind über die Fliesen gleiten können. Stattdessen legte er seine weich gewordene Kompresse auf die Anrichte und folgte Enno Flock.

«Wir müssen mit Wester Monningen reden», sagte Tilla zu ihrem Vater, «und ich kenne deine Antwort.»

«Wester, Tilla? Reden? Jetzt spinnst du total.»

«Siehst du? Deduktives Denken. Polizistin kann ich.»

«Wester wird euch jagen wie ein Pack räudiger Wölfe», rief Tillas Vater. «Unterschätzt ihn nicht. Vielleicht ist er alt. Vielleicht waren er und sein Vater nicht auf einer Wellenlänge. Aber Wester ist und bleibt ein Monningen.»

«Deswegen überredest du ihn ja auch.»

«Ich mache bitte – ich mache bitte was?»

«Du wirst Wester sagen, dass wir der Polizei bei den Ermittlungen helfen, wie man das in einer Dorfgemeinschaft eben macht, und dass wir nach dem bedauerlichen Start auf einer wichtigen Fährte sind», sagte Tilla. Hark blickte von ihr zu ihrem Vater, der irritiert den Kopf schüttelte.

«Und warum um alles in der Welt sollte ich das tun?»

«Weil wir etwas aus Monningens Haus gestohlen haben, was mit dem Fall verknüpft ist», antwortete seine Tochter mit einem Flüstern. Hark wusste, dass sie das alte Foto von Josef auf der Georgshöhe meinte.

«Was?»

Tilla nahm die Hand ihres Vaters.

«Wäre es nicht furchtbar, das allen zu erzählen, Papa? Dass die missratene Polizistentochter Beweisstücke klaut?»

«Du – du erpresst mich», wisperte Enno Flock. Die Luft im Wohnzimmer schien mit jedem Wort schwerer geworden zu sein, und doch spürte Hark, dass Tillas Vater den Weg zu Wester Monningen und seinem geistig abwesenden Onkel Bertram frei machen würde. Fasziniert sah er zu, wie Tilla ihrem Vater einen Kuss auf die Stirn hauchte. Ihre Schulter schien geheilt. Harks eigene Wange brannte mehr denn je.

«Wo ist Mama?», fragte Tilla fröhlich.

«Hinten. Im Atelier. Kein guter Tag.»

«Will sie jemanden sehen?»

«Find es raus, wenn du wieder so wild darauf bist, Detektiv zu spielen», grollte Enno Flock. Tilla lächelte.

«Benehmt euch, Cowboys», rief sie, als sie den Raum verließ, und Hark bemerkte, dass sie selbst mit jedem Schritt in ihren Schlappen rutschte. Ermattet deutete Enno Flock zur Couch. Er selbst setzte sich auf einen Sessel.

Leder knarzte, als Hark sich ungelenk niederließ.

Leder knarzte, als er nicht wusste, was zu sagen war.

«Sie ist gut darin, mich zu manipulieren», hauchte Tillas Vater dann in die Stille. «Fast machiavellistisch.»

«Das sollte man nicht von seiner Tochter sagen.»

«Woraus besteht die Arbeit eines Polizisten, Pater?»

Hark hatte keine Antwort.

«Man erkennt Muster. Tilla reizt mich, dann schraubt sie

das Drama hoch, und am Ende erpresst sie mich emotional, damit ich mache, was sie will. Morgen wird sie zuckersüß sein. Der Walzer unserer Beziehung als Vater und Tochter.»

Hark sah zu den Bücherregalen, in denen die Buchrücken nach Farbe und Größe sortiert zu sein schienen. Überhaupt gab es nichts Chaotisches im Haus der Familie Flock, und Hark fragte sich, wie jemand wie Tilla in diesem Kokon der Verlässlichkeit hatte aufwachsen können.

«Ich weiß nicht, was Sie in meinem Mädchen zu sehen glauben», sagte Enno Flock nach einer Weile, «aber Sie werden bei Tilla nicht finden, was Sie suchen.»

«Und was suche ich?», erwiderte Hark.

«Was alle Männer in Ihrem Alter bei Tilla suchen.»

Hark runzelte die Stirn. Flock lehnte sich nach vorn.

«Freiheit. Das Gefühl, keine Verantwortung übernehmen zu müssen, weil nichts Konsequenzen hat. Glauben Sie, Sie sind der erste Tourist, den Tilla in mein Haus bringt?»

Ein Summen in Hark Herforths Kopf. Enno Flock seufzte.

«Und? Hat sie schon Fahrräder gemietet?»

«Ein Tandem», antwortete Hark tonlos.

«Tilla würde nachts mit Ihnen auf einer Motorhaube liegen und Sternbilder angucken. Wenn sie ein Auto hätte.»

Hark errötete wie ein ertappter Schuljunge. Durch den Wintergarten sah er den Rasen, hinter dem Haus um Haus um Haus lag, jedes ebenso gebaut wie dieses.

«Jung, wild und frei», sagte Flock, «das verkauft mein Mädchen gut. Aber was auch immer Ihre Lebenskrise ist, Tilla wird sie nicht lösen. Sie wird auf Kosten der Monningens ein paar Tage Spaß mit Ihnen haben und Sie dann ablegen wie ein altes Karnevalskostüm.»

«Wusste nicht, dass man an der See Karneval feiert.»

Enno Flock lächelte nicht. Stattdessen blickte auch er in den Garten. Gänse standen da, künstliche, deren Körper nichts als bemalte Beutel waren, in denen sich der Wind fing. Täuschend echt wirkten die Tiere. Für Hark, dessen Nacken mit einem Mal schmerzte, waren sie trotzdem eine Lüge. Er spürte ein Sandkorn auf der Netzhaut und wusste, dass er spülen und spülen könnte, das Gefühl würde erst weggehen, wenn er die Flucht in den Schlaf antrat, vor dem tönenden Fernseher, damit er seine eigenen Gedanken nicht hörte.

«Es tut weh, das als Vater zu sagen, aber es stimmt», setzte Enno Flock zu einer finalen Bemerkung an.

«Was meinen Sie?»

«Sie ist kein guter Mensch. Meine Tilla. Sie tut so. Aber sie ist kein guter Mensch. Nicht mehr seit –»

«Wollen wir?», hörte Hark plötzlich hinter sich.

Erschrocken erhob er sich und sah Tilla, die im Durchgang zum Atelier wartete. Niemand wusste, wie lange sie schon dort stand oder ob sie die Worte ihres Vaters gehört hatte. Aber als Hark das Haus der Familie Flock verließ und sich mit Tilla auf das Tandem setzte, da spürte er nichts mehr von dem Schwung der ersten Fahrt über die Insel. Tilla lenkte das Rad durch Wohngegenden, nicht am tosenden Meer entlang, und sie jauchzte nicht, sondern fuhr schweigend, bis sie schweigend die Stadt erreichte und schweigend anhielt, um Hark absteigen zu lassen.

«Das lief doch ... ganz gut», sagte sie endlich.

«Ja. Das lief gut.»

«Mein Vater wird Wester Monningen weichklopfen.»

«Hast ihm wohl keine Wahl gelassen.»

«Fahren wir morgen raus zu Wester und Bertram? Dann wissen wir mehr.»

«Sicher. Dann wissen wir mehr», sagte Hark. Der Wind verwirbelte Tillas Haar. Die Sonne ließ sie blinzeln, wenn nicht durch den Schein von oben, dann durch funkelnde Reflexionen in den Pfützen am Straßenrand.

«Ich gehe dann mal», sagte sie. «Kann man ein Tandem allein fahren? Habe ich noch nie ausprobiert.»

«Wo willst du hin?»

«Weiß nicht. In die Redaktion? Ariane kann uns vielleicht wirklich bei den Investoren helfen. Ich muss nur Kuchen kaufen, um sie zu bestechen. Sie mag Kuchen.»

«Viel Glück», antwortete Hark. Tilla sah ihm in die Augen. Beinahe hätte sie etwas gesagt, doch dann drehte sie sich weg und schob das Rad davon. Hark rang erst mit sich, ballte die Faust und wollte Tilla hinterherrufen. Aber es war, als würde seine Stimme den Dienst verweigern und sein Bauch bitterkalte Wellen aussenden. Nachdem Tilla um die Ecke gezogen war, eilte Hark in sein Hotelzimmer. Er stürzte ins Bad. Kippte einen Kulturbeutel aus, um Tabletten und Tinkturen zu suchen, gegen Schmerz, gegen Krämpfe, gegen Angst und alles andere.

«Verdammtes Arschloch», stieß er wie so oft hervor, während er hoch zur Decke blickte und mit bebenden Fingern eine Pillendose öffnete. Nicht, dass er eine der länglichen Tabletten nehmen würde oder eine der runden. Er würde auch den krautigen Geschmack der Magentropfen nicht auf der Zunge spüren oder fühlen, wie ihm kühles, heilendes Gel durch die Kehle rann. Viel zu viel Angst hatte Hark vor der Zersetzung seiner Organe, um tatsächlich all die Pillen und

Tinkturen zu nehmen, die er jetzt in der Hand hielt. Aber das Gefühl, dass er sie nehmen könnte, reichte ihm für den Moment. Hark ließ sich stöhnend auf sein Bett fallen.

Selten hasste er sich so sehr wie in diesen Momenten.

Er musste seinen Puls nicht messen, um die rasende Schlagzahl zu kennen. Er brauchte kein Thermometer, um die Hitze seiner Haut zu spüren, und er brauchte keinen Spiegel, um zu wissen, wie purpurrot sein Gesicht war, vom Blutdruck, der seine Adern fast zum Platzen brachte, und von den Krämpfen, die sich vom Rücken über den Magen bis in die Beine zogen. Jetzt gerade, das wusste Hark, war sein Körper bereit, aufzugeben. Sein von Angst und Schwere überladenes Herz brachte sich in Stellung für einen letzten Kampf, der für Hark in einem kalten Grab enden würde, irgendwo auf einem nach Tanne und Herbstregen riechenden Friedhof.

Ein gequälter Schrei wurde zu einem Wimmern.

Hark weinte nicht. Wenn er gewollt hätte, dann wären Tränen geflossen, aber er kam sich albern vor, für niemanden als sich selbst zu heulen, und so entfuhren ihm nur winselnde Laute, während er mit flimmernden Augen durch das Zimmer blickte. Er musste sich festhalten, das wusste er, irgendetwas finden, das ihn herausreißen würde aus der Panik, die seine Schultern und Hände und Füße steif machte. Es war nicht der Fernseher. Sicher nicht die Minibar. Es war auch nicht die auf dem Schreibtisch ausgelegte Inselzeitung, für die Tilla Flock arbeitete oder nicht arbeitete. Hark wusste nicht mehr, was echt bei Tilla gewesen war und was nur eine weitere Unwahrheit.

Sein Blick fiel auf das Wandbild.

Karteikarten. Fäden. Josef Monningen. Seine Familie und die Verdächtigen und das Fragezeichen und inmitten von allem das Foto, das Bertram Monningen vor vielen Jahrzehnten auf der Georgshöhe von seinem Bruder geschossen hatte.

Hark setzte sich auf.

Er las Wester Monningens Namen. Ohne den Blick vom Papier zu nehmen, griff er den Hörer des Hoteltelefons und hielt ihn an seine gesunde Wange. Mit Enno Flocks Stimme im Kopf, dass der Mann Hark und Tilla jagen würde wie räudige Wölfe, rief er die Rezeptionistin an und fragte, ob sie ihm eine Adresse besorgen könne.

«Welche?», hörte er die junge Frau dumpf, beinahe übertönt vom Rauschen, das in seinen Ohren wummerte.

«Monningen», sagte Hark. «Ich brauche die Adresse von Wester Monningen.»

* * *

Das Taxi, in das Hark einstieg, roch nach Ledersitzen und Lufterfrischer. Das duftende Stück Pappe, das am Rückspiegel baumelte, war blau und geformt wie eine Welle, und darauf stand Ozeanbrise, was Hark innerlich den Kopf schütteln ließ. Er stellte sich vor, man würde eine echte Ozeanbrise kreieren, die nach Brackwasser roch und nach Fisch, nach sengender Hitze und Sand und Sonnencreme und Pommes. Nichts an dieser seltsamen Kombination hatte das Recht, gut zu duften, aber jetzt, als die Taxifahrerin ihren Wagen in drei ruchlosen Zügen drehte und Hark die Nordsee zwischen den Häuserschluchten sah, sehnte er sich nach den

Gerüchen des Hochsommers. Nichts, nichts war so gut wie der Sommer.

«Die Dreizehn muss hoch zum Leuchtturm», hustete die Fahrerin ins Funkgerät, nachdem Hark gesagt hatte, wo die Reise hinführen würde. Irgendjemand bellte irgendetwas zurück, so undeutlich, übersteuert und schroff, dass Hark keine Ahnung hatte, ob es eine Bestätigung der Fahrtroute war oder eine letzte Abmahnung, bevor die Fahrerin gefeuert wurde.

«Kann ich das Fenster aufmachen?», fragte er.

«Wehe. Dann geht die ganze Wärme raus.»

«Ich dachte, man arbeitet an der Nordsee, um die kalte Luft zu genießen.»

«Ich arbeite an der Nordsee, um die warme Miete zu zahlen», antwortete die Fahrerin, während sie einen Mann mit Hund aus dem Weg hupte. Sie zischte etwas, das nach einem Fluch über Straßen klang, die wie Fußgängerzonen aussahen. Dick und nordisch war ihr Akzent. Schmucklos ihr Haar.

«Fenster bleibt zu», sagte Hark. Er entspannte sich. Schon als er das Hotel verlassen hatte, war sein Schwindel einer Benommenheit gewichen. Das scharf vor Harks Füßen bremsende Taxi hatte ihn genug abgelenkt, dass er sich hier auf dem Rücksitz nicht mehr fiebrig fühlte, sondern warm, und der Schmerz im Kreuz wühlte nicht mehr unter Harks Haut, sondern drückte unterschwellig, mal hier, mal da, als würde er für die nächste Angstattacke auf der Lauer liegen.

«Urlaub?», fragte die Fahrerin.

«Kurz nur. Samstag bis Samstag.»

«Warum?»

«Warum was?»

«Warum zum Teufel machen Sie im Januar hier Urlaub?»

«Mein Chef hat mich gezwungen», antwortete Hark. Die Fahrerin sah ihn im Rückspiegel an. Ihre Brille war getönt.

«So einen Chef will ich auch», sagte sie, um dann das Funkgerät zu nehmen und rauchig hineinzusprechen.

«Die Dreizehn will gefälligst einen Chef, der sie zum Urlaub zwingt.»

«Chef sagt, die Dreizehn kann Urlaub für immer haben», war die Antwort, halbwegs verständlich. Hark lächelte.

«Gibt kalte Zeiten», sagte er, «und nasse Zeiten ...»

«... aber wenn man in den kalten, nassen Zeiten reist, hat man was falsch gemacht», übernahm die Fahrerin und ließ hinter einem Bus die Lichthupe blitzen. «Dämliche Werbung.»

«Das ist aus einer Werbung?»

«Familie kommt bei miesem Wetter in ihrer Berghütte an, alles ist kalt, nix vorbereitet, aber Mama findet im Schrank eine Tütensuppe. Und alle lachen. Wie die Deppen.»

Hark schüttelte den Kopf und sah nach draußen.

Auf der Straße stadtauswärts drückte die Taxifahrerin aufs Gas, um Radfahrer zu überholen. Wieder murmelte sie etwas, das Hark nicht verstand, aber auch nicht verstehen musste, und ihre Worte endeten in bröckligem Husten. Hark sah eine Zigarettenpackung auf dem Beifahrersitz. Kaugummis und Kaffee in der Konsole. Ein Foto von zwei Frettchen hing am Radio, und darüber ein Aufkleber, der eine gemalte Robbe im Bikini zeigte. Wie ein uraltes Büro wirkte der Wagen mit seinem holzvertäfelten Innenraum.

«Sie fahren schon lange?», fragte Hark.

«Offiziell? Seit ich Geld verdienen darf.»

«Immer hier?»

«Woanders will ich nicht tot überm Zaun hängen.»

«Josef Monningen», sagte Hark dann, «kannten Sie den?»

Ein zustimmendes, feuchtes Räuspern.

«Was glauben Sie? Mord oder Selbstmord?»

«Mord natürlich», antwortete die Fahrerin mit einer Überzeugtheit, als wäre ein Selbstmord des alten Mannes absurd. Hark suchte erstaunt ihre Augen im Rückspiegel.

«Warum?»

«Weil es Karma gibt auf dieser Welt.»

«Karma? Was soll Karma mit einem Mord zu tun haben?»

Selbst über den altersschwachen Motor und die kraftlos dudelnde Radiomusik hinweg hörte man das Seufzen der Taxifahrerin.

«Die Monningens», sagte sie, «die sind wie Kraken. Haben ihre Tentakel überall auf der Insel drin. Schon immer gehabt. Man kennt heute nur die Kneipe, aber als ich jung war, gab es auch das Hotel. Restaurants. Läden. Für Spielzeug und so.»

«Und?», fragte Hark.

«Wer auf einer Insel Geschäfte macht, pisst an mehr als genug Beine. Und irgendwann pisst halt jemand zurück.»

«Ich hab gehört, dass jeder den alten Josef mochte.»

«Nee, nee. Jeder mochte den neuen Josef. Der für die Kirche sammelte. Und Flohmärkte organisierte und das Sanatorium für halb tote Kinder unterstützte. Den Monningen, der seinen Leuten Häuser besorgte und ihnen billige Wohnungen kaufte. Den alten Josef, der in den Achtzigern die Eisdiele und seine Hafenkneipe wie ein Despot führte und selbst sein bester Gast war, den mochte niemand. Weiß nur keiner mehr.»

«Aber wir reden von Mord», rief Hark. «Mord! Da muss es doch konkrete Gründe geben!»

«Einer reicht», sagte die Frau, um in ihr Funkgerät zu grollen. «Hörst du, Chef? Ein Grund für Mord reicht.»

«Dein Chef will die Scheidung», funkte die Zentrale.

«Nix da. Bis dass der Tod und so.»

Der Leuchtturm kam näher, wenn Hark ihn auch kaum im Blick behalten konnte, so kurvig war die Straße. Der Lufterfrischer wackelte, wenn die Taxifahrerin das Lenkrad drehte. Ihr Atem rasselte.

«Mutter hat mal für Monningens Inselhotel geputzt», sagte sie nach einer Weile. «Geheult hat die, wenn sie von der Arbeit kam. Unterbezahlt. Ausgenutzt. Früher hieß es, das sei halt so, wenn man für Josef arbeite. Choleriker erster Güte. Keine Ahnung, wann er zu Gott fand.»

Gedankenverloren knibbelte Hark an einem Stück Faden, der sich über die Jahre von der Sitzbank des Taxis gelöst haben musste. Würde er jetzt ziehen, dann würde sich die Naht lösen, die seit Ewigkeiten die Teile des Ganzen zusammenhielt. Hark ließ los. Er verschränkte die Finger.

«Man erwartet so etwas nicht auf einer Nordseeinsel», sagte er. Die Fahrerin regelte die Heizung noch höher.

«Was genau?»

«Despoten. Ausbeutung. Morde auf Aussichtsdünen.»

«Wie naiv sind Sie? Glauben Sie, dass wir uns hier an der See nicht hassen? Dass keiner fremdgeht? Keiner lügt?»

«Vielleicht hab ich das geglaubt», antwortete Hark.

«Dumm genug. Ihre Promenade ist mein Weg zur Arbeit.

Ihr Souvenirladen liegt neben meinem Supermarkt. Wir werden alt, wir werden krank, und manchmal ticken wir eben aus und bringen hundertvierjährige Männer auf Aussichtsdünen um.»

«Hundertzweijährig», sagte Hark. Imposant erhob sich der Leuchtturm hinter den Bäumen. Die Taxifahrerin bremste.

«Die Zeit ist gnädig zu alten Säcken», sagte sie, während sie anhielt und den Zähler stoppte, «weil man sich am Grab die Hucke volllügt, wie nett sie waren. Aber wenn Sie mich fragen, ist da jemand auf unserer kleinen Insel, der eine große Rechnung mit Josef beglichen hat. Elf achtzig.»

«Elf achtzig?»

«Geld. Elf achtzig, bitte.»

Hark zahlte und stieg aus. Beinahe ließ er das Taxi davonfahren, doch im letzten Moment klopfte er ans Fenster. Widerwillig drehte die Fahrerin die Scheibe herunter, wütend über die warme Luft, die jetzt nach draußen strömte.

«Wie heißen Sie?», fragte Hark. «Damit ich Sie für die Rückfahrt rufen kann.»

«Christel.»

«Hat mich gefreut, Christel.»

«Ein Fest», erwiderte die Fahrerin tonlos. Als Hark zurücktrat und dem wendenden Taxi nachsah, klopfte sein Herz. Die Begegnung mit Wester und Bertram Monningen lag vor ihm, in einem Wohnhaus irgendwo weit hinter dem Leuchtturm, den er seit seiner Kindheit nicht gesehen hatte.

Hark zog los.

* * *

Tilla fühlte sich wie ein Stück Scheiße.

Natürlich hatte sie gehört, was ihr Vater über sie gesagt hatte. Und natürlich hatte sie Harks Gesichtsausdruck gesehen, von der Seite nur, aber es hatte gereicht. Hark war irritiert gewesen und verletzt. Wieder einmal hatte Tillas Vater es geschafft, einen ihrer Freunde vor den Kopf zu stoßen oder gleich aus Tillas Leben zu vertreiben. Jetzt gerade, während sie ihr Tandem durch die leere Einkaufsstraße schob, schien beides möglich. Fast schwarz war der Himmel. Die Wolken rasten.

Tilla sah zum leeren zweiten Sattel.

«Hey», rief plötzlich ein vorbeieilender Postbote zum Gruß. Überrascht blickte Tilla auf. Sie blieb stehen und hob ihre Hand, um zurückzugrüßen.

«Hey», rief sie, bevor sie merkte, dass der Postbote nicht sie gemeint hatte, sondern den Besitzer der Pizzeria hinter ihr, der seine Fensterscheiben putzte. Dunkel war es in seinem Laden. Keine Leuchtreklame. Keine Kunden. Bald jedoch würde man sich im Inneren so aneinanderdrücken, dass die Leute lieber auf der Straße warteten. Ein paar Monate noch.

Tilla sehnte sich nach dem Frühling.

Hastig eilte sie weiter, peinlich berührt von ihrer Dummheit. Sie spürte die Blicke des Postboten und des Pizzabäckers auf sich, und Blicke aus anderen Geschäften, auch wenn das Einbildung sein mochte. Beinahe paranoid fühlte sie sich, als sie durch die leere Fußgängerzone ging. Selbst der Verkäufer in der Bäckerei schien sie anzustarren, während er den Kuchen einpackte, den sie für Ariane gekauft hatte. *Irgendwas viel zu Süßes,* hatte sie bestellt, weil sie wusste, dass Ariane Zuckerbomben liebte. An ihrer Figur bemerkte man das nicht. Auch nicht an ihrer Lebensfreude.

Der Sturm kündigte sich an, als Tilla wieder auf der Straße war. Erste Regentropfen fielen auf ihr ungewaschenes Haar. Würde ein Platzregen kommen, dann wäre zumindest ihr Gesicht geduscht, dachte Tilla. Sie trug noch immer die Klamotten des letzten Tages und war nach dem Trinkgelage mit Pater Visser gestern und der schweißtreibenden Fahrt über die Insel heute noch immer nicht gekämmt, geschminkt oder auch nur mit etwas anderem gepflegt als mit Harks Männerdeo.

Egal, dachte Tilla. *Der Wind verweht fast alles.*

Wackelnd versuchte sie, Arianes Kuchen auf dem Lenker zu balancieren, während sie das Tandem durch den stärker werdenden Regen schob. Doch als dickere Tropfen fielen und die Flaggen wilder im Wind schlugen, sah Tilla durch ihre herabhängenden Haarsträhnen, wie das Papier, das Kuchen und Sahne bedeckte, immer mehr durchweichte. Sie überlegte, unentschlossen zwischen all den miesen Optionen. Letztlich saß sie auf und fuhr, während der Kuchen vom Gepäckträger eingedrückt wurde.

Tilla brachte Ariane nichts als eine matschige Masse aus Teig und Beerenfüllung und Regen und Papier, als sie die Redaktion betrat. Furchtbar sah sie aus. Müde. Nass. Ariane sah sie stirnrunzelnd an. Selbst Thomas Manschott, der die fertigen Zeitungsseiten von der Wand nahm, um sie zur Druckerei zu bringen, blinzelte mit einem Hauch von Mitleid.

«Ich hab Kuchen für dich», sagte Tilla, «gehabt.»

«Ich muss den nicht aus Höflichkeit essen, oder?»

«Nein.»

«War lecker», sagte Ariane, bevor sie das, was Tilla ihr überreicht hatte, mit spitzen Fingern in den Mülleimer warf. Tilla fand kein Handtuch. Dafür riss sie was von der Küchenrolle ab und versuchte, ihre Haare damit zu trocknen.

«Eigentlich wollte ich dich bestechen», sagte sie.

«Natürlich wolltest du das.»

«Du musst was recherchieren für mich.»

«Warum riechst du so schlimm?», fragte Ariane, bevor sie Tilla näher kam und schnupperte. «Ist das Männerdeo?»

«Vergiss es.»

«Du bringst mir keine Fotos von der Abbruchkante. Dann meldest du dich gestern den ganzen Tag nicht. Papa erzählt mir was von einem Einbruch bei den Monningens, und jetzt humpelst du mit Kuchenpampe zu mir, stinkst nach Alkohol und Kerl und willst, dass ich für dich was recherchiere. Und du trägst meine Winterjacke. Die einen Riss hat. Ich verdiene Aufklärung, meinst du nicht?»

Tilla merkte, dass sie sich mit der Küchenrolle nur Fetzen von Papier in die Haare rieb, und ließ sich seufzend auf ihren Drehstuhl fallen. Unangenehm und nass klebte die Kleidung unter Arianes roter Jacke an ihrem Rücken.

«Da ist dieser Pfarrer …»

«Stopp», unterbrach Ariane sie. Tilla hielt inne.

«Was?»

«Das machen wir nicht. Wir werden bestimmt nicht das ganze Gespräch von irgendeinem Mann bestimmen lassen. Wie klischeehaft wäre das für zwei moderne Frauen?»

«Sehr klischeehaft», antwortete Tilla.

«Sehr klischeehaft», stimmte Thomas von seinem Tisch aus zu und schob die Papierbögen in eine Mappe.

«Also», sagte Ariane, «Tilla. Was geht da ab bei dir?»

Einen Moment lang überlegte Tilla, und noch einen weiteren, bevor sie mit den Schultern zuckte.

«Da ist dieser Pfarrer», sagte sie.

Ariane verdrehte die Augen, aber sie ließ Tilla alles erzählen. Von Hark, der in die Wellen gegangen war, und von Tillas Einbruch und Harks Ablenkungsmanöver bei der Familie, von Roschi und Karl Arneke und Monningens Kneipe und zuletzt vom Küstengras und Pater Visser und von den Immobilienhaien, die angeblich Josefs Kneipe und seine Häuserzeilen wollten. Als sie nichts mehr zu sagen hatte, atmete Tilla schnaufend aus. Ariane und Thomas Manschott folgten ihrem Beispiel.

«Ihr habt ein Schaubild?», fragte Ariane.

«Yep.»

«An der Wand?»

«In fünf modisch-blassen Farben.»

«Die Füße stillhalten, das hatte Papa gesagt!», rief Ariane, aber sie beruhigte sich wieder, als sie sah, wie Tilla vor ihr kleiner und kleiner wurde. Papierkügelchen in den Haaren. Regennasse Hose. Schmatzende Schuhe. Eine herbe Duftwolke von zwei Tagen. Am meisten aber achtete Ariane auf Tillas Augen und auf die Traurigkeit darin.

«Bist nicht verliebt in ihn, oder?», fragte sie leise. Thomas ächzte und zog sich seinen Regenmantel an.

«Um Gottes willen», zischte Tilla. «Nein.»

«Weil das, das würde wirklich keine Zukunft haben, Tilla, und ich weiß, dass du eine Zukunft siehst in ganz vielen Dingen, die keine Zukunft haben.»

«Ich bin nicht verliebt.»

«Du bist nicht verliebt?»

«Sie ist nicht verliebt, Grundgütiger», rief Thomas. «Lass Tilla in Ruhe. Kann es nicht ein einziges Mal eine Freundschaft zwischen Mann und Frau geben, ohne dass da knisternde Spannung und prickelnde Erotik sein muss?»

Irritiert starrten Tilla und Ariane ihn an. Thomas starrte zurück und hob die Hände, als hätte er keine Ahnung, was los war.

«Ist doch wahr», sagte er. «Beziehungen schlafen ein. Oder sie sterben, weil einer von beiden zu nett zu seiner Yogalehrerin war, dienstags von fünf bis sechs.»

«Sehr spezifisch», sagte Tilla.

«Aber Freundschaften, da kann man sich fünfzehn Jahre nicht sehen und alles ist, als wäre keine Minute vergangen. Die Jahre haben Macht über die Liebe, aber sie haben keine Macht, nicht einen Funken, über die Freundschaft.»

«Warum», fragte Ariane, «klingen deine Horoskope, als würdest du Aufbauanleitungen für Schrankwände schreiben?»

«Leidenschaft kann nur in einer leidenschaftlichen Umgebung gedeihen», antwortete Thomas. Er zog die gleiche Grimasse wie Ariane und knöpfte seinen Mantel zu. Tilla stand auf und zupfte ihren völlig verknitterten Pulli gerade, um sich auf die Fensterbank zu setzen, die warm war von der gluckernden Heizung.

«Drei Tage in nassen Klamotten», sagte sie. «Das wird die Mutter aller Blasenentzündungen.»

«Recherche», erinnerte Ariane sie. «Was brauchst du?»

«Ich muss rausfinden, ob es Verbindungen zwischen den Immobilienfirmen und Inselbewohnern gibt.»

«Was für Verbindungen?»

«Leute, die Treffen eingefädelt haben», sagte Tilla. «Jemand, der weiß, dass Josef Monningens Köchin eine Katze hat, die man killen kann. Vielleicht irgendeiner auf der Insel, der schlecht bezahlt war und dringend Geld brauchte.»

Thomas hob in der Tür die Hand.

«Schlecht bezahlt und pleite?»

Niemand beachtete ihn.

«Okay. Wie hießen die Firmen?», fragte Ariane.

«Bröcker und Witt. Und Esperior Real Estate.»

«Bröcker kenne ich. Die haben in das Sternerestaurant an der Mühle investiert. Aber die anderen?»

Tilla war keine große Hilfe, als Ariane sich an den Computer setzte, und sie hatte auch nichts beizutragen, als ihre Schwester zum Handy griff und Menschen anrief, die Tilla nicht kannte. Es klang, als würde Ariane reihenweise Gefallen einfordern von längst vergessenen Kontakten. Tilla sah ihre Schwester lachen und hörte zu, wie sie erst Druck ausübte und dann flirtete, erst freundlich war und dann fies. In diesem Moment erkannte sie die alte Ariane, die einst in Berlin gearbeitet hatte nach einem schockierend schnell abgeschlossenen Studium.

«Merci, mon amour», sagte Ariane in ihr Telefon. Sie tippte etwas am Rechner, druckte Dokumente aus und machte sich Notizen. Von der Fensterbank aus sah Tilla auf einem Blatt Papier ein Geflecht an Firmen, das sie an das Geflecht der Familie Monningen an Harks Wand erinnerte, nur komplizierter. Draußen wurde es schon dunkel.

«Holy fuck», stieß Ariane plötzlich hervor.

«Was?»

«Komm her.»

Tilla verließ den wärmenden Radius der Heizung nur ungern, aber sie ließ sich von der Fensterbank gleiten, während Ariane angestrengt auf den Bildschirm starrte.

«Bröcker und Witt», sagte Ariane, «und Esperior Real Estate sind faktisch eine Firma. Über ein Dutzend Ecken.»

«Okay?»

«Wenn man jetzt weitergeht, dann findet man andere Investoren, die sich auf Inseln spezialisiert haben», sagte Ariane. «Nicht nur in Deutschland. Ganz Europa. Und darüber hinaus.»

Sie drehte den Monitor, sodass Tilla das Netz von Namen und fantasievollen Wortschöpfungen sehen konnte.

«Am Ende steht ein Unternehmen», sagte Ariane dann und zeigte mit ihrem Kugelschreiber auf ein Feld, das nicht über den anderen lag, sondern daneben. Unauffällig. Leise.

«Tharsem Green Development», las Tilla.

«Tharsem Green Development», wiederholte Ariane, um dann die Informationen der Firma über den Monitor flimmern zu lassen. Aber nichts, was Tilla sah, sagte ihr etwas, bis ihre Schwester einen Zeitungsartikel öffnete. Trocken war er, auf Englisch verfasst, mit stilvollen Porträts von Männern und Frauen in teuren Anzügen daneben.

«Was ist das?», fragte Tilla.

«Neue Mitarbeiter», antwortete Ariane. «Berater, nicht fest angestellt, sondern extern. Tharsem Green Development heuert Profis aus aller Welt an, um Urlaubsorte aufzukaufen. Und jetzt – pass auf.»

Tillas Augen wurden groß, als sie sah, was Ariane auf dem Monitor markiert hatte. Ein Foto. So gut gemacht, so professionell ausgeleuchtet, dass es beinahe künstlich wirkte, aber Tilla erkannte den Mann sofort.

«Gero Freiherr von Steinbrink», las sie atemlos vor.

Es war der Ehemann von Josef Monningens Enkeltochter Hanna, der im sündhaft teuren Anzug und mit strahlend weißen Zähnen in die Kamera lächelte, die Haare gewellt, wie so viele Anwälte die Haare gewellt zu haben schienen.

«Holy fuck», stimmte Tilla ihrer Schwester zu.

* * *

Tillas Beschreibung des Weges zu Josefs alter Kneipe mochte chaotisch gewesen sein, aber als Hark ganz auf sich allein gestellt Wester Monningens Haus suchte, sehnte er sich nach ihren wild durcheinandergewürfelten Richtungsangaben. Er war vom Leuchtturm aus falsch gegangen, fast eine Viertelstunde lang, bis er umkehren musste. Der Regen zog von der Stadt zu ihm, als Hark endlich den Schotterpfad entdeckte, breit genug für ein schweres Fahrzeug und doch so versteckt, als würde er im Nichts enden.

Doch der Weg endete nicht. Er führte durch einen Wald, der hell war und licht und nichts mit den satten Wäldern gemeinsam hatte, die Hark kannte. Nicht einmal Schutz vor dem Wolkenbruch bot er. Hark öffnete seinen Mantel und zog ihn sich über den Kopf, als wären seine Arme Flügel. So lief er unter dürren Baumreihen hervor in die Dünen, ein tropfnasser Pfarrer, der nicht die geringste Ahnung hatte, wo er war, bis er das Haus sah, das die Rezeptionistin beschrieben hatte. Wild jagten die Sturmböen vom Meereshimmel in Richtung Festland.

«Was machst du hier?», zischte Hark zu sich selbst, während er einen Hügel erklomm, vor ihm Wester Monningens Anwesen und hinter ihm der Leuchtturm im aufziehenden Nebel. Wie so oft verfluchte er sich für seinen überhasteten Aufbruch, der schon jetzt zu Erschöpfung geführt hatte, auch wenn Hark aus dem Hotelzimmer gestürzt war, weil er geglaubt hatte, das Verhör von Wester Monningen und seinem Onkel Bertram würde ihm guttun.

«Verhör», murmelte Hark mit einem Kopfschütteln. «Was glaubst du eigentlich, wer du bist?»

Definitiv kein Polizist, sagte eine Stimme in ihm, die keine Stimme war, weil Hark keine Stimmen hörte.

Aber manchmal stellte er sich vor, wie es wäre, mit sich selbst zu sprechen. Bis ihm dann einfiel, dass ihn der Mann in seinem Inneren nur heruntermachen würde für jede getroffene Entscheidung, jeden Anflug von Sorge und jeden unguten Impuls, den sein Körper an seinen Kopf sendete. Hark beendete das Selbstgespräch, bevor er es begonnen hatte.

Mehr Regen. Mehr Wind. Mehr nasse Klamotten.

Auf den letzten Metern zu Wester Monningens Haus stellte Hark fest, dass er keine Ahnung hatte, was er sagen sollte. Im Taxi hatte er noch geglaubt, dass er sich für seine Lügen und Tillas Einbruch entschuldigen würde, um dann möglichst elegant Bertrams Foto von Josef Monningen auf der Georgshöhe in die Unterhaltung einzuflechten. Aber je näher Hark dem Zaun des Grundstücks kam, desto alberner wirkte der Gedanke, wie ein nasser Hund vor Wester zu stehen und um Verzeihung zu bitten und vielleicht noch um ein Handtuch.

Wester Monningens Haus war weniger verspielt als das seines Vaters. Zweckmäßig wirkte es, ohne Laternen oder Blumenkübel und mit einem Garten, der kaum bepflanzt war. Hier stand tatsächlich ein Auto, was für Hark Sinn ergab, denn wenn Wester seinen Onkel Bertram pflegte, dann musste er ihn zu Arztterminen fahren oder zum Friseur. Hark hatte keine Ahnung, wie schlecht Bertram Monningen dran war. Über vierzig Jahre hatte der Mann kaum ein Wort gesprochen. Das Foto seines Bruders Josef auf der Georgshöhe musste er in seinen letzten klaren Monaten gemacht haben.

Einen Moment zögerte Hark, bevor er an der Haustür den Klingelknopf drückte. Gleich würde Wester ihn anschreien. Verprügeln. Verjagen. Was für ein Urlaub. Wellness pur.

Niemand öffnete.

«Herr Monningen?», rief Hark. Er klopfte. Vergeblich.

Er hätte wieder gehen können, zurück in die Stadt und zum Hotel, um etwas zu essen – nicht zu viel, denn wenn sein Magen das Gefühl der Leere schon für einen Tumor hielt, dann führte eine zu große Mahlzeit erst recht dazu, dass der Abend für Hark zu einem Abend der stummen Angst wurde, an dem das Zimmer ganz klein wurde und die Angst umso größer. Hark fühlte sich dann so schwerfällig, so schwach, dass es nicht das Essen sein konnte, das ihn herunterzog.

Er blickte zurück zum Schotterweg.

Der Regen fiel wie ein nebliger Wasserfall. Völlig absurd erschien ihm die Vorstellung einer Wanderung zurück bis zum Leuchtturm und der tropfnassen Fahrt in einem trockenen Taxi, zumindest jetzt gerade. Hark klopfte ein letztes Mal, dann ging er um das Haus herum, dessen Fenster dunkel waren und teilweise von Jalousien verschlossen. Schritt für Schritt machte Hark über die Steinplatten im Boden, damit er bloß nicht in Schlamm und Gras und Regenwasser trat, als ihn etwas Schwarzes aus Metall an der Hauswand aufblicken ließ.

Vor Schreck verfehlte Hark die Steinplatte.

Mit voller Wucht trat er in den Matsch.

Er schrie auf, vielleicht wegen des Wassers, das in seinen Schuh lief, vielleicht wegen des überlebensgroßen Hirschkopfes, der an Monningens Haus hing. Er war aus Eisen gefertigt. Massiv. Beängstigend beinahe in der Stille des späten Nachmittags, die durch den Regen noch stiller wurde, und in der herankriechenden Dunkelheit. Ein Schaudern zog durch Harks Körper. Er starrte den Hirschkopf an. Das kalte Geweih. Die Augen. Es war, als würde das Tier Harks Blick halten, bis er um die nächste Hausecke gebogen war.

Hark sah Bertram Monningen nicht sofort auf der fernen Terrasse, oder er sah ihn, ohne gleich zu verstehen, dass der alte Mann hilflos und nass in seinem Rollstuhl hing. Man mochte ihn bei gutem Wetter nach draußen geschoben haben, aber jetzt prasselte der eisige Januarregen auf ihn herab, sodass er zitterte und wimmerte und versuchte, sich vom Sitz aus hochzudrücken. Doch die Fliesen der Terrasse waren rutschig, und so fiel Bertram Monningen zurück in seinen Rollstuhl, wahrscheinlich nicht zum ersten Mal. Eine Decke lag durchnässt auf dem Boden.

«Meine Güte», rief Hark und eilte zu Bertram. Er hatte keine Ahnung, wie man die Bremse des Rollstuhls löste, also zog er so heftig an den Griffen, dass die blockierenden Räder über den Boden schleiften. So schob Hark Josefs Bruder unter das Vordach, wo er seinen eigenen Mantel abstreifte und über Bertram legte, so nass der Stoff auch sein mochte.

«Wo ist Ihr Neffe?», fragte Hark. «Wo ist Wester?» Keine Antwort. Nur ein Röcheln. Ein Husten.

Die Terrassentür, an der Hark zerrte, war verschlossen. Im Fenster gleich daneben nur Finsternis. Hark legte seine Hand auf die des alten Mannes, während er sich umsah. Kalt war Bertrams Haut. Bleich. Er zitterte jetzt nicht mehr, sondern schüttelte sich, und Hark wusste, dass er in seinem Zustand nicht hier draußen bleiben konnte. Er dachte kaum nach, als er die Decke vom Boden nahm, sie um seine Faust wickelte und dann gegen die Fensterscheibe neben der Tür schlug. Dumpf wummerte das Glas, ohne zu brechen. Hark schlug erneut zu, fester dieses Mal, doch erst der dritte Versuch war wuchtig genug, die Scheibe zersplittern zu lassen, viel lauter als erwartet.

«Aua!», fluchte Hark. Ihm entging die Ironie nicht, dass jetzt er es war statt Tilla, der bei einem Monningen einbrach. Hastig beseitigte er die Reste des Glases und zwängte sich nach einem letzten Blick zum stöhnenden Bertram durch das Fenster nach drinnen. Ohne zu ahnen, dass er genauso plump auf den Boden fiel wie Tilla in Josef Monningens Haus vor zwei Tagen, stöhnte er auf, als er in den Scherben landete. Hark kämpfte sich hoch und versuchte, die Tür von innen zu öffnen, doch erst, nachdem er in den leeren Flur gehumpelt und mit allen Schlüsseln zurückgekommen war, die an einem Brett vor der Haustür gehangen hatten, konnte er aufschließen. Mühsam schleppte er Bertram Monningen nach drinnen. Er ließ ihn auf die Couch hinabgleiten. Richtete seine Beine. Seine Arme. Seinen Oberkörper. Beinahe hätte er sich ebenfalls hingesetzt, doch Hark wusste, dass er dann nicht mehr aufstehen würde, also zog er Josefs Bruder Jacke und Pullover aus, um dann eine kunstvoll bestickte Decke vom Sessel zu nehmen, diese zum Glück trocken, und Bertram darin einzuwickeln.

Harks Blick fiel auf den Kamin.

Zu viel Zeit war vergangen, als das Feuer endlich brannte und Hark und Bertram Monningen nebeneinandersaßen, gemeinsam unter der bestickten Decke. Aber Hark war bewusst geworden, dass er noch nie ein Feuer angezündet hatte vor diesem Abend. Eine seltsame Mischung aus Stolz und Scham erfüllte ihn. Wie ein Held fühlte er sich. Wie ein Verbrecher. Aber auch wie ein Pfarrer, dachte Hark, der seit langer Zeit endlich mal wieder das gemacht hatte, wofür er eigentlich Pfarrer geworden war.

Er hatte ein verlorenes Schaf gerettet.

Ein bisschen albern klang das. Hark musste lächeln.

«Sie», sagte er zu Bertram, «müssen ein gutes Wort für mich einlegen, wenn Ihr Neffe zurückkommt.»

Nur ein Grunzen kam als Antwort. Hark sah Bertram Monningen von der Seite an. Schütter war das weiße Haar.

«Sie haben ein Foto gemacht», sagte Hark leise, «vor Jahrzehnten. Von Josef.»

Keine Reaktion. Holz knackte im Feuer.

«Auf der Georgshöhe. Und Sie haben etwas geschrieben, von Erlösung im Tod, die man im Leben nicht gefunden hat.»

Bertram legte den Kopf zur Seite. Flammen spiegelten sich im Glanz seiner Augen. Vielleicht erinnerte er sich, vielleicht nicht, doch er öffnete den Mund, um dann zu – ·

Er nieste. Feucht.

«Gesundheit», sagte Hark, bevor er in Ermangelung eines Taschentuchs Bertrams Mund und Nase mit seinem eigenen klammen Ärmel abwischte. Er dachte an seine Mutter, der er oft den Mund abgewischt hatte, ganz am Ende. Monningen drehte den Kopf weg und ächzte grimmig.

«Wester?», fragte er. Erstaunt sah Hark ihn an.

«Der kommt bestimmt gleich», sagte er. «Hören Sie, können Sie sich an das Foto erinnern? Die Georgshöhe?»

«Wester.»

«Ich weiß. Er kommt, ganz sicher. Warten Sie, ich habe das Bild hier.»

Hark stand auf, um das Foto aus dem Mantel zu holen, als er draußen heraneilende Schritte hörte. Gerade wollte er ans Fenster gehen, da flog die Tür auf und Wester Monningen stand da, so nass wie Hark und Bertram eben noch gewesen waren. Einen Jagdmantel trug er. Die Kappe aus Wildleder. Wasser tropfte von seinen sandigen Stiefeln auf den Boden.

«Haben Sie ihn reingebracht?», fragte Wester mit rauer Stimme, während er offenbar irritiert versuchte, Harks Präsenz in seinem Wohnzimmer zu begreifen. Hark wich stammelnd zurück. Er bereitete sich auf das Schlimmste vor, als Wester schon den ersten harten Schritt in seine Richtung machte. Gedanken blitzten in Hark auf. War er jemals geschlagen worden? Nicht von seinen Eltern, so viel war sicher, und nicht in seiner Schulzeit. Vielleicht im Studium, dachte er und erinnerte sich an die Bruchstücke durchzechter Nächte, während der hochgewachsene Monningen näher kam, imposant, im Gang beinahe militärisch und präzise.

«Hören Sie ...», brachte Hark noch hervor, da war Wester schon bei ihm und riss die Hände hoch. Aber statt ihn zu schlagen, nahm Josef Monningens Sohn Hark plötzlich in die Arme, und statt ihn anzuschreien, fing er an zu schluchzen.

«Danke», hörte Hark Monningens bebende Stimme, «haben Sie tausend Dank.»

* * *

Heißer Tee wärmte Hark von innen.

Kaminfeuer und Heizung wärmten ihn von außen.

Wester Monningen hatte seinen Onkel ins Schlafzimmer gebracht, umgezogen und hingelegt. Als er zurückkam, kam er ohne Bertram, aber dafür mit Pullovern und Hemden und Hosen, die zu altmodisch waren für Hark. Dafür waren sie trocken.

«Es ist mir so unangenehm», sagte Wester, wie er es schon mehrere Male getan hatte. Hark wählte ein Hemd aus.

«Sie müssen das nicht machen», sagte er.

«Wenn mein Onkel vor einer Lungenentzündung bewahrt wird, dann dank Ihnen, Pater. Kleidung und Tee sind das Mindeste. Brauchen Sie ein Pflaster?»

Hark berührte die Wunde an seiner Wange. Er schüttelte den Kopf, wenn auch mit schlechtem Gewissen. Zu oft hatte Wester ihm gedankt, und zu viel Scham lag im Gesicht des Mannes, der die Haltung und den Ton eines Polizisten selbst im Ruhestand nicht ablegen konnte.

«Wir machen das immer so», sagte Wester, während er sich umdrehte und Hark die Gelegenheit gab, seine Hose zu wechseln. «Bertram sitzt draußen, während ich meine Runde durch die Dünen mache. Ausgerechnet heute habe ich die Zeit aus den Augen verloren. Dann kam der Sturm.»

«Auf dem Festland ist schlechtes Wetter eine Strafe, auf Inseln ein Privileg», erwiderte Hark. «Hat meine Mutter mal behauptet.»

«Ihre Mutter hat nie an der See gelebt, oder?»

«Am Niederrhein.»

«Wenn Sie mich fragen, würde ich das Klima der Tropen sofort mit unserem tauschen. Aber sagen Sie das nicht laut. Hier tun alle so, als wäre es nobel, wenn man friert.»

«Das ist wie mit den Haaren», sagte Hark. Wester Monningen sah ihn fragend an. Hark lächelte. «Als Tourist freut man sich, wenn die Frisur vom Salz strähnig und vom Wind verwirbelt wird. Aber kommen Sie mal bei mir zu Hause in einen Regensturm. Das hat nichts Wildromantisches mehr und nichts Maritimes, wenn man morgens mit feuchter Matte in der Bahn zur Arbeit sitzt.»

«Inseln sind kein Land», sagte Wester. Hark nickte.

«Inseln sind kein Land.»

Sie schwiegen einen Moment. Hark strich erneut über seine wunde Wange, bevor er zu einem Fuchs an der Wand sah, eisern wie der Hirschkopf draußen, wenn auch kleiner.

«Von meiner Schwester», sagte Monningen. «Dortje.»

«Die Künstlerin. Und ... was war es? Buchhalterin?»

«Sie arbeitete für meinen Vater. Aber in der Blüte der Achtziger fiel ihr auf, dass selbst Metall weniger kalt sein kann als Zahlen. Dortje ist ein Feingeist. Wenn sie hier ist, spielt sie Cello mit dem Kammerorchester, jeden Abend.»

«Der Hirsch», sagte Hark, «hat mir draußen fast einen Herzinfarkt verpasst. Die Augen. Sie leben.»

«Der Hirsch ist mein liebstes Tier, schon immer gewesen. Da ist Wildheit in seiner Form. In seinem Geweih. Wir vergessen, dass ein Hirsch einen Menschen töten könnte, wenn er nur wollte. Er will es nicht. Das ist unser Glück.»

«Sie sind Jäger, richtig?»

«Mein Vater war der Wattführer. Ich bin der Jäger. Mein Onkel ist der Vogelkundler. Deswegen ist Bertram so gern in der Natur. Selbst bei diesem Wetter.»

Wild wehten die Vorhänge vor dem geborstenen Fenster.

«Was ist Ihre Theorie?», fragte Hark in die Stille hinein.

«Meine Theorie?»

«Ihr Vater. Wer hat ihn – wer hat ihn ermordet?»

«Die Aasfresser der modernen Welt, Pater.»

Hark schwieg, um Monningen die Worte selbst wählen zu lassen.

«Bröcker und Witt», fuhr Wester schließlich fort, und der Hass in seiner Stimme ließ keine Zweifel an seiner Überzeugung zu. «Heuschrecken, die unsere Heimat plündern, bis nichts, gar nichts mehr zu holen ist.»

«Immobilienhaie also? Das glaubt Karl Arneke auch. Ich war in der Kneipe. Uriger Ort. Gibt nicht mehr viele davon.»

«Arneke hat uns immer gewarnt. Aber niemand in meiner Familie konnte glauben, dass die Gier dieser Ungeheuer groß genug ist, um meinen Vater zu töten. Ihn zu verbrennen. Ein perverses Mahnmal für alle Inseln. Damit jeder weiß, was passiert, wenn man sich dem Druck des Geldes nicht beugt.»

Hark trank. Er sah zu einem Foto von Josef Monningen.

«Standen Sie ihm nah?», fragte er verhalten.

«Wem? Meinem Vater?»

«Ich könnte mir vorstellen, dass ein Patriarch nicht glücklich ist, wenn sein einziger Sohn … kinderlos bleibt.»

Wester Monningen hob überrascht die Augenbrauen, bevor er anerkennend lächelte und seine Tasse abstellte.

«Kluger Satz», sagte er. «Bissig formuliert. Sie kritisieren die Strenge meines überstarken Vaters, aber Ihre Intention ist klar. Empathie für mich, während Sie klar positionieren, dass Sie der Fragende sind und ich nur der Befragte. Sie ermitteln. Ich stehe im Visier. Richtig?»

«Aus Ihnen spricht der Polizist», sagte Hark.

«Aus Ihnen nicht», erwiderte Monningen kühl.

«Aber ich suche nach der Wahrheit. Fragen Sie mich nicht, wie ich in diese Sache reingeraten bin, aber hier sitze ich, durchnässt und todmüde und mit einem Kater, den ich seit meiner Jugendzeit nicht mehr hatte, und alles nur, um herauszufinden, wer Ihren Vater ermordet hat.»

«Dann sind wir schon zu zweit», sagte Monningen, «oder zu dritt, wenn wir das junge Fräulein Flock dazurechnen.»

«Ich glaube nicht, dass man noch Fräulein sagt.»

«Ich glaube nicht, dass das jemanden hier kümmert.»

Wester Monningen stand auf und ging in die Küche. Er holte einen Besen. Er musste sich bücken, um die groben Glassplitter des Fensters zusammenzukehren, und er kniete auf dem Boden, um sie mit bloßen Händen aufzusammeln. Hark glaubte nicht, dass Monningen Hilfe wollte. Er wäre auch viel zu erschöpft gewesen, sie anzubieten.

«Es stimmt», gab Wester zu. «Die Beziehung zu meinem Vater war nicht leicht. Er schätzte nicht, dass ich seinen Bruder pflege, statt selbst eine Familie zu gründen.»

«Das klingt nicht gerade nach Nächstenliebe. Dabei redet jeder hier davon, wie gläubig Ihr Vater war.»

Wester seufzte, noch immer auf den Knien.

«Mein Vater war nicht immer der gute Christ, als den man ihn später kannte», sagte er. «Seine jungen Jahre waren geprägt von anderen ... Leidenschaften als jenen, für die meine Mutter ihn liebte.»

«Und welche Leidenschaften wären das?»

Hark sah zu, wie Josef Monningens Sohn sich auf die Beine kämpfte und die Scherben in den Müll brachte.

«Welche Leidenschaften?», wiederholte Hark scharf. Wester sah auf, überrumpelt von Harks insistierendem Ton.

«Er hatte einen Hang zum Personal», sagte er endlich, «und zu dem, was das Personal ausschenkte, und zu dem, was es nicht ausschenken durfte. Sein Sohn war Polizist, mein Gott. Huren. Schnaps. Wutausbrüche. Ich habe bis heute nicht rausgefunden, ob meine Mutter weggeschaut hat oder ob sie ehrlich nicht wusste, wer ihr Ehemann in Wirklichkeit war.»

Ein letzter Schluck Tee. Hark stellte die Tasse ab.

«Und dann so ein Wandel?», fragte er, als er aufstand. «Was brachte Ihren Vater dazu, so urplötzlich sein Leben zu ändern? Man sagt, er wurde zu einem ganz neuen Menschen.»

Wester Monningen schwieg. Lange. Sehr lange. Bis –

«Mutter hatte eine Fehlgeburt», brachte er hervor. Mehr sagte er nicht. Mehr musste er nicht sagen. Hark nahm seinen Mantel von der Heizung und räusperte sich.

«Als ich Samstag bei Ihrer Familie war, ist mir ein Foto aufgefallen», sagte er, während er sich anzog. «In einem der Alben Ihres Vaters.»

«Was für ein Foto?»

«Die Georgshöhe. Vielleicht findet hier im Tode ...»

«... im Tode Erlösung, wer sie im Leben nicht finden durfte», beendete Wester Monningen den Satz. «Mein Onkel hat das Foto geschossen. Vater an seinem liebsten Ort auf der Insel.»

«Die Erlösung», sagte Hark. «Hat er sie gefunden?»

Wester steckte die Hände in die Taschen und sah aus dem Fenster. Nur noch ein letzter Hauch von Abendblau zog sich durch das Nachtschwarz.

«Ich weiß es nicht», sagte er schließlich. «Die Dämonen meines Vaters waren stark. Aber oben auf der Georgshöhe, da fühlte er sich frei. Da betete er zu Gott. Er ahnte nur nicht, dass man ihn umbringen würde, an dem Ort, an dem er jeden Abend um Abbitte flehte. Jahrzehnt. Um Jahrzehnt. Um Jahrzehnt.»

Hark nickte. Gleich würde es dunkel sein.

Er hatte seine Kleidung gefaltet und sie in eine Tüte gepackt, die er trotz aller Proteste von Wester Monningen bekommen hatte. Als er die Tür öffnete, um an der Straße auf das Taxi zu warten, bedankte er sich ein letztes Mal.

«Wir bleiben dran», sagte er, «Tilla Flock und ich.»

«Und, Pater? Dreht das die Zeit zurück?»

Hark hatte keine Antwort. Er verabschiedete sich, dann ging er zum Schotterweg und zur Straße und zum Taxi, das ihn erwartete. Dieselbe Fahrerin. Derselbe strenge Geruch. Dieselbe Ozeanbrise aus Pappe und dieselbe heisere Stimme, obwohl Hark ihr kaum antwortete, bis er ausstieg und das nächtliche Hotel betrat. Stockdunkel war die Rezeption. Stockdunkel der Flur, durch den Hark ging.

«Hark?», hörte er plötzlich eine dünne Frauenstimme.

Sie hatte geschlafen, Tilla, schmerzhaft verkrümmt mit

der Clownspuppe auf einem Sessel im unbeleuchteten Vorraum. Jetzt stand sie auf und schlich zu Hark. Er sah sie an.

«Du hast Papier im Haar», sagte er.

«Ich wollte wissen, wo du bist», antwortete sie, «aber die Rezeptionistin hat nichts verraten.»

«Es ist ein sehr diskretes Haus.»

Tilla rang mit den Worten. Vieles ging ihr durch den Kopf, aber die meisten Gedanken waren zu wirr, um sie auszusprechen, und Tilla war zu ausgelaugt. Sie seufzte.

«Ich bin kein guter Mensch», sagte sie dann. «Mein Vater hat recht. Ich bin kein guter Mensch.»

Hark blickte zu Boden. Er spielte mit seinen Fingern.

«Ich bin verheiratet», hörte Tilla ihn sagen.

«Was?»

«Ich bin verheiratet.»

«Ihr ... Dürft ihr das jetzt?»

«Nicht vor Gott», antwortete Hark matt, «und nicht vor der Kirche. Oder vor dem Staat. Aber ich bin verheiratet.»

Tilla versuchte, Harks Gesichtsausdruck im Dunkeln zu deuten. Sie schaffte es nicht.

«Mit wem?», fragte sie.

«Wir kannten uns aus der Gemeinde», sagte Hark. «Sie schrieb Theaterstücke für Kinder. Keine guten. Wir redeten. Öfter, länger als erlaubt. Bis wir uns küssten.»

Harks Stimme war kaum mehr als ein Flüstern.

«Ich betete», sagte er, «jeden Tag. Jede Nacht. Ich bat Gott, dass er mir ein Zeichen senden solle, wenn es falsch sei, was wir taten. Kann so etwas Gutes falsch sein?»

«Fragst du mich das wirklich?»

«Es kam kein Zeichen. Nicht als wir uns küssten, nicht,

als wir uns über Monate heimlich trafen, und nicht, als wir beschlossen, zu heiraten. Nur für uns. Mit einer Zeremonie. Im Winter, am kältesten Tag, an einem See.»

Ein Lächeln. Tilla kam Hark näher.

«Bescheuert», sagte sie.

«Völlig bescheuert.»

«Und dann?»

«Alles blieb geheim. Wir waren gut darin. Vorsichtig. So, so glücklich. Und dann, eines Tages ... wurde sie schwanger.»

Harks Silhouette blickte zu Boden.

«Ich betete wieder. Herr, bettelte ich, zeige mir, dass ich ein Sünder bin. Lass ein verdammtes Klavier auf meinen Kopf fallen, Mann. Aber meine Frau wurde runder. Mein Sohn in ihr größer und stärker. Wir zogen zusammen.»

«In deiner Stadt? War das nicht gefährlich?»

«Sechzig Kilometer weiter. Tagsüber war ich Pfarrer. Ein guter Pfarrer. Und abends fuhr ich eine Stunde und machte Atemübungen mit meiner Frau. Ich hechelte. Ich!»

Eine Truppe betrunkener Kegelbrüder zog grölend am Hotel vorbei. Laut hallten ihre Stimmen durch die Straße. Hark sprach erst weiter, als es wieder still war.

«Alles war perfekt», wisperte er. «Meine Frau konnte kaum noch gehen, aber sie war tapfer. Mein Junge war mehr als bereit, zur Welt zu kommen. Und dann, dann endlich ...»

«Endlich was?»

«Dann endlich schickte Gott mir sein Zeichen.»

Welches?, wagte Tilla nicht zu fragen, also dachte sie es. Hark blickte zur Seite. Ein Hauch des Lichtstrahls von der Straßenlaterne fiel auf sein Profil. Seine Augen glänzten.

«Es sei schon entschieden gewesen, als sie schwanger wurde, sagten die Ärzte. Ich wusste es nicht. Sie wusste es nicht. Niemand wusste es. Sie hatte keine Chance. Beide nicht.»

Fast eine Minute lang füllte nichts als Stille den Raum. Tilla kämpfte mit den Tränen. Hark räusperte sich.

«Bei den Beerdigungen fühlte ich zum ersten Mal ein Pochen. Im Kopf. Ein Zerren im Bauch. Und ich fragte mich ... wenn jemand einfach so verschwinden kann, so lebendig und so jung und so, so glücklich ... was lauert dann in mir? Was?»

Eine Wanduhr tickte.

Und tickte.

Und tickte. Tilla schniefte leise.

«Worauf ich hinauswill, ist», sagte Hark, «dass ich seit sieben Jahren nicht daran glaube, den nächsten Tag zu erleben, und ich versuche, mich nicht an den letzten zu erinnern. Es ist mir egal, was dein Vater über dich sagt. Es ist mir egal, wer du gestern warst, und es ist mir egal, ob ich dir morgen langweilig werde. Ich kenne nur das Heute, Tilla, und heute fühle ich mich besser, wenn du bei mir bist.»

«Warum auch immer», brachte Tilla mit Mühe hervor.

«Wer braucht schon einen Grund?», fragte Hark.

Er nahm Tillas Hand. Nach oben ging er mit ihr, auf sein Zimmer. Kein Wort sagten sie mehr, so entkräftet waren sie, während sie in der Nachtschwärze des Raumes auf das Bett sanken. Nur ihre Fingerspitzen berührten sich, als sie die Augen schlossen. So schliefen Hark Herforth und Tilla Flock nebeneinander ein, verletzt und verbunden und der eine des anderen Anker.

* * *

DIENSTAG

*D*ie Kameradrohne, die fern der Stadt auf einer Düne stand, erhob sich surrend in die Luft, gesteuert von einem Jungen, der besser darin war als sein Vater. Sie hätte genug Reichweite gehabt, um zum Inselende und von dort aus über ein schmales Stück Fahrrinne bis zum kleineren Eiland nebenan zu fliegen. Wäre ein Schiff das Ziel des Jungen gewesen, oder das Ziel des Vaters, der in Sorge um sein Spielzeug in den Morgenhimmel starrte, dann hätten sie wählen können zwischen einer frühen Fähre, die zum Festland fuhr, und einem Fischerboot weit draußen auf dem Meer.

Aber der Junge wählte kein Boot. Er wählte nicht die Nachbarinsel. Stattdessen jagte er die Drohne furchtlos über den endlos scheinenden Sandstrand, durch die Dünen und in die Siedlung, bis sie den alten Wasserturm umrundete und von dort aus zurück zum Meer flog, dorthin, wo zu dieser Zeit kein einziger Mensch in der Brandungszone war. Von der Plattform aus war sie längst nicht mehr zu sehen, nicht für den Sohn und nicht für seinen in der Ferne suchenden Vater.

«Hol sie zurück», sagte der, «du bist zu weit weg.»

Doch der Junge hörte nicht zu. Konzentriert sah er auf seinen Monitor und steuerte die Drohne über die Wellen, viel zu knapp für die Nerven seines Vaters, und dann drehte er sie und ließ sie landwärts schießen, in das Labyrinth zwischen Hügeln aus Sand, das sich bei Flut mit Meerwasser füllte, jetzt aber sumpfig und voller fast leerer Priele war.

«Zurück», rief der Vater. *«Gleich verlierst du sie!»*

«Relax», sagte der Junge. Er bahnte sich mit der Drohne den Weg durch die Hügel und über das, was er für die Salzwiesen hielt, auf denen er bei einer Wattwanderung mit einem uralten Führer einmal seltsam schmeckende Meerespflanzen gegessen hatte.

Eigentlich wollte er von dort aus die Düne erreichen, heimlich vielleicht, um die Drohne plötzlich hinter dem hohen Sandhügel aufsteigen zu lassen und seinen Vater zu überraschen. Weit konnte sie nicht mehr entfernt sein. Schon hörte der Junge das Surren der Drohne, doch die letzte Strecke flog er zu wild und zu selbstsicher. Er sah den Zaunpfahl nicht, der grün bemalt den Wanderweg markierte. Der Junge kreischte auf, als das Fluggerät mit voller Geschwindigkeit gegen den Pfosten prallte und kopfüber auf den nasskalten Grund stürzte, wuchtig genug, um sich wieder und wieder zu überschlagen, bis es endlich in einem Schlammloch liegen blieb.

«Verdammte Scheiße», schrie der Vater, *«ich hab es doch gesagt»*, und er tobte und beschimpfte seinen Sohn.

Doch der hörte nicht zu.

«Papa», sagte er stattdessen matt.

«Ich lasse dich fliegen», rief der Mann, *«aber so was wie Verantwortung kennst du natürlich nicht. Warum kannst du nicht hören? Nur ein einziges Mal, wie dein Bruder?»*

Der Junge starrte auf den Monitor.

«Papa», wiederholte er dumpf, während sein Vater wütend über Geld und Arbeit und Schule redete. *«Papa!»*

«Was?», schrie der Vater endlich. Er folgte dem Blick seines Sohnes, der mit zitternden Fingern auf den Bildschirm zeigte. Aber erst, als die Hosenbeine des Jungen nass und dunkel

wurden und eine Pfütze sich an seinem Wanderschuh bilde-te, verstand der Vater, was sein Sohn gesehen hatte.

Eine Leiche starrte in die Kamera.

Modrig und nass von der See lag sie da, gleich neben der Drohne. Ein Mann in zerrissenem Hemd. Das Haar war schütter. Das Gesicht kantig. Den Mund hatte er zu einem stummen Stöhnen geöffnet, aber der Vater und sein Sohn schauten vor allem auf die rot tätowierte Hand der Leiche, auf der sich eine Schlange hochzog bis zum muskulösen Arm und zur Schulter und vermutlich noch viel, viel weiter.

* * *

«Hark.» Das erste Wort, das Hark hörte, als er aufwachte, war nicht mehr als ein Flüstern. Er brummte nur.

«Hark.»

Lauter jetzt.

Hark wollte sich umdrehen, aber Tillas Stimme zerrte ihn unnachgiebig aus seinen Träumen, bis sie plötzlich so laut zischte, dass Hark erschrocken die Augen aufriss.

«Hark!»

«Was?», fragte Hark irritiert und blickte sich um.

Tilla musste nicht antworten.

Verschwommen sah Hark seine Freundin neben sich auf der Matratze sitzen. Vor allem aber sah er das Chaos hinter ihr. Irgendjemand hatte seinen Koffer durchwühlt.

«War dir langweilig?», entglitt es Hark in seiner Verwirrtheit. Tilla stand vom Bett auf.

«Idiot. Das war ich nicht.»

«Wer dann?»

«Keine Ahnung», murmelte Tilla, aber Hark hörte sie kaum. Er stieg von der Matratze, um eine der vielen zerknüllten Karteikarten vom Boden aufzuheben, und als er sich wieder aufrichtete, starrte Tilla über seine Schulter hinweg zur Wand, an der die Namen und Verflechtungen der Monningens gehangen hatten, bis sie heruntergerissen worden waren. Tiefrote Worte prangten nun stattdessen auf der Tapete.

«Hark», sagte Tilla atemlos.

«Lasst die Toten ruhen», las er vor.

«Meinen die ... meinen die uns?»

«Die meinen uns.» Alles in Hark fühlte sich wund an. Noch nie hatte man ihn bedroht. Noch nie war man in seinen Lebensraum eingedrungen. Es mochte nur ein Hotelzimmer sein, das man verwüstet hatte, aber Hark spürte dennoch große Hilflosigkeit. Sein Blick hing an dem voller Wildheit und Wut hingeschmierten Satz. Wenn Hark und Tilla bisher nur kalt gewesen war, dann zitterten jetzt beide ganz unabhängig von der Raumtemperatur.

«Meine Güte», rief die Rezeptionistin, nachdem Tilla und Hark sie geholt hatten. Untröstlich ging sie durch den Raum, geschockt davon, was hier geschehen war.

«Nachts ist niemand an der Rezeption?», fragte Hark.

«Nein», antwortete die junge Frau, «nicht außerhalb der Saison. Eigentlich haben wir geschlossen.»

«Sie haben geschlossen.»

«Wir machen im Januar zu und im März wieder auf», war die Antwort. «Aber als Sie anriefen, klang Ihre Stimme so ... Jedenfalls hat meine Chefin entschieden, dass wir Ihnen ein Zimmer anbieten. Obwohl unser Haus erst zur Saison öffnet.»

«Wie klang denn meine Stimme?», fragte Hark erstaunt. Die Rezeptionistin druckste herum.

«Sie klangen urlaubsreif», antwortete sie kleinlaut nach einem Moment, «und, ehrlich gesagt, verzweifelt.»

Zu dritt standen sie vor der vollgeschmierten Wand, und zu dritt sammelten sie wenig später Harks verstreute Habseligkeiten ein, damit er das Zimmer nebenan beziehen konnte. Wie das davor sah es aus, nur spiegelverkehrt. Hark wurde schwindelig, als er seinen Koffer absetzte, und er musste sich erst mal neu orientieren, bevor er seine Zahnbürste in den Becher stellte. Links war die Dusche statt rechts. Das Bett stand am Fenster. Alles wirkte falsch, vor allem, nachdem Tilla das Wandbild der Verdächtigen neben die Tür geklebt hatte.

«Immerhin gibt es neue Gummibärchen», sagte sie und sah zu einem Tütchen auf dem frisch bezogenen Kissen.

Als Hark und Tilla mit zittrigen Beinen in den leeren Speisesaal kamen, war ein einziger Tisch gedeckt. Gestern hätte Hark noch gedacht, dass die anderen Gäste vielleicht in Cafés frühstückten. Jetzt wusste er, dass er allein in seiner Pension war, und dass die Rezeptionistin sich um alles kümmerte, von den Betten bis zu den Brötchen am Buffet. Der Orangensaft war frisch gepresst. Selbst Pancakes gab es. Hark und Tilla hörten hinter der Küchentür klappernde Töpfe, als wäre ein Team von Köchen da, nicht nur eine einzige Mitarbeiterin. Hark setzte sich.

«Ich weiß immer noch nicht, wie sie heißt», sagte er.

Ihm fiel auf, dass sein Tisch zwei Gedecke hatte. Als hätte die Rezeptionistin geahnt, dass Tilla ihn heute Morgen begleiten würde, oder gewusst, dass sie die Nacht im Hotel verbrachte. Einen irrwitzigen Moment lang stellte Hark sich vor, dass die emsig arbeitende Frau in einem Schlafsack hinter dem Tresen schlief, um ihren Gästen nahe zu sein.

Auch Tilla ließ sich auf einen Stuhl sacken.

«Wer macht so etwas?», fragte sie nach einem Moment.

«Jemand, der nicht will, dass wir Josef Monningens Mörder finden», antwortete Hark. Er fasste sich an die Wange. Die Wunde von gestern war getrocknet. Tilla sah ihn an.

«Der Autounfall? Meinst du ...?»

«Am ersten Morgen», antwortete Hark, «nachdem wir angefangen hatten, zu ermitteln, ist ein Brief für mich gekommen. Darin war eine Rückfahrkarte zum Festland. Kein Absender. Keine Nachricht. Jetzt verstehe ich, was man mir damit sagen wollte.»

Die Rezeptionistin brachte Kaffee für Tilla und Tee für Hark. Über ihrem schwarzen Rollkragenpullover trug sie eine weiße Schürze, die wie eine hastig übergeworfene Verkleidung aussah. So schnell lief sie, dass sie sich Strähnen aus dem Gesicht pusten musste. Vergeblich.

«Es tut mir so unendlich leid», sagte sie, vielleicht zum fünften Mal an diesem Morgen.

«Uns ist aufgefallen, dass wir Ihren Namen gar nicht kennen», sagte Hark. Die Rezeptionistin lächelte.

«Mirjana. Rufen Sie mich, wenn ich irgendetwas für Sie tun kann. Ich bin für Sie da. Immer.»

Sie ging. Hark blickte ihr hinterher. Tilla ebenfalls.

«Wester Monningen», sagte Hark, als sie wieder unter sich waren. «Ich war gestern Abend bei ihm. Und Bertram.»

«Ohne mich?»

«Ich musste raus», sagte Hark leise. Tilla verstand.

«Und?», fragte sie, während sie ihr Frühstücksei köpfte. So hart war es, dass das Eigelb eine Kugel war.

«Das Foto hat Bertram gemacht, weil Josef Monningen viel Zeit auf der Georgshöhe verbrachte. Um zu beten, wahrscheinlich. Stellt sich heraus, dass Josef nicht immer der nette Urgroßvater und tüdelige Kneipenbesitzer war.»

«Sondern?»

«Ein Fremdgänger. Ein Choleriker. Vielleicht ein Trinker. Laut Wester hat sich Josef Monningen erst geändert, nachdem seine Frau eine Fehlgeburt hatte.»

«Eine Fehlgeburt», wiederholte Tilla verhalten. Hark nickte.

«Läuterung durch Schmerz. Altes Konzept.»

«Und wer hat ihn nun umgebracht?»

«Die Investoren», antwortete Hark. «Wester glaubt, dass das als Signal für alle gedacht war, die sich dem Fortschritt auf den Inseln verweigern.»

Tilla ließ das Eigelb auf ihrem Teller liegen.

«Ich mag nur das Weiße», sagte sie zu Hark.

«Und ich nur das Gelbe», erwiderte er.

Sie teilten das Ei, und noch während Tilla kaute, zog sie ein zerknittertes gefaltetes Blatt Papier aus ihrer Tasche. Sie öffnete es, um Hark den Zeitungsartikel zu zeigen, den ihre Schwester gestern gefunden hatte.

«Nein», hauchte Hark, als er das Foto des Anwalts sah.

«Ja. Freiherr Gero von Steinbrink. Consultant der Firma, die Monningens Immobilien kaufen wollte und seine Mitarbeiter bedrohte und vielleicht eine Katze töten ließ und möglicherweise auch noch Josef selbst.»

«Das ist alles viel zu offensichtlich, Tilla!»

«Ist es nicht. Esperior Real Estate und Bröcker und Witt haben ein ganzes Netz von Briefkastenfirmen aufgebaut. Gero arbeitet für ein Unternehmen, das hinter allem steht, aber die Verbindung von Tharsem Green Development zu den Inseln findet man nur, wenn man verdammt gut sucht.»

«Und du hast verdammt gut gesucht.»

«Ariane», sagte Tilla kleinlaut. «Ich hab zugeguckt.»

Hark lehnte sich zurück. Er ließ den Blick durch den Raum wandern, der im Frühling so voll sein würde, dass man sich für das Frühstück anmelden müsste. Jetzt waren nicht einmal die Glasgefäße mit Müsli und Haferflocken gefüllt. Halter für Honigtöpfe standen leer da. Tischdecken waren gefaltet und lagen auf überzähligen Stühlen.

«Ein Investor will also Josefs Häuser», sagte Hark.

«Sie verhandeln. Aber Monningen bleibt hart.»

«Weil er nicht will, dass seine Häuser plattgemacht und durch irgendwelche Ferienwohnungen ersetzt werden.»

«Lokalpatriot. Alte Schule», sagte Tilla. Hark nickte.

«Aus Verhandlungen werden Drohungen und aus Drohungen wird Gewalt und aus Gewalt wird Mord. Jemand will mich von der Insel haben. Überfährt uns fast. Zerfetzt die Kissen unter unseren Köpfen. Warum? Als Drohung. Weil wir zerfetzt werden, wenn wir weiter ermitteln.»

«Und irgendwie, aus irgendeinem Grund arbeitet der Ehemann von Josefs Enkelin für die Firma, die im Hintergrund die Strippen zieht. Gero von Steinbrink. Anwalt einer alten Traditionskanzlei, seit Generationen auf der Insel.»

«Mit gewellten Haaren», flüsterte Hark.

«So wellig gewellt», flüsterte Tilla zurück. Sie trank ihren Saft aus. Fruchtfleisch blieb übrig.

«Geros Kanzlei befindet sich in der Stadt», sagte sie dann. «Wir besuchen ihn. Knallharte Konfrontationstherapie.»

«Bedeutet?»

«Wir konfrontieren ihn mit unserem Wissen. Dass er für die Firma arbeitet, der Monningen im Weg stand.»

«Er wird alles abstreiten», sagte Hark. Tilla holte mit ihrem Finger das Fruchtfleisch aus dem Glas, wie sie es schon getan haben musste, als sie zwölf Jahre alt gewesen war.

«Vier Semester Jura in Jena», erinnerte sie ihn, «und das Redevermögen eines Pfarrers. Du machst ihn fertig.»

Hark wollte protestieren, aber dann hörte er eine Polizeisirene. Sie wurde lauter. Kam näher. Dröhnte, als der Einsatzwagen durch die Straße jagte. Tilla stand auf und lief zum Fenster.

«Das ist mein Vater», rief sie über den Lärm. Hark kam zu ihr und blickte dem Fahrzeug hinterher, wie es am Hotel vorbeifuhr und mit dramatischem Tempo um die Ecke bog.

«So rast man nicht, wenn man Säufer aus Strandkörben holt», sagte Hark. «Kannst du rausfinden, wo er hinfährt?»

Tilla zog ihr altersschwaches Handy aus der Tasche.

«Und dann?», fragte sie, während sie eine Nummer wählte. «Radeln wir mit dem Tandem hinterher?»

«Wir haben was Schnelleres als das Tandem», raunte Hark, und als Mirjana, die Rezeptionistin, mit frischem Rührei aus der Küche kam, waren ihre einzigen Gäste schon längst verschwunden. Dafür lag Trinkgeld am Platz, viel zu viel für einen normalen Menschen, als hätte Hark nicht den Hauch einer Ahnung, was die richtige Summe war.

* * *

Tilla atmete möglichst wenig, bis sie aus dem Taxi der Fahrerin ausgestiegen war, die Hark ihr als Christel vorgestellt hatte. Christels Gruß war kaum mehr als ein Grunzen gewesen, was gut war, denn hätte Tilla reden müssen, hätte sie mehr von der Luft einatmen müssen, die nach altem Leder und noch älteren Zigaretten roch und nach –

«Banane», sagte Tilla, nachdem sie wieder draußen waren. «Mein Mund schmeckt, als hätte ich jemanden geküsst, der Bananenmilch mit Tabak getrunken hat.»

«Banane verstehe ich und Tabak auch, aber wo bitte schmeckst du einen Kuss heraus?»

«Du hast ja keine Ahnung, wen ich schon geküsst habe.»

«Christel hat den Duft getauscht», sagte Hark und schluckte. «Gestern Ozeanbrise. Heute Dschungelcocktail.»

«Sie hat einen Sinn für die feinen Dinge.»

Hark hatte die Taxifahrerin gebeten, zu warten, statt zur Zentrale zurückzukehren. Christels Antwort war ein müdes Schulterzucken und ein Griff zu ihrer Zigarettenschachtel gewesen. Es war Anfang Januar. Kaum jemand fuhr Taxi, also konnte sie auch hier draußen stehen und dösen, auf dem letzten Parkplatz der Insel. Nur der Polizeiwagen stand neben ihr. Türen geöffnet. Das Blaulicht stumm rotierend. Kein anderes Fahrzeug. Kein Mensch. Nicht einmal Vögel.

Netze aus Regen hingen an eisgrauen Wolken.

«Ostheller», las Hark auf einem Schild. «Von hier aus wandert man zum Inselende, richtig? Das alte Schiffswrack?»

«Durch die Marschen», sagte Tilla. «Weiter kommt man nicht mit dem Auto. Unerschlossenes Gebiet. Größer als der Rest der Insel. Jeden Schritt, den du hier in Richtung Wrack gehst, musst du zu Fuß wieder zurückgehen.»

«Ich erinnere mich. Als Kind war ich mal hier. Meine Eltern mussten mich mit Schokolade locken, damit ich genug Kraft für den Rückweg in die Zivilisation hatte.»

«Mit Schokolade könnte man mich aus der Zivilisation herauslocken. Auf ewig.»

«Vollmilch Nuss?»

«Zartbitter», sagte Tilla, «achtzig Prozent Kakao.»

«Freak.»

Schmunzelnd trat Tilla vom Parkplatz in den Schlamm.

«Um diese Jahreszeit macht man den Trip zum Ende der Insel eigentlich nicht», rief sie, während sie einem Pfad aus nassem Sand und Pfützen folgte. Bewachsene Hügel links und rechts. Zaunpfähle, die Wege markierten.

«Warum nicht?»

«Weil die Dünen bei Sturmflut volllaufen. Und dir den Weg abschneiden. Ertrinken ist blöd, aber wenn du überlebst, sind die Kommentare der Rettungskräfte im Helikopter viel grausamer.»

Hark und Tilla mussten einen ersten Priel überqueren, wie einen Bachlauf. Dunst lag über dem Boden.

«Ich weiß noch», erzählte Hark, «dass wir am Strand zurückliefen. Im Nebel, stundenlang. Ich war am Ende. Kein Mensch war mehr draußen, weil es Abend wurde. Aber dann, dann hörten wir etwas, in der Ferne.»

«Was?»

«Hufe. Jemand ritt vorbei. Auf einem Pferd. Nur ein Umriss im Nebel.»

«Und ihr hattet sicher kein Küstengras als Proviant?»

«Da.» Hark deutete auf frische Fußspuren im Sand. Tilla nickte. Sie ließ Hark vorangehen, zwischen höher werdenden Sandhügeln, die fremd und seltsam wirkten, wie sie aus der Ebene mit ihren Seen und Grasbüscheln herausragten. Vieles hier würde bald überflutet sein. Jetzt gerade war das für Hark schwer vorstellbar.

Sie wanderten, bis sie die Polizisten sahen.

«Die heilige Dreifaltigkeit», flüsterte Tilla. «Hast du Geschenke dabei? Kamille, Minze, Myrrhe und Salbei?»

«Das ist aus der Zahnpastawerbung, Tilla.»

Tillas Vater Enno Flock stand neben Helge Weingärtner, dessen rostrote Locken kaum zur Polizeiuniform passen wollten. Waldemar Übbing war auf einen Dünenkamm geklettert, seiner schweren Statur zum Trotz. Waldemar kletterte immer, selbst wenn niemand klettern musste, und so ahnte Tilla, dass auch sein Aufstieg zur Düne keinen Zweck erfüllte.

Als Tilla und Hark näher kamen, verstanden sie, warum Enno Flock und Helge Weingärtner auf den Boden vor ihnen starrten und warum Tillas Vater sich jetzt hinkniete. Ein toter Mann lag da, durchweicht vom Wasser, angeschwemmt von der Flut oder hier draußen gestorben. Blutige Wunden klafften unter zerrissener Kleidung an Bauch und Brust.

«Grundgütiger», sagte Enno Flock, als er Tilla und Hark sah. «Woher wusstet ihr, dass wir hier sind?»

«Monika auf der Wache mag mich lieber als dich.»

«Wer ist das?», fragte Hark. Er trat näher an die Leiche heran, wenn auch nicht zu nah. Viel mochte Hark über Ermittlungen nicht wissen, aber er wollte den Tatort nicht kontaminieren. Nicht weit entfernt hockten ein Vater und sein junger Sohn auf einem umgestürzten Pfosten. Der Vater hatte seine Jacke über die Schultern seines Jungen gehängt.

Der Sohn hielt eine Drohne in den Händen. Mann und Kind drückten sich aneinander.

«Geht euch nichts an, wer das ist», sagte Enno Flock. «Das sind sensible Ermittlungen. Wenn ich einen Pfarrer und eine Möchtegern-Journalistin brauche, gebe ich Bescheid.»

«Helge?», säuselte Tilla in Richtung des jungen Kollegen ihres Vaters. «Paps hat seine dollen fünf Minuten.»

«Wir, äh, wissen gar nix», sagte Helge schüchtern. «Kein Ausweis, zumindest in den Jackentaschen, die wir durchsuchen konnten, ohne ihn zu bewegen.»

«Helge!», zischte Tillas Vater entnervt.

«Ist jedenfalls keiner unserer Kneipenbrüder von hier», murmelte Tilla. «Die Tätowierung würde ich erkennen.»

Hark betrachtete die Leiche genauer. Der Mann wirkte stark. In früheren Zeiten professionell trainiert. Die Haut mochte schlaff sein, aber Muskeln lagen darunter, die zur Tätowierung passten. Eine rote Schlange, die in Wellen und Windungen von der Hand auf den Arm überging. Das lichte Haar war kurz rasiert. Tiefe Schatten unter den toten Augen. Der Mann sah nach großstädtischem Nachtleben aus, aber nicht glamourös, sondern gefährlich.

«Erstochen?», fragte Hark.

«Was glauben Sie denn?», sagte Enno Flock. «Erhängt?»

«Verdammt viele Stiche. Da war jemand wütend», murmelte Tilla. Sie kletterte den Hügel hinauf, auf dem Waldemar Übbing stand und zum Horizont blickte, als wäre die Lösung des Falls bei den zwei Hochhäusern zu finden, die in der Ferne das Stadtbild der Insel verschandelten.

«Absolut niemand», sagte Übbing oben auf dem Kamm zu Tilla. «Kein Wanderer. Keine Surfer. Keine Zeugen. Nix.»

«Was glaubst du, wie lange der Mann schon tot ist?»

«Woher soll ich das wissen, Tilla? Das ist die zweite Leiche, die ich in meinem Leben gesehen habe, und die erste war nicht mehr als ein Haufen Asche.»

Von hier aus konnte Tilla sehen, wie das zurückweichende Meerwasser Spuren um den leblosen Körper im Sand gezeichnet hatte. Wie ein Kunstwerk lag die Leiche da, eingebettet in geschwungene Linien, die man auch mit einem Pinsel auf Papier hätte ziehen können und die in Richtung der fernen Brandung zeigten.

«Der kommt vom Meer», rief Tilla. «Ist mit der Flut angetrieben worden von draußen und hier hängen geblieben.»

«Zu schlau», rief ihr Vater zurück. «Ganz grandios ermittelt. Jede Leiche, die ins Meer geschmissen wird, wird irgendwo angetrieben. Jetzt komm da runter.»

Enno Flock selbst stand auf, während es nun Hark war, der sich hinkniete. Der tote Mann lag vor ihm. Bleiernes Tageslicht ließ jede Ader, jedes Muttermal auf der Haut und jedes Sandkorn im Haar so harsch hervorstechen, dass Hark fast nicht glauben konnte, dass es ein echter Mensch war, den er anstarrte. Eher eine Figur aus Wachs. Eine Puppe aus der Pathologie des Krankenhauses, die ihm zeigen sollte, wie er aussehen würde, wenn eines Tages endlich das geschah, was geschehen musste.

Unausweichlich.

Hark konzentrierte sich.

Er atmete durch, um die Angst nicht siegen zu lassen.

«Der muss was mit Monningen zu tun haben, oder?», fragte er mit enger Kehle und einem Gefühl von Übelkeit.

«Zwei Tote in ein paar Tagen», sagte Weingärtner zustimmend. «Ein alter Mann, der verbrannt ist, und ein Erstochener, der aussieht, als würde er alte Männer verbr...»

«Es reicht!», unterbrach Enno Flock ihn schneidend. Er nickte zu dem Vater und seinem Sohn, die nicht weit genug entfernt saßen, um Helges überlaute Stimme zu überhören. Der Sohn wimmerte.

Weingärtner verdrehte die Augen und folgte seinem Chef, als der die Hände in die Taschen steckte und zum Zaunpfahl ging, auf dem der Mann seinen Jungen noch fester hielt.

«Nichts anfassen», wies Enno Flock noch Hark und seine Tochter an.

«Nichts anfassen», imitierte Tilla ihren Vater leise.

Hark schnaubte.

Als würde er jemals eine Wasserleiche anfassen.

«Wir müssen ihn umdrehen», zischte Tilla urplötzlich direkt neben ihm. Er wusste nicht, wann sie von der Düne heruntergeklettert war, aber sie beugte sich nun über den Toten. Übbing starrte oben auf dem Hügel immer noch in die Ferne und Flock und Weingärtner waren abgelenkt.

«Was? Wie? Wieso?», fragte Hark verwirrt.

«Portemonnaie. Mit Ausweis. Hilf mir.»

Hark blickte hektisch von Waldemar Übbing zu Helge Weingärtner, vor allem aber zu Tillas Vater, der sich von dem Jungen die Drohne zeigen ließ, anstatt ihn zu verhören. Einen Augenblick lang vergaß Hark Tilla und die Leiche. Er sah, wie sich Enno vor das verstörte Kind in den nassen Sand setzte, wie er von unten aufmunternd lächelte und Fragen zu stellen schien, die nichts mit der Leiche zu tun hatten und alles mit der Welt des Jungen. Es war ein gänzlich anderer Enno Flock. Liebevoller zu einem fremden Kind als zu seiner eigenen Tochter. Wieder fragte Hark sich, was zwischen Tilla und ihrem Vater vorgefallen war.

«Hosentasche!», raunte Tilla. Hark zuckte zusammen. Er griff blind, was Tilla ihm zu greifen gab, und bemerkte erst viel zu spät, dass es die Hand des Toten war. Blutrot umrankte die Tätowierung das wässerige weiße Fleisch, das zwischen Harks Fingern flutschte. Tilla zog gleichzeitig an der Jacke, sodass sie gemeinsam mit Hark den Körper herumwuchtete und in einer gleitenden Bewegung die hinteren Hosentaschen abklopfte, die triefend vor Schlamm waren.

Nichts.

Tilla stieß einen lautlosen Fluch durch die Zähne.

So schnell, wie sie den Mann herumgerissen hatten, brachten sie ihn wieder in seine alte Position. Hark und Tilla standen gleichzeitig auf, so überhastet, dass Hark Flecken vor den Augen sah, und so betont unschuldig, dass Helge Weingärtner und Waldemar Übbing sie mit skeptischen Seitenblicken bedachten. Aber Enno Flock hatte begonnen, Vater und Sohn nach der letzten Stunde zu fragen, und Helge musste sein Notizbuch zücken. Waldemar starrte Tilla und Hark an. Tilla hielt seinen Blick und winkte.

«Es ist unmöglich», sagte sie gepresst zu Hark, «so was von unmöglich, dass hier auf der Insel zwei Leichen auftauchen und nichts miteinander zu tun haben.»

«Aber wer soll der Kerl sein? Josefs Mörder?»

«Auftragskiller vielleicht. Von Bröcker und Witt.»

«Die Hände würden dazu passen», sagte Hark. «Besten Dank übrigens für die grenzwertige Erfahrung, ausgerechnet mich einen toten Körper berühren zu lassen. Sehr einfühlsam.»

«Du solltest seinen Ärmel nehmen, nicht seine Hand.»

«Oh.»

«Hände, Hände, Hände», flüsterte Tilla nachdenklich, während ihr Vater sich von dem Jungen den Flugweg seiner Drohne erklären ließ. Ein Gedanke kam ihr. Sie sah Hark an. «Warum würden die Hände passen?»

«Was?»

«Zu einem Auftragskiller», sagte Tilla. «Warum würden die Hände des Mannes zu einem Killer passen?»

«Weiß nicht. Weil sie stark aussehen. Und abgenutzt. Die Fingernägel. Die Schwielen.»

Tilla hockte sich hin, so schnell, dass Hark ihr kaum folgen konnte, und sie inspizierte die Hände des Toten so effizient, dass sie schon wieder stand, als Hark gerade neben ihr in die Knie gehen wollte. Er stöhnte auf.

«Ein Bauarbeiter!», sagte Tilla leise.

«Bauarbeiter? Wie kommst du jetzt darauf?»

«Die Hände. Richtige Pranken! Die hat der Kerl eingesetzt, jeden Tag. Anfang Januar sind keine Touristen hier, aber Bauarbeiter ohne Ende. Wenn er nicht auf einer anderen Insel war, dann hat er in einem unserer Monteurzimmer gewohnt.»

«Und?»

«Wir müssen nur alle Monteurzimmer und Ferienwohnungen abtelefonieren und fragen, wer einen muskulösen, fragwürdig aussehenden Mittsechziger mit Tattoos aufgenommen hat!»

«Abtelefonieren», wiederholte Hark ungläubig. «Das müssen Hunderte Zimmer sein!»

«Der Tag ist noch jung», sagte Tilla, bevor sie sich abwandte und losmarschierte. Hark konnte nur seufzen. Salzwasser rann von der Stirn der Leiche, um in Augen zu tropfen, die trüb und tot einen mitfühlenden Blick zu suchen schienen. Doch Hark ließ den Körper zurück und folgte der davoneilenden Tilla Flock, energisch und verwirrt und gänzlich ratlos bezüglich ihrer Pläne.

* * *

«Wer sind Sie?», fragte Tillas Schwester Ariane, nachdem Tilla mit Hark in die Büroräume geplatzt war. Hark hatte das Taxi aus seiner Sicht mit viel zu viel – und aus Christels Sicht mit zu wenig – Trinkgeld bezahlt, und dieses Mal war der Wagen zurück zur Zentrale gefahren, statt zu warten. Nur der Geruch von fruchtigem Rauch schien weiterhin an Tilla und Hark zu kleben, sodass Ariane Flock und Thomas Manschott die Nasen rümpften, während sie den Pfarrer mit seinen schlammigen Schuhen mitten in ihrer Redaktion betrachteten.

«Hark Herforth», stellte Hark sich vor. «Ich mache hier Urlaub.»

«Anfang Januar?», fragte Ariane.

«Samstag bis Samstag.»

«Und was wollen Sie in meiner Redaktion?»

«Größtenteils folge ich hilflos Ihrer Schwester.»

«Ariane», brach es aus Tilla hervor, während sie schon einen Schwung Telefonbücher aus einem Aktenschrank zog, «wir brauchen eine Liste. Alle Vermieter aller Ferienwohnungen auf der ganzen Insel.»

«Was? Warum?»

«Weil Paps bei einer Wasserleiche ist. Ganz frisch angeschwemmt. Ein Kerl. Älteres Kaliber. Stark tätowiert, abgewetzte Hände mit Schrammen und fetter Hornhaut, wie ein Bauarbeiter. Wurde erstochen. Kannst du dir das vorstellen?»

Ariane blinzelte. Tilla durchwühlte Dokumentenmappen.

«Eben gefunden. Eben! Samstag stirbt Josef Monningen. Sonntag findet Hark heraus, dass Josef wegen seiner Immobilien bedroht worden war. Gestern lieferst du mir die Verbindung zwischen dem Ehemann seiner Enkeltochter und den Investoren, und jetzt gerade ist Papa mit Helge und Waldemar hinten am Ostheller und untersucht die Leiche eines Typen, der so übel aussieht, dass er der Auftragskiller für Bröcker und Tharsem und Esperior und ganze mexikanische Kartelle sein könnte.»

Tilla wirbelte zu ihrer Schwester herum.

«Und Hark und ich sind nah genug dran, dass jemand versucht, uns einzuschüchtern. Autounfall. Verwüstetes Hotelzimmer. Eine anonyme Rückfahrkarte zum Festland!»

«Aber was», setzte Thomas Manschott von seinem Platz aus an, «hat das mit Vermietern von Ferienwohnungen zu tun?»

«Die Hände», sagte Ariane nach einem Moment. «Tilla hat von Schrammen und Hornhaut geredet. Arbeiterhände. Jetzt will sie die Monteurzimmer auf der Insel checken. Stimmt's?»

«Wir wären so ein gutes Team, Arri», flüsterte Tilla, während sie Hark einen Stapel von Ausgaben ihrer eigenen Zeitung in die Hände drückte. Sie wischte energisch ihren Tisch frei und schlug das Branchenbuch der Insel auf.

Fahrradvermietung.

Feinkost.

Ferienwohnungen und Fremdenzimmer.

Reihen und Reihen von Namen sah Hark, links neben ihm Ariane und rechts neben ihm Tilla, die jetzt ganze Listen von gebuchten Werbeanzeigen aus den Archiven der Zeitung auf den Tisch legte. Zwischen Wanderungen und Kurkonzerten, Restaurants und Imbissen wurden Handwerkerzimmer angeboten, mal mit Namen, mal nur mit Nummern.

«Um Gottes willen», sagte Hark. Ariane schluckte.

«Das ist so ein Schuss ins Blaue, Tilly.»

«Wir brauchen diese Liste», antwortete Tilla, «und wir brauchen sie schnell. Wenn der Mann tatsächlich von einer der Firmen angeheuert war, dann werden die nicht darauf warten, dass die Polizei seine Wohnung findet. Vielleicht ist jetzt schon jemand drin und schrubbt die Spuren von dem Feuerzeug, mit dem er Josef Monningen angezündet hat!»

Ariane blickte von Tilla zu Hark und zurück zu Tilla.

«Du lässt die Finger nicht von der Sache, oder? Egal, was ich sage?», fragte sie. Tilla schüttelte den Kopf.

«Sorry. Ich kann nicht. Wir können nicht.»

«Thomas», rief Ariane nach einem Moment des Überlegens zu ihrem Mitarbeiter, «wie weit bist du für heute?»

«Ich hab noch nicht mal richtig angefangen.»

Ariane seufzte. Sie starrte auf die Telefonnummern und Listen und Inserate, die Tillas Tisch bedeckten.

«Zwei Stunden, Tilly», sagte sie endlich zu ihrer Schwester, «zwei Stunden schenken wir dir. Thomas und ich basteln deine Liste. Wir sammeln alles an Vermietern, was wir kriegen können. Rufen die Kurverwaltung an. Dann die

Hausverwaltungen. Aber den schwierigen Teil müsst ihr allein machen, und ich habe keine Ahnung, wie ihr diese Liste durchtelefonieren wollt. Wie wollt ihr das anstellen? Ein ganzes Callcenter anheuern?»

Ein Moment der Stille.

«Oje», sagte Hark zu Ariane.

«Was?»

«Tillas Blick. Gleich stürmt sie mit einer Idee los, und ich kann wieder nur hinterh...»

«Wir müssen zum Kurhaus», rief Tilla, und so schnell, wie sie gekommen war, war sie auch schon aus der Redaktionstür verschwunden. Hark atmete tief durch.

«Urlaub ist eine gute Gelegenheit, die Seele baumeln zu lassen und zur Ruhe zu kommen», zitierte er müde aus dem Gedächtnis, als würde er eine Werbebroschüre vorlesen.

«Woher ist das?», fragte Ariane.

«Steht auf der Kirchentür. Hier auf Ihrer Insel.»

«Sie sollten Feedback zu dem Spruch abgeben. Ganz oben vielleicht.»

«Als würde ganz oben irgendjemand auf mich hören.» Hark zog seinen Mantel enger und folgte mit einem Gruß Tilla nach draußen in die Kälte.

* * *

Im Sommer fanden auf der Wiese vor dem Kurhaus Feste statt. Konzerte wurden schon im Frühling gegeben, und in den umliegenden Cafés saßen Menschen fast das ganze Jahr durch.

Jetzt war alles leer. Das Gras klamm. Die Luft eisig.

Hark folgte Tilla über den weiten, stillen Platz.

«Wohin gehen wir?», rief er.

«Zur härtesten Gang der Insel.»

«Ihr habt Gangs auf der Insel?»

«Na ja. Eine.»

Tilla steuerte zielstrebig auf das Kurhaus zu, um dann abzubiegen und zur schattigen Rückseite des Gebäudes zu gehen. Hark hatte keine Ahnung, was sie vorhatte, bis er eine Gruppe von Jugendlichen sah, die auf BMX-Rädern über flache Rollstuhlrampen und unspektakuläre Treppen rasten.

«Hey», rief Tilla.

«Ach, nee», kam von einem der Jungen. Er bremste. Schwarz wie Pech glänzten seine Haare. Hark war beeindruckt von der pubertären Wut, mit der er seine Frisur geformt haben musste.

«War nicht nett von dir, mich bei meinem Vater zu verpfeifen», sagte Tilla. «Oben. Bei Monningens Leiche.»

«Verpfeifen? Ernsthaft?»

«Verraten! Verpetzen! Ich bin kein Thesaurus!»

«Was willst du?», fragte der Junge, während seine Freunde Tilla und Hark mit ihren Rädern umkreisten. Sie wirkten tatsächlich wie eine Gang, aber eine, die in der Idylle einer Insel lebte und keine Graffitis sprühen konnte, weil jeder wissen würde, wer die Sprühdosen gekauft hatte.

«Ihr müsst uns bei Josef Monningens Mordfall helfen», sagte Tilla. «Wisst ihr Kids noch, wie man telefoniert?»

«Ob wir wissen ... wie man telefoniert?»

«Telefonieren. Mit Menschen. Wie früher! Ich gebe euch

Listen von Vermietern, ihr ruft an und fragt sie, ob sie einen Mann mit roter Tätowierung auf der Hand bei sich aufgenommen haben!»

Der Junge mit den pechschwarzen Haaren sah Tilla einen Moment lang abschätzig an, dann stieß er einen Pfiff aus und fuhr davon, ohne zurückzublicken. Seine Freunde folgten ihm. Tilla stierte der Gruppe fassungslos hinterher.

«Unerzogene Gören», rief sie. «Vermaledeite Bengel!»

«Vielleicht wissen sie wirklich nicht, wie man telefoniert. Es war schon immer eine Insel der kurzen Wege.»

Tilla stöhnte frustriert. Sie blickte durch den Park hinter dem Kurhaus, der beinahe leer war. Nur zwei alte Herren in dicken Winterwesten spielten Schach auf dem Boden mit Figuren, die ihnen bis zu den Knien reichten.

«Warum», sagte Hark dann, «lassen wir nicht einfach deinen Vater diesen Teil der Ermittlungen übernehmen? Er wird doch wahrscheinlich selbst darauf kommen, die Zimmer auf der Insel durchzugehen. Früher oder später.»

«Eher später.» Tilla beobachtete die Schachspieler, die sich mit Mühe zu ihren Figuren bückten. Der Ältere setzte sich schnaufend auf eine Bank. Hark sah, dass seine Freundin den Blick nicht abwenden konnte, und dass ihre Augen glänzten, vielleicht von der Kälte.

«Tilla?»

«Das dauert alles zu lange, Hark. Viel zu lange! Wo sind die Teams von Ermittlern? Die harten Hunde vom LKA? Wer blockt die Fähren und checkt die Leute, die abreisen, obwohl ihre Hotelzimmer gebucht sind? Warum sind nicht längst Anzeigen im Küstengruß geschaltet? Aufrufe für Zeugen?»

«Aber ...»

«Mein Vater hat Chaos auf der Insel versprochen, Hark, aber ich sehe kein Chaos! Sind dir Polizeiwagen vom Festland aufgefallen? Reporter? Fernsehteams? Irgendwas?»

Hark hatte keine Antwort parat. Wind fuhr durch kahle Bäume.

«Die Behörden arbeiten das ab, als wäre Josefs Tod ein Verwaltungsakt. Haken hier. Unterschrift da. Einladungen zur Befragung. Aber nicht zu forsch, damit man auf diesem miesen Sandhaufen niemandem auf die Füße tritt! Ist ja auch nur ein halb toter alter Mann, der verbrannt ist! Wen kümmert's?»

Tilla merkte selbst, dass sie zu laut geworden war. Die Schachspieler tuschelten miteinander. Sie warfen ihr Blicke zu, und auch Hark sah Tilla an, fasziniert von ihrem Ausbruch.

«Es geht hier doch nicht mehr um Josef», sagte er sanft.

Keine Antwort.

«Ich verstehe, dass du dich reinkniest, aber was tust du hier eigentlich? Du rennst wie wild vom Oststrand zur Südspitze und versuchst, Kinder als Telefonisten anzuheuern, weil eine Leiche kaputte Hände hatte. Kinder! Warum, Tilla? Wieso bist du so besessen davon, diesen Fall zu lösen?»

Tilla schwieg. Hark kam näher. Er nahm ihre Hand.

«Was ist passiert? Zwischen dir und den Leuten hier?»

Noch immer sagte Tilla nichts. Sie starrte die weißen Zierkiesel auf dem Boden an, die eigentlich auf den Wegen liegen sollten, aber wieder und wieder in die Beete getreten wurden, bis man sie zurück auf den Pfad kehrte wie in einem kleinen Kreislauf des Lebens.

«Wir müssen Gero von Steinbrink befragen», sagte Tilla dann und löste sich von Hark, sanft, aber unerbittlich.

* * *

Das Schild, das Freiherr Gero von Steinbrinks Kanzlei auswies, war von Wind und Wetter beinahe blind geworden. Am Zaun einer lindgrünen Villa hing es, unweit der Stadtmitte und doch so idyllisch gelegen, dass Hark kaum verstand, dass Prachtstraßen wie diese auch an betongrauen Klotzbauten entlangführten und auf Hochhäuser zuhielten, die nichts an der See verloren hatten. Alte Bäume flankierten die Villa in einem verwunschen wirkenden Garten. Durch halbrunde Fenster konnte Hark raumhohe Holzregale voller Bücher erspähen, während Tilla den Klingelknopf drückte. Es dauerte, bis die Stimme einer Frau aus einer messingfarbenen Gegensprechanlage ertönte.

«Ja, bitte?»

Hark räusperte sich.

«Hark Herforth und Tilla Flock.» Er bückte sich unbequem zur Gegensprechanlage. «Wir sind hier, um Herrn von Steinbrink zu sehen. Es geht um den Tod von Josef Monningen. Herrn von Steinbrinks, äh, Schwiegergroßvater.»

«Hier ist nichts eingetragen. Haben Sie einen Termin?»

«Wir hatten angerufen», flunkerte Tilla, «aber es ist vielleicht etwas durcheinandergeraten.»

«Wenn Sie angerufen hätten, hätten Sie mit mir geredet», sagte die Frau schroff. Tilla blickte Hark ertappt an.

«Mein Terminkalender ist einfach zu voll», sagte sie, gerade dann, als im Hintergrund eine Männerstimme zu hören war. Die Frau am Empfang schien mit jemandem zu reden, leise erst, dann lauter, bis die Gegensprechanlage plötzlich klickte. Man hatte aufgelegt.

«Huh», gab Hark von sich. Tilla grummelte. Sie klingelte erneut, und noch einmal, und noch einmal länger, bis die Anlage kratzte, so laut antwortete die Frauenstimme.

«Jetzt hören Sie mir zu ...»

«Tharsem. Green. Development», raunte Tilla.

Momente vergingen. Stimmen im Hintergrund.

Bis sich das Tor zum Vorgarten summend öffnete.

Hark nickte Tilla beeindruckt zu.

Hochherrschaftlich wirkte der Weg, den sie gemeinsam bis zur Treppe des Hauses gingen. Die Inselflagge hing über den Flügeltüren. Balkone säumten den zweiten Stock der Villa, manche davon überdacht. Hark ahnte, dass der Kampf gegen die Witterung ein täglicher sein musste. Die Ecken des Gebäudes waren von Grün überzogen, und hier und dort war die Farbe abgesplittert, doch insgesamt schien das Anwesen von Gero von Steinbrink eine Liebeserklärung an die alte Insel zu sein, renoviert und modernisiert und doch noch immer so nobel wie damals. Von Steinbrink selbst öffnete die Haustür.

«Welch unerwartete Fügung des Schicksals», sagte er scharf. Der Reißverschlusskragen seines tiefblauen Pullovers stand offen über dem teuersten Hemd, das Hark je gesehen hatte. Das Beige seiner Hose schmiegte sich so passend an das Sattelbraun seiner Lederschuhe, dass Tilla die Uhr am Handgelenk kaum beachtete, hochpreisig, wie sie sein mochte. Gero von Steinbrink war sonnengeküsst und glänzend, ohne Hark an Sonnenbänke und Kosmetik denken zu lassen. Stattdessen beschwor sein Äußeres Sommerurlaube in Italien hervor, die man heute kaum noch machte.

«Wie kann man im Januar so braun sein?», rief Tilla.

«Was wollen Sie?»

«Reden.»

«Denken Sie nicht, Sie haben genug geredet?»

«Man kann doch über so vieles reden», sagte Hark.

«Über dies und das», fügte Tilla hinzu. Hark nickte.

«Gott und die Welt.»

«Firmen, die Katzen töten und alte Männer ermorden und Hotelzimmer verwüsten und Leute auf Tandems zu überfahren versuchen», schloss Tilla ab. Sie genoss es, wie die Augen von Gero von Steinbrink größer wurden. Zögernd gab er die Haustür frei und führte sie am Empfang vorbei, an dem Hark der Stimme aus der Gegensprechanlage endlich ein Gesicht zuordnen konnte, wenn auch kein freundliches. Der Blick aus überschminkten Augen folgte ihnen, als von Steinbrink Hark und Tilla die Marmortreppe hinauf in sein Büro führte.

«Keine Anrufe, Dunja», zischte Gero noch, bevor er die Tür lautstark hinter sich schloss. Unbeeindruckt ließ sich Tilla in einen Sessel fallen. Hark hingegen nahm Platz auf einer Couch, deren Lehnen so hoch waren, dass er nicht verstand, wie man bequem darauf sitzen sollte.

«Ihnen ist klar», raunte Gero von Steinbrink, «dass die Familie Monningen sich vorbehält, Sie für den würdelosen Auftritt am Tag der Trauer zur Rechenschaft zu ziehen.»

«Ich habe Wester Monningens Socken getragen», gab Hark zurück, «ich glaube, da wird es keine Probleme geben.»

Gero blickte irritiert von Hark zu Tilla.

«Sie müssen mir erklären, was diese Scharade soll», sagte er. «Wie kommen ein Pfarrer und eine – ja, was sind Sie eigentlich, Frau Flock? Helfen Sie mir auf die Sprünge.»

«Ich bin Insulanerin», antwortete Tilla.

«Und das schreibt man sich in den Lebenslauf?»

«Ich bin Insulanerin, und ich mag es nicht, dass Sie die Menschen meiner Insel mit Benzin begießen und anzünden.»

«Wie – wie bitte? Ich mache was?»

«Wir wissen von Bröcker und Witt», sagte Hark. «Und wir wissen von Esperior Real Estate.»

«Von den Drohungen.»

«Von der Katze der Köchin. Wie hieß sie, Tilla?»

«Die Katze? Weiß ich nicht. Die Köchin? Mariella.»

«Mariella», stimmte Hark zu. «Karl Arneke hatte viel zu sagen über diese Investoren, die Monningen einschüchtern wollten, bis Worte nicht mehr genug waren.»

«Und jetzt stellen Sie sich vor», sagte Tilla, während sie aufstand, «wie überrascht wir waren, als wir auf Tharsem Green Development gestoßen sind.»

«Und auf Ihr Foto», ergänzte Hark.

«Ihren neuen Job als Berater. Was bringt das ein?»

«Josef Monningen wird ermordet, und der Ehemann seiner Enkelin arbeitet für die Firma, die um seine Grundstücke gekämpft hat», schloss Hark ab. «Was sollen wir nur davon halten, Tilla?»

Eine Wanduhr tickte, vermutlich, wie sie schon vor fünfzig Jahren getickt hatte. Gero von Steinbrink lehnte sich auf seinen Schreibtisch. Dunkelgrün setzte sich eine lederne Unterlage vom Eichenholz darunter ab. Dokumente lagen darauf, versehen mit der wild geschwungenen Unterschrift eines Freiherrn, die so übertrieben ausladend war, dass Tilla fast kichern musste.

«Sie haben das alles ganz wunderbar kombiniert», sagte von Steinbrink nach einer Weile. Er verschränkte die Arme und blickte von Hark zu Tilla. «Begleiten Sie mich.»

«Wohin?»

«In meinen Keller.»

«Ha! Als ob», sagte Tilla mit einem Schnauben, und Hark spannte die Arme an. Gero von Steinbrink hielt Tillas Blick.

«Wollen Sie die Wahrheit? Oder nicht?»

«Ich will vor allem nicht in einem Metallfass in Ihren Katakomben enden.»

«Wenn ich wirklich so einflussreich und ruchlos wäre, wie Sie meinen, dann wären Sie längst in einem Metallfass in meinen Katakomben, Tilla Flock. Kommen Sie?»

Weder Tilla noch Hark rührten sich. Gero verdrehte nur entnervt die Augen. Kopfschüttelnd nahm er den Hörer seines Telefons und wählte eine Nummer. Laut hallte der Wählton aus dem Lautsprecher.

«Polizeidirektion, Monika Ebbinghaus», hörten Tilla und Hark. Gero brach nicht den Blickkontakt zu ihnen.

«Gero von Steinbrink hier, Kanzlei von Steinbrink», sagte er. «Zum jetzigen Zeitpunkt habe ich Tilla Flock und ihren Pfarrer in meinem Büro. Sollte den Herrschaften etwas zustoßen, weiß die Polizei, wo sie zuletzt gewesen sind.»

«Ich verstehe ni…», erklang es noch aus dem Telefon, da legte Gero von Steinbrink den Hörer wieder auf.

«Können wir dann?», fragte er.

Tilla warf einen nervösen Blick zu Hark.

Aus dem luftigen Büro folgten sie dem Anwalt die Treppe hinab, an der düster stierenden Empfangsdame vorbei und von dort aus durch eine abgeschlossene Tür in der Eingangshalle der Villa weiter abwärts in die Kellerräume. Kalt war es hier. Muffig. Ungewöhnlich weitläufig. Schnell fragte sich Hark, ob sie überhaupt noch unterhalb des Hauses waren oder ob sie die Grenzen des Grundstückes längst hinter sich gelassen hatten.

«Eine jede Familie», setzte Gero von Steinbrink an, «definiert sich über etwas. Einen Beruf etwa. Meine Eltern sind Anwälte. Mein Großvater war Notar. Mein Onkel? Richter.»

«Mein Vater war immer sehr lustig», sagte Hark.

«Meiner nicht», antwortete Tilla.

«Vielleicht sind es Dinge, die man gemeinsam zu unternehmen liebt», fuhr Gero fort. «Urlaube im Süden. Mütter, die mit ihren Töchtern reiten. Väter, die mit ihren Jungs wandern.»

Er schloss eine weitere Tür auf, hinter der ein dunkler Raum lag. Erst als Gero von Steinbrink einen altmodischen Schalter gedreht hatte, erwachten Leuchtstoffröhren an der Decke grün und summend zum Leben. Meter um Meter von Metallregalen wurden sichtbar, in denen Akten standen, manche versehen mit Jahren, andere mit Namen und wieder andere mit Inseln und Städten, von Ländern jenseits der Nordsee und anderen, für die man um die Welt reisen musste.

«Dubai», las Hark. «Dublin?»

«Tharsem Green Development arbeitet weltweit.»

«Was genau ... machen wir hier unten?», fragte Tilla.

«Die Monningens», antwortete Gero, «definierten sich über ihren Glauben. Den Glauben an Gott und Gottes Kirche. Den Glauben an Sicherheit durch Besitz. Und den Glauben daran, dass man der Familie ihren Besitz wegnehmen wollte.»

Eine verschlossene Schrankwand hinter den Regalen. Von Steinbrink nahm einen weiteren Schlüssel und öffnete die schweren Türen, um eine letzte, gewaltige Sammlung von Akten zu zeigen. Einen von Dutzenden roten Ordnern zog er heraus.

«Schon mein Vater hat für die Familie gearbeitet. Als ich dann als junger Mann in die Monningens einheiratete, nahmen mich Josef und Wester in Beschlag. Sie ließen mich Anwaltsbriefe schreiben. Anzeigen einreichen. Ich musste einige Baumaßnahmen verzögern und Immobilienkäufe im Sand verlaufen lassen, um andere zu forcieren. Ohne jede Skrupel.»

«Warum?», fragte Hark.

«Weil Josef überzeugt war, dass Investoren ihm die Häuser klauen wollten. Die Kneipe. Die Ferienwohnungen. Das Hotel. Der Großvater meiner Frau war regelrecht paranoid.»

«Paranoid?», wiederholte Tilla stirnrunzelnd. Gero nickte.

«Wester und Josef waren besessen von der Idee, dass man die Familie ruinieren würde. Dass man so viele Anträge stellte, so viele Nachbargrundstücke kaufte und so viele Schecks ausstellte, dass man die Monningens eines Tages ohne einen Cent in der Tasche von der Insel jagen könnte.»

Korrespondenz, stand auf dem blutroten Ordner, *Josef Monningen.* Gero öffnete ihn. Er blätterte durch die Seiten, bis er das Dokument gefunden hatte, das er suchte. Tilla sah eine altmodische Handschrift, aber lesen konnte sie das Geschriebene erst, als Gero von Steinbrink ihr den Ordner in die Hände drückte.

«Josef hatte eine Idee», sagte Gero zu Hark, «auch wenn sie für mich, frisch von der Universität, absurd klang.»

«Welche?»

«Es gab viele Goldsucher, als der Boom auf der Insel losging, aber Bröcker und Witt waren die hartnäckigsten von allen. Und Josef Monningen war der Meinung, dass die beste Absicherung gegen Immobilienhaie ein Anwalt aus den eigenen Reihen ist, der inkognito in den Gewässern dieser Haie tätig wird. Projekte sabotiert. Den Fokus auf Filetstücke abseits der Familie richtet. Intern. Heimlich.»

«Meine Güte», sagte Tilla, während sie den langen Brief las, den Gero von Steinbrink ihr gegeben hatte. Gero seufzte.

«Josef war ein Schreiber», sagte er, «kein Redner. Ich war viel unterwegs, damals. Er mochte das Telefon nicht. Computer hasste er. Das ist der Brief, in dem er zum ersten Mal vorschlug, dass ich langfristig daran arbeiten sollte, ein Teil der Firmengruppe um Bröcker und Witt zu werden.»

«Es stimmt, genau das steht hier», sagte Tilla zu Hark. Hark sah Gero an.

«Aber was ist mit Karl Arneke?», fragte er.

«Was soll mit ihm sein?»

«Ich habe ihn verhört», antwortete Hark, «in der Kneipe. Arneke ist felsenfest davon überzeugt, dass die Investoren Josef Monningen umgebracht haben.»

«Und die Katze der Köchin?», fragte Gero.

«Ja.»

«Was war es noch mal? Scherben im Fleisch?»

Hark nickte, während Tilla den Aktenordner schloss und

ihn Gero zurückgab. Alles roch nach altem Papier und den gefetteten Eisenscharnieren der Metallschränke.

«Karl Arneke», sagte Gero und schob den Ordner wieder zwischen die anderen, «ist ein Säufer. Ein Kleinkrimineller, der den Monningens hörig ist, weil Wester ihn mal vor dem Gefängnis bewahrt hat. Mir ist nicht bekannt, wer Mariella Perssons Katze getötet hat, aber ich würde mein Boot darauf verwetten, dass es ein Nachbar war, der sich über tote Mäuse vor der Tür geärgert hat, und kein Makler aus Frankfurt.»

«Sie haben ein Boot?», fragte Hark. Keine Antwort.

«Ist Ihnen Ockhams Rasiermesser bekannt?», fragte Gero stattdessen. «Ein mathematisches Forschungsprinzip. Aus der Scholastik. Von Zehntausenden möglichen Erklärungen eines Sachverhaltes ist es niemals die komplexeste Theorie, die stimmt. Sondern die simpelste.»

Mit einem Krachen schloss er die Schranktüren. Hark und Tilla zuckten zusammen.

«Unsere Sammlung der Schande», sagte Gero. «Darin sind sechzig Jahre halblegaler und fragwürdiger geschäftlicher Tätigkeiten, Lügen und Tricksereien meiner Kanzlei gelagert, von den Briefen meines Vaters an Politiker bis zu Drohungen, deren Empfänger ich nicht einmal kenne. Alles für unsere geliebten Monningens. Diese gute, christliche Familie.»

Gero von Steinbrink steckte den Schlüssel nicht wieder in die Tasche, sondern löste ihn vom Ring, um ihn Hark in die Hand zu drücken. Tilla sah ihn ratlos an.

«Was ... was soll das werden?», fragte sie.

«Sie fragen mich jetzt, wen ich für den Mörder von Josef Monningen halte», gab Gero zurück.

«Also?»

«Ich bin ratlos. Das schwöre ich. Bei meinem Leben. Aber wenn Josef Feinde hatte, die ihn ermorden wollten, dann sind in diesen Akten irgendwo ihre Namen ...»

«... und wo Namen sind, da sind neue Spuren», flüsterte Tilla. Hark nickte. Er steckte den Schlüssel ein und warf einen letzten Blick auf das gewaltige Archiv.

«Der Großvater meiner Frau war kein Heiliger», sagte Gero von Steinbrink auf der Treppe zur Empfangshalle, «aber er hat uns ein komfortables Leben ermöglicht. Meine Tochter nannte ihn Groppi. Ich will wissen, wer ihn ermordet hat.»

«Wir alle wollen das», sagte Tilla. Gero sah zu ihr.

«Keine Geheimnisse mehr. Durchforsten Sie mein Archiv. Tag und Nacht. Dunja vom Empfang wird Ihnen helfen.»

Der Blick, den Dunja vom Empfang Hark Herforth und Tilla Flock zuwarf, als sie sich von Gero verabschiedeten, ließ nichts Gutes für die Zukunft erahnen. Und doch verließ Tilla das Anwesen zufrieden und Hark ebenfalls. Nur der Hunger quälte beide, und der kalte Wind trieb Tilla und Hark durch stille Gassen zu einem Imbiss, der Touristen ganz sicher verborgen blieb und vielleicht sogar manchen Einheimischen.

* * *

«Also keine mordenden Makler», sagte Hark kauend.

«Vorausgesetzt, Gero lügt nicht.»

«Immerhin ist er Anwalt.»

«Das hast du jetzt gesagt, nicht ich.»

Tilla biss in ihre Bratwurst, erstaunlicherweise herzhafter als Hark, der sein Essen nie in sich hineinstopfte. Jeder Bissen erinnerte ihn daran, dass sein Magen sich krank fühlen würde, heute Abend oder morgen. Alles war zu fettig. Selbst mild war zu scharf. Hark kaute. Hustete. Biss ab, während Tilla ihre noch immer schmerzende Schulter rieb.

«Nein», sagte sie nach einer Weile, «er lügt nicht.»

Hark lehnte sich auf die Eisentonne, die mit geblümter Decke und Aschenbecher als improvisierter Tisch diente. Schön mochte er nicht sein, dieser Imbiss, lag aber abgelegen genug, damit sie in Ruhe reden konnten. Möwen warteten darauf, dass Tilla oder Hark ihre Brötchen und Bratwürste auf den Boden warfen, unabsichtlich oder als Geschenk.

«Wenn Gero von Steinbrink die Wahrheit sagt, dann hat Josef sich vielleicht doch selbst umgebracht», sagte Hark. Er trank. Stilles Wasser. Vorsichtige Schlucke.

«Wieso?»

«Sieh dich doch um. Alles hier wird aufgekauft. Alles wird abgerissen und neu aufgebaut oder modernisiert, bis nichts mehr von der alten Insel zu sehen ist. Ich erkenne kaum noch was wieder aus meiner Kindheit.»

«Das war ja auch fast vor hundertzwei Jahren.»

«Ernsthaft», sagte Hark. «In der Fußgängerzone, da ist ein Haus, das hatte uralte Säulen. Was haben die gemacht? Die haben die Säulen verkleidet. Womit? Mit Metallplatten!»

«Was haben Metallplatten mit Josef Monningen zu tun?»

«Alles», rief Hark und wischte sich den Mund mit einer Serviette ab, die so dünn war, dass sie knisterte. «Vielleicht ahnte Josef, dass seine Häuser angezählt waren. Sein Lebenswerk. Sein Stolz. Dass Bröcker und Witt und Esperior

Real Estate und Tharsem Green Development nur die Vorboten einer Entwicklung sind, die niemand aufhalten kann. Nicht einmal ein Anwalt in der eigenen Familie.»

Tilla nahm einen Schluck Malzbier, was Hark lächeln ließ. Er dachte an den Partykeller seiner Eltern, in dem gefeiert worden war, bis der Morgen anbrach. Ganze Flaschen Malzbier hatte Hark trinken dürfen. Oft hatte er bei dröhnender Musik auf der Eckbank geschlafen, zugedeckt von angetrunkenen Nachbarn und so behütet, wie er sich später nie mehr gefühlt hatte. Hark wünschte, er würde sich trauen, selbst einen Zug aus Tillas Flasche zu nehmen, aber schon jetzt rebellierte sein Magen. Er schloss die Augen. Dachte an damals. Fast hörte er die englischen Schlager.

«Also?», fragte Tilla. «Was schlägst du vor?»

«Wir haben tonnenweise Fleißarbeit vor uns», sagte Hark mit einem Seufzen. «Arianes Listen mit Vermietern, die wir anrufen müssen. Und Gero von Steinbrinks Schrank der Schande, in dem vielleicht Hinweise stecken, die bis in die Zeit seines Vaters zurückreichen. Oder auch nicht.»

«Das klingt ... trocken.»

«Leere Hände machen arm. Fleißige bringen Reichtum.»

«Ist das ein Bibelzitat?»

«Gehe zur Ameise, du Fauler, sieh ihre Weise an und lerne», trug Hark schmunzelnd vor. Tilla schüttelte sich.

«Du klingst wie mein Vater», sagte sie und warf ihr Brötchen in die Mülltonne. Möwen stürzten sich darauf.

Es war Nachmittag geworden, als Hark und Tilla den Rückweg zur Redaktion antraten. Wieder einmal fiel Hark auf, wie zeitlos die Tage auf der Insel waren und wie schnell die Stunden vergingen, wenn man morgens spät aufgestanden war und keinen Blick auf die Uhr werfen musste. Er folgte Tilla, die selbst Schleichwege abseits der Schleichwege zu kennen schien. Während sie vom Imbiss in der Innenstadt zurück zu Arianes Redaktionsgebäude gingen, war ihm nicht ansatzweise klar, wo Tilla ihn entlangführte. Schon immer hatte die Lage der Sehenswürdigkeiten ihn verwirrt, von der Milchbar über das weiße Anwesen am Meer bis zur Georgshöhe, auf der Josef Monningen verbrannt war. Irgendwie fand man immer vom Meer zur Stadtmitte, auch wenn der eine Weg aufgrund der Rundung der Insel in eine völlig andere Richtung zu führen schien als der andere. Aber man erreichte das alte Postamt und die bronzenen Robben, auf denen im Frühling Kinder spielten, und das Kurhaus mit seinem Park, in dem jetzt gerade wahrscheinlich die Fahrradgang herumzog, die Tilla als Telefonisten hatte anheuern wollen. Hark kratzte seine verkrustete Wange, während er vor der Redaktion auf Tilla wartete, die hineingeeilt war, um jetzt mit einem Stapel Papiere aus der Tür zu stürmen.

«Meine gottverdammte Schwester», rief sie zu Hark. «Ich sag's doch. Wenn Ariane will, dann kann sie!»

Hark nahm die Liste entgegen, auf der Hunderte Namen und Nummern standen. Er las noch und blätterte und fragte sich, wer so viel telefonieren wollte, da war Tilla schon wieder an der nächsten Straßenecke und pfiff nach ihm.

* * *

«Roschi?», fragte Hark. «Wer bitte heißt Roschi?»

Tilla hatte Hark zurück zum Hotel gelotst und dort auf das Tandem und mit dem Tandem auf den Weg, der im Sommer zum Badestrand führen würde. Eine Wohngegend direkt hinter den Dünen war es, durch die sie gefahren waren, bis sie den Wald erreicht hatten und hinter dem Wald eine Reihe von Häusern, die größer waren als die meisten anderen.

Anders als sonst wusste Hark, was Tilla vorhatte.

Beim schnaufenden Fahren über Bürgersteige und durch Pfützen und Sandverwehungen war er längst aufgeklärt gewesen über die Idee, die in Tilla brodelte. In der Tat hatte sie ihn schon auf den ersten Metern in Richtung des Hotels eingeweiht und so dafür gesorgt, dass sie seitdem geschwiegen hatten. Zu enthusiastisch hatte Tilla Flock geredet und zu eifrig hatte Hark Herforth geantwortet, als hätten sie beide vergessen, dass die Straßen lang waren und der Wind stark. Aber Hark hatte zu seiner Überraschung gemerkt, dass es gar nicht schlimm war, gemeinsam mit Tilla zu schweigen, und auch Tilla genoss es. Keiner von beiden hatte sich zu einem hohlen Wort verpflichtet gefühlt, als sie auf das Tandem gestiegen waren, und auch jetzt, nachdem sie angekommen und abgestiegen waren, schwiegen sie in Einigkeit, bis –

«Wer bitte heißt Roschi?»

«Die netteste Frau der ganzen Insel. Und beinahe meine Schwiegermutter.»

«Huh.» Hark stellte das Tandem ab. «Ich wusste nicht, dass du ...»

«Dass ich verlobt war?», fragte Tilla.

«Ja.»

«Jetzt weißt du es. Ich war verliebt. Ich war verlobt. Ich hab es abgefuckt. Und auch, wenn ich es nicht kapiere, haben Roschi und Volker trotzdem beschlossen, mich nicht zu hassen. Obwohl ich an allem schuld war.»

«Das ist nett von ihr.»

«Du wirst sie mögen», sagte Tilla. «Wenn sie nicht gerade Sportkurse gibt oder Kirchen restauriert oder im Jugendwohnheim aushilft, ist sie Psychotherapeutin.»

Das Wort löste bei Hark ein heftiges Ziehen im Bauch aus, während er mit Tilla zu einem quadratförmigen Bau ging, trist und gänzlich anonym. Die Eingangstür ließ sich öffnen, ohne dass man klingeln musste, so wie sich die folgenden Türen auch ohne Schlüssel öffnen ließen. Wohnungen mochte es weiter oben geben, aber hier unten befanden sich Arztpraxen, ein geschlossenes Kosmetikstudio und dann eine letzte Doppeltür. Musik wummerte dumpf aus Lautsprechern dahinter.

Sechzehn Augenpaare starrten Hark an, als er die Tür öffnete und den Raum betrat.

Ein einziges Augenpaar starrte Tilla an, als sie ihrem Freund folgte.

«Tilla», rief Roschi, schwitzend in den grellen Farben ihres Sportoutfits. Sechzehn Damen, manche schlank, andere füllig, alle nicht minder grell angezogen, schwitzten ebenso, kaum weniger als Roschi, die den Kurs leitete. Spiegel an der Wand reflektierten alle Frauen, und Tilla, und Hark, der wie ein Reh im Scheinwerferlicht dastand, während Roschis Truppe von Sportlerinnen interessiert auf seinen Priesterkragen guckte. Noch immer wummerte die Musik, bis sich eine der Damen in einem besonders blauen Einteiler erbarmte und die Taste drückte, die für Stille sorgte. Stille, die beinahe noch lauter war als die dröhnenden Bassklänge, die sie ablöste.

«Aerobic?», fragte Tilla. Roschi pustete sich die Haare

aus der Stirn. Mit Gesten wies sie die Teilnehmerinnen ihres Kurses an, sich locker zu machen, während sie mit den Neuankömmlingen sprach.

«Alles. Aerobic, Tanz, Pilates und jeden Dienstag Karate. Ich kann mich nie auf eine Sache konzentrieren.»

«Darüber könnte ich ganze Bücher schreiben.»

«Wenn du dich darauf konzentrieren könntest.»

«Wenn ich mich auf irgendetwas konzentrieren könnte», sagte Tilla. Lachend legte sich Roschi ein Handtuch um.

«Was führt euch zu uns», fragte sie, «dich und ...»

«Hark Herforth», antwortete Hark. «Klingt komisch, aber ich mache hier Urlaub.»

«Die beste Zeit. Es ist leer, der Wind ist wunderbar, und nur die wirklich guten Restaurants haben geöffnet.»

Hark hob die Augenbrauen, verblüfft darüber, dass Roschi sich nicht über den Zeitpunkt seines Besuches lustig machte. Ohnehin wirkte die Frau nicht, als könne sie gehässig sein. Stattdessen lag eine ruhende Stärke in ihrem Gesicht, die Hark selten gesehen hatte.

«Roschi», sagte Tilla, «wir brauchen deine Hilfe.»

«Monningen?»

«Monningen. Wir müssen ein paar Hundert Telefonnummern durchtelefonieren, am besten noch heute, aber wir können das nicht zu zweit, und meinen Vater kann ich nicht fragen.»

«Und da dachtest du an mich?», fragte Roschi erstaunt.

«An ... an deine Mädels. Ich brauche eine ganze Truppe von schnell quatschenden Telefonistinnen, und das gleich.»

Hark blickte zu Boden, während seine Freundin die Details erklärte. Er hätte in seinem Element sein sollen. Gruppen von Frauen hatten ihn geliebt, als er noch gut und glücklich gewesen war als Pfarrer, aber jetzt fiel ihm kein einziges Wort ein, das er Roschis Sportlerinnen hätte sagen können. Hitze stieg in seine Wangen. Die Schramme brannte wie Feuer. Gerade noch bekam Hark mit, dass Tilla die Liste mit Nummern präsentierte, als das Ziehen in seinen Eingeweiden stärker wurde. Schläge im Hals. Synchron mit seinem Puls. Mit dem Zucken an seiner Stirn. Dem Schmerz hinter seinen Augen. Hark kannte die Attacken. Manchmal bekämpfte er sie, aber diese hier saß tiefer, als wolle sie etwas ankündigen, das Hark heute Nacht wach und morgen früh müde halten würde.

Er schüttelte den Gedanken ab.

Gelingen wollte es ihm nicht.

«Ladys», rief Roschi schallend in den Raum und ließ Hark erschrocken zusammenzucken, «Tilla Flock braucht unsere Hilfe. Habt ihr Lust, ihrem unfähigen Vater zu zeigen, wie es geht?»

Hark sah grinsende Münder, auch wenn er die Antworten nicht vernahm. Alles an ihm wurde taub, bis plötzlich Roschi vor ihm stand und ihn musterte.

«Ihre Schultern», hörte er sie sagen.

«Meine Schultern?»

«Sie reißen die Schultern fast bis zu den Ohren hoch. Und Ihr Bauch, ist der immer so hart? Locker, junger Mann.»

«Ich bin locker», protestierte Hark, aber Roschi legte nur vier Finger an seinen Arm und drückte sanft. Als Hark ihre andere Hand auf seinem Bauch spürte, merkte er, dass seine Muskeln und Sehnen zum Reißen angespannt waren.

«Seit wann ziehen Sie den Bauch ein?», fragte Roschi.

«Ich ziehe ihn nicht ein», sagte Hark, bis er Roschis strengen Blick auf sich spürte. «Vielleicht ein paar Jahre.»

«Ein rausgestreckter Bauch ist Freiheit. Luxus für den Körper. Das ultimative Ziel. Atmen Sie ein, Pater. Tief.»

Hark wusste nicht, warum er gehorchte, aber er zog die Luft ein, mehr und mehr, bis es nicht mehr ging.

«Halten», sagte Roschi und legte ihren Handrücken fest auf seinen überprallen Unterleib. «Kein Mensch auf der ganzen Welt interessiert sich für Ihr Aussehen. Alle sind viel zu sehr damit beschäftigt, sich selbst zu hassen. Zehn Sekunden noch, und dann will ich, dass Sie alles loslassen. Alles.»

Hark hatte das Gefühl, als würde er gleich platzen. Er spürte, wie sein Gesicht rot wurde. Es waren ewige zehn Sekunden, die Roschi leise herunterzählte, und Hark wusste, dass sie die Zeit bewusst in die Länge zog. Die letzten Zahlen beachtete er kaum noch. Sein Kopf flirrte. Ihm wurde schwindelig. Sein Bauch drohte zu bersten.

«Hark Herforth», sagte Roschi plötzlich, und kurz bevor Hark mit einem Keuchen ausatmete, kam sie näher, um etwas in sein Ohr zu flüstern. Hark hörte die Worte, während Massen von Luft aus seinem Körper strömten, und mit der Luft die steinerne Verkrampfung, die bis in seine Fingerspitzen gewuchert war. Alles schien Hark zu entweichen, bis er tiefer und tiefer in sich zusammensackte und sich seine im Hemd eingezwängten Rollen über den Bund der Hose stülpten, wie sie es seit Jahren nicht getan hatten. Ein Seufzer.

«So», wisperte Roschi zufrieden, «so soll das sein.»

Hark konnte vor Erleichterung nichts sagen. Er brachte

ein verwirrtes Lächeln zustande. Dann ein schmerzvolles Räuspern. Er stolperte aus dem Raum, ehe Tilla Flock ihn fragen konnte, was nicht stimmte, und draußen ließ er sich auf den Boden neben das Tandem gleiten. Zum ersten Mal war sein Brustkorb nicht wie gefesselt, als er durchatmete. Lichtblitze vor seinen geschlossenen Augen. Hark sah seine Frau, im Herbst lachend, dann mit Ehering an einem Wintertag, und dann rund und schwanger in einem weißen Sommerkleid. Sie hielt seine Hand. Er hielt ihre, als sie ins Krankenhaus fuhren, und dann, als seine Frau sich nicht mehr rührte. Zwei Särge. Zwei Gräber. Groß und klein.

«Hark?»

«Ich muss», presste Hark hervor, als Tilla über ihm stand. Er brach ab. «Ich will», kam dann stattdessen heraus, «ich weiß nicht ...»

Alles um Hark herum wurde plötzlich weiß. Alles war weit weg. Nur der Boden schien verlockend nah, aber Tilla ließ nicht zu, dass Hark sich auf den kalten Stein legte. Wie sie es schaffte, Christel anzurufen, ohne ihn loszulassen, wusste Hark nicht. Aber das Taxi kam, und Hark fand sich erst auf dem Rücksitz wieder, dann zwischen Christel, Tilla und Mirjana, der Rezeptionistin, auf der Treppe des Hotels, und zuletzt in seinem falsch angelegten Zimmer, in seinem falsch stehenden Bett, wo er sich bebend vor Kälte und Hitze und Trauer die Decke bis zu den Schultern riss.

Tränen kamen.

Hark zog die Beine an. Wie ein Embryo im Bauch.

Tilla nahm einen Stuhl und setzte sich neben das Bett.

«Das passiert», sagte sie nur. «So ist Roschi.»

Tilla war da, wenn Hark aufwachte und wimmerte, erst

nachmittags, dann abends und zuletzt nachts, immer auf dem Stuhl neben dem Bett, immer unbequem zusammengekauert, und ohne auch nur eine Sekunde von Harks Seite zu weichen.

* * *

Urplötzlich fuhr Hark inmitten seiner Kissen hoch. Es war stockfinster im Zimmer, bis auf einen schmalen Streifen blassgrauer Helligkeit, der durch die Vorhänge fiel. Nacht musste es sein, und das Licht kam wohl von einem beleuchteten Schild am Haus gegenüber. Ein tief gequältes Stöhnen entfuhr Harks Kehle, bis er die Seiten des Bettes abtastete und Tillas Hand fühlte. Noch immer war seine Freundin zwischen den Lehnen des Stuhls eingezwängt. Hark fragte sich, warum sie sich nicht zu ihm gelegt hatte.

«Tilla?»

Tilla schlief. Ihr Gesicht verborgen in der Schwärze.

Hark rieb seine Augen. Schrecklich hatte er geträumt, von seinem Sohn, der totenstarr gewesen war. Hark hatte ihn getragen, vom Friedhof bis zur nächtlichen Georgshöhe. Den alten Josef Monningen hatte Hark dort oben gesehen, lodernd und leuchtend, und auch Josef hatte Hark und seinen Jungen bemerkt und sich die Stufen heruntergequält, bis er beide ins Flammenmeer seiner Umarmung zog. Die Hitze war der Kälte des Meeres gewichen, als Hark und sein Sohn in die eisigen Pfützen der Marschen hinter dem Ostheller flohen, verfolgt von Josef und der Silhouette einer zitternd wandelnden Wasserleiche im ersten Schwarzgrau des Tages. Weit, weit in der Ferne hatten die Lichter der Windräder auf hoher See geblinkt, und als Hark mit seinem Kind vor dem totenstarren Körper wegrennen wollte, waren sie gegen Wester Monningen geprallt, der neben seiner Mutter stand, und seinem Onkel, seiner Schwester, seiner Nichte und ihrem Mann, dem Anwalt. Sie alle waren gesichtslos gewesen unter übergroßen Masken. Hirschköpfe mit Geweihen aus Metall. Hark hatte geschrien.

Im Traum. Und dann inmitten seiner Kissen.

«Tilla?», fragte Hark noch einmal, aber Tilla brummte nur etwas, während sie versuchte, sich auf dem Stuhl in eine bequemere Position zu bringen. Hark schlug die Bettdecke zurück. Er stand auf. Mit aller Kraft, die er in seinem schwächlichen, müden Körper hatte, versuchte er, Tilla ins Bett zu hieven, aber Hark war kein Muskelprotz und Tilla kein winziges Leichtgewicht. Gähnend wachte sie auf, um sich dann so unelegant über Stuhl und Lehne zu zerren, dass sie von selbst auf die Matratze glitt. Sie deckte sich zu, ohne Hark zu bemerken, und schnarchte schon, als er aufgestanden und ans Fenster getreten war. Hark sah auf die leere Straße.

Ein Uhr nachts mochte es sein.

Vielleicht zwei.

Ohne zu wissen, warum, zog Hark sich an. Er brauchte Luft, sagte er sich, aber in Wahrheit hätte er auch das Fenster öffnen und tief einatmen können. Etwas schien ihn nach draußen zu locken. Er hatte es manchmal in seinem Leben gespürt, dieses Gefühl, etwas zu tun, was man nicht tat. Man ging nicht um diese Zeit auf leere Straßen, vor allem nicht dann, wenn sich ein Mörder in der engen Abgeschiedenheit einer Insel herumtrieb. Ein Mörder oder mehrere, die keine Skrupel hatten, Menschen anzuzünden und andere mit riesigen Messern zu erdolchen.

Und doch zog Hark seinen Mantel an.

Der Speisesaal war dunkel. Die Rezeption still. Der Flur zur Haustür notbeleuchtet. Hark musste aufschließen, um auf die Straße zu treten, und er schloss hinter sich ab, als wäre es eine längere Reise, die vor ihm lag. Irgendwo in seinem Kopf blitzte ein bizarrer Gedanke auf. Was wäre, wenn er jetzt, in der Finsternis, ans Inselende wandern würde?

Wie würde es sich anfühlen, im Dunkeln durch Gras und fließenden Sand zu wanken, zur Orientierung nichts als die endlos weit entfernten Lichter des Festlandes auf der einen Seite und die der Windräder auf der anderen? Hark erschauderte. Schon jetzt, als er das Hotel hinter sich ließ und zum Meer ging, fühlte er sich verloren. Aber in den Dünen zu sein, vielleicht am Leuchtturm oder in den Wattwiesen hinter dem Hafen, ganz allein, während Einwohner und Tagestouristen, Geschäftsleute und Handwerker in ihren Betten lagen –

Der Gedanke drehte Hark beinahe den Magen um.

Die Nordsee hatte etwas Bedrohliches, dachte er.

Er war nicht oft am Ozean gewesen. Mal in Spanien, vor Jahrzehnten, und in seiner Jugend an der Ostsee, die ihn enttäuscht hatte, so ruhig war sie gewesen. Aber die Nordsee mit ihren klirrend kalten Wellen, mit Gischt, die von Sand und Getier durchspült war, und mit einer Schwärze, die schon bei der Überfahrt an regengrauen Tagen den unguten Gedanken an Tiefe und Untergang und volle Lungen aufkommen ließ, diese Nordsee hatte etwas Unerbittliches an sich. Während Hark die Promenade betrat, dachte er an

Fischerboote, die jetzt gerade draußen waren, unter ihnen und über ihnen nichts als völlige Dunkelheit.

Die Georgshöhe.

Hark wusste nicht, ob er absichtlich zu dem Hügel gelaufen war, der hoch wie ein Haus war und doch von hier unten aus kleiner wirkte. Der erste Teil des Aufstiegs war mit Bändern abgesperrt, wie auch die Treppe. Flatterndes Plastik raschelte im Nachtwind. Trotzdem zog es Hark nach oben. Er duckte sich, um die erste Hürde hinter sich zu lassen. Schwere Schritte führten ihn himmelwärts.

Die Stufen waren ungewöhnlich steil. Hark wusste, dass die Georgshöhe nicht immer eine Aussichtsplattform gewesen war. Eine Wetterstation hatte hier gestanden, die nach einem halben Jahrhundert abgerissen worden war, bevor Hark als Kind die Insel zum ersten Mal betreten hatte. Immer höher führte ihn die Treppe. Er versuchte sich vorzustellen, wie ein Haus hier oben gethront hatte, ein Beobachtungsposten, ein Licht in stürmischen Nächten, das man vielleicht von der See aus hatte erblicken können, während man unterging. Hark liebte das Meer, aber er wusste, dass es diese Liebe nicht erwiderte, sondern ihn verschlingen würde, wenn es die Chance dazu hätte.

Eine letzte ausgetretene Stufe.

Als Hark sich jetzt unter der zweiten Absperrung hinwegduckte, fand er hier kein Haus mehr vor. Stattdessen einen riesigen Anker und ein Fernrohr und den abgesperrten Tatort eines Mordes, der die gesamten Inseln in dieser Kette erschüttert haben musste, so grausam war er gewesen. Hark versuchte, auf dem Boden etwas zu erkennen. Irgendetwas. Asche vielleicht. Spuren von Blut. Von Kleidung. Es war zu finster. Sturmböen pfiffen durch die Überreste der Sitzbank, und Hark hörte ihnen zu, während er die Perlenkette aus Lichtern beobachtete, die entlang der Promenade aufgestellt waren.

Plötzlich eine Bewegung.

Unten. Am Fuß der Georgshöhe.

Hark kniff die Augen zusammen. Er hatte etwas Weißes gesehen, nicht mehr als ein Streifen Helligkeit inmitten des Dunkels, aber auffällig genug, dass es echt gewesen sein musste. Und wieder, zu weit weg von den Straßenlaternen, um Genaueres zu erkennen, aber nicht tief genug in den Büschen, um Harks Blicken gänzlich zu entgehen. Hark setzte sich in Bewegung.

Er stieg die Treppe hinab, als die Gestalt sich in Richtung Straße bewegte und schließlich die Wohnhäuser erreichte. Hark beeilte sich. Er achtete nicht darauf, dass er stolpern und sich verletzen könnte. Stattdessen versuchte er krampfhaft, sein Ziel nicht aus den Augen zu verlieren. Jetzt spürte er die Straße unter seinen Schuhen und fand sich bald im Windschatten zwischen den Kapitänshäusern wieder, die See hinter ihm, die Stadt vor ihm.

Die Silhouette war längst am Ende der Straße angelangt.

Kein einziges Licht brannte hier. Nicht an den Wänden der Häuser. Nicht in den Fenstern. Hark ging nicht mehr, er lief, bis er plötzlich nicht mehr lief, sondern rannte, auch wenn er nicht die geringste Ahnung hatte, warum. Die ferne Gestalt war viel größer als er, das glaubte Hark zumindest, auch wenn er ein Störgefühl bei dem Gedanken hatte. Etwas war seltsam. Etwas war falsch.

«Hey!», rief Hark. «Halt!»

Er ignorierte die Polizeistation, die wie eine Oase in der Nacht erst vor, dann neben und dann hinter ihm lag, und strauchelte, als er die Kreuzung erreichte, an der man den Weg zum Meer, zur Innenstadt oder zum Hafen wählen konnte. Hark blickte sich um. Links. Vorn. Rechts. Und dann sah er ihn, schon wieder auf halbem Weg zurück zur Promenade und königsblau beleuchtet von den Lampen eines großen Hotels.

«Hey», sagte Hark noch einmal. Verblüfft. Zerzaust.

Ein Hirsch stand da.

Schneeweiß wäre er in weißem Licht gewesen. Er rührte sich nicht. Majestätisch hielt er Harks Blick, mitten auf der Straße, und Hark atmete kaum, während er auf ihn zuging.

Lange mochte es dauern, bis er nah genug heran war, um die Hand auszustrecken. Der weiße Hirsch ließ ihn gewähren, ganz sicher der Albino, von dem Tilla geredet hatte. Hark beugte sich vor. Spürte das blau beleuchtete Fell des Tieres unter seinen Fingerspitzen. Ein Moment nur, dann traute er sich eine festere Berührung zu, denn der Hirsch senkte sein Haupt, als wisse er, dass Hark keine Bedrohung war. Hark fühlte die Wärme. Jeden Atemzug. Jeden Herzschlag. Völlig still war seine königsblaue Welt ...

... bis der Hirsch nervös schnaubte.

Irgendetwas schien das Tier zu irritieren. Hark wusste nicht, was es war, und er verstand nicht, warum der Hirsch sich von ihm wegdrehte. Da hörte er urplötzlich schwere Schritte hinter sich. Ehe Hark reagieren konnte, spürte er einen donnernden Schmerz im Rücken und dann im Gesicht. Er war längst zu Boden gegangen, als er den Hirsch in Panik davonlaufen sah, zum Meer, in die Dunkelheit.

Hark stöhnte auf. Vor sich sah er schwere Stiefel.

Der Tritt, der seine Bauchmuskeln zu zerreißen drohte, ließ einen Blitz in Harks Schmerzzentrum einschlagen. Der zweite traf ihn am Rücken, bevor der dritte seinen Kopf so falsch in die Gegenrichtung riss, dass Hark wusste, dass sein Angreifer ihn umbringen wollte. Er stieß ein Gurgeln aus, während er sich unter Krämpfen umdrehte und versuchte, davonzukriechen, doch er spürte, wie eine Faust ein Büschel seiner Haare griff und eisern festhielt.

Wer der Mann war, der sich hinkniete, konnte Hark nicht sehen. Er hörte nur seine Stimme, aber sie war nicht tief und raspelnd, wie Hark es erwartet hätte, sondern völlig belanglos. Es hätte jeder auf der Insel sein können.

«Es reicht», wisperte der Fremde, «genug Fragen. Genug Chaos. Der alte Mann ist tot. Lasst ihn ruhen.»

Vielleicht hätte Harks Angreifer sein Gesicht ein letztes Mal auf den Asphalt geschlagen, doch er wurde gestört von einem Lieferwagen, der viel zu schnell durch die anliegende Straße fuhr. Hark wurde losgelassen. Der Fremde rannte davon. Die Reifen auf den uralten Pflastersteinen klangen, wie sie schon in Harks Kindheit geklungen hatten, aber sie kamen nicht näher, sondern entfernten sich.

Hark Herforth drehte sich auf den Rücken.

Kein einziger Stern war am Himmel zu sehen.

Die Wunden und Prellungen begannen zu hämmern, als Hark sich mit einem Rest von Kraft auf die Beine kämpfte. Der Schock war zu groß, um einen Krankenwagen zu rufen, an einem Haus zu klingeln oder an einem Hotel. Stattdessen humpelte Hark wie in Trance zu seiner eigenen Pension. Er schaffte es, die Tür zu öffnen und sich im Eingangsflur an den Wänden festzuhalten, ohne zu stürzen. Nur durch Zufall warf er einen Blick zur Rezeption und sah an den Postfächern, wo nur ein einziger Schlüssel des Hauses fehlte, einen gefalteten Zettel. Nummer sieben. Harks neues Zimmer.

Hark wankte hinter den Tresen. Er nahm den Zettel und öffnete ihn mit blutigen Fingern. Als er ihn wieder faltete, sah er die Handschrift von Mirjana noch vor seinem zuschwellenden Auge. Nur ein einzelner Satz stand da, rund und freundlich geschrieben, als wolle er Hark verhöhnen.

Die Witwe Monningen möchte sich mit Ihnen treffen.

Hark entfuhr ein irre klingendes Kichern.

∗ ∗ ∗

MITTWOCH

Die grelle Lampe des Arztes ließ Hark blinzeln. Lichtblitze flackerten vor seinen Augen, als der Strahl erst
auf die linke Pupille traf, dann auf die rechte.

«Mehr Glück als Verstand», raunte der Doktor, dessen
Namen Hark vergessen hatte, wie auch Samstag schon, als
derselbe Arzt ihn nach der Rettung durch Tilla untersucht
hatte. War der Mann da schon skeptisch gewesen, nachdem
Hark von seinem zufälligen Ausrutscher im flachen Meer erzählt hatte, schien er ihn jetzt für verrückt zu halten, oder
gefährlich, oder beides. Er öffnete seinen Koffer, der auf
dem Hotelbett lag.

«Sie erleben viel bei uns», sagte er, während er die Prel-
lung im Gesicht versorgte. Hark stöhnte zustimmend.

«Verdammte Kegelbrüder», nuschelte er, «ziehen rum
und saufen und machen Ärger.»

Der Doktor warf ihm einen prüfenden Blick zu.

«Im Januar?», fragte er. Tilla antwortete für Hark.

«Januar ist die neue Hauptsaison», sagte sie müde und
legte ihrem Freund eine Hand auf das Bein. Hark zuckte zusammen.

Er hatte es ins Zimmer geschafft, nachts, obwohl es in der
Pension keinen Aufzug gab. Tilla war nicht aufgewacht. Bis
zum Morgengrauen hatte sie auf dem Bett gelegen und ge-
schnarcht, weil Hark es trotz seiner Schmerzen nicht übers
Herz gebracht hatte, sie zu wecken. Er war winselnd auf der

Couch zusammengesackt, bis Tilla endlich von sich aus die Augen geöffnet hatte, gequält von Stunden, die sie über der Kante der Matratze gehangen hatte, weil Hark sie nicht hatte wegrücken können.

Harks Anblick hatte sie weinen lassen.

Schluchzend hatte Tilla Mirjana von der Rezeption angerufen und schluchzend Harks Hand gehalten, während sie mit ihm auf den Arzt wartete. Als dieser endlich gekommen war, hatte Hark geschlafen, erschöpft vor Schmerzen und Schock. Jetzt nahm der namenlose Doktor einen Wattebausch und tränkte ihn in einer scharf riechenden Tinktur, bevor er Harks Shirt hochzog. Tilla konnte die blauen Flecken und Schrammen kaum ansehen.

«Das wird höllisch wehtun», sagte der Arzt.

«Können Sie nicht ein bisschen unehrlicher sein?»

Harks Knochen waren nicht gebrochen. Seine Haut war abgeschürft und sein Nacken verzerrt, aber er hatte keine Zähne verloren, er konnte laufen, und auch wenn sein Gesicht aussah wie das Ergebnis einer verlorenen Kneipenschlägerei, konnte er sprechen. Er versuchte sich sogar an einem Lachen, als der Arzt ihn nach Schmerzmitteln fragte.

«Habe ich», antwortete Hark heiser, «genug.»

Alles war still, als Hark und Tilla wieder allein waren. Hark lag auf dem Bett. Tilla saß auf der Fensterbank. Stumm lief der Fernseher. Hark guckte mit einem Auge und schaltete durch die Morgenprogramme, ohne sie sich anzusehen.

«Der alte Mann ist tot? Lasst ihn in Frieden ruhen?», wiederholte Tilla. Hark nickte, so gut er konnte.

«Es reicht, hat er gesagt. Genug Chaos. Genug Fragen.»

«Er hat recht», sagte Tilla leise. «Es reicht.»

«Nein», presste Hark mit erstaunlicher Wucht hervor und versuchte, sich vom Bett hochzudrücken. Vergebens.

«Was?»

«Es reicht nicht! Soll ich dir was sagen? Vielleicht hätte ich gestern aufgegeben oder würde es heute tun, wenn Roschi uns sagt, dass es eine idiotische Idee ist, Hunderte Vermieter durchzutelefonieren. Absurd. Bescheuert. Absolut schwachsinnig!»

«Äh, ja», sagte Tilla, «danke. Wertvolles Feedback.»

«Schwachsinnig!», wiederholte Hark. «Aber ich werde mich nicht von dieser Insel prügeln lassen, nur weil wir irgendjemanden an die Klippe treiben. Glauben die, ich hätte Angst vor Schmerzen? Schmerzen spüre ich jeden Tag. Jede Sekunde! Amateure sind das, Tilla. Zur Hölle mit denen.»

«Oh. Wenn ein Pfarrer jemanden zur Hölle wünscht ...»

«Die werden. Uns. Nicht. Einschüchtern», sagte Hark. Er setzte sich endgültig auf und ließ seinen Nacken knacken. Seine Bewegungen mochten vorsichtig sein, aber Tilla sah eine Härte in Hark Herforth, die ihr Freund vorher vielleicht selbst nicht gekannt hatte. Sie nickte zum Zettel mit Mirjanas Handschrift, der auf dem Nachttisch lag.

«Elisabeth Monningen gewährt uns also eine Audienz? Warum wohl?»

«Vielleicht ist ihr eingefallen, dass der Mörder der Gärtner ist», antwortete Hark und schaltete den Fernseher aus. Er stand auf. Machte ein paar vorsichtige Schritte, während er seinen Unterkiefer kreisen ließ.

«Ich hab den Hirsch gesehen», sagte er. «Den weißen.»

«Bullshit.»

«Heute Nacht.»

«Seit Jahren ist der verschwunden», sagte Tilla, «und jetzt läuft er dir vor die Füße? Einfach so?»

«Alle Kreaturen Gottes sind meine Freunde.»

«Angeber.»

«Du solltest mich im Wald sehen. Links auf meinem Arm die Eichhörnchen und Kaninchen. Rechts die Singvögel.»

Tilla warf eine Socke nach Hark, die sie in der Nacht ausgezogen hatte. Hark konnte nicht ausweichen, und hätte er es versucht, wäre er vermutlich zusammengebrochen. Sein Blick fiel auf das Wandbild, auf Monningens Namen und die Zettel, die darunter hingen. Mit zaghaften Schritten näherte er sich, um die grünen Schilder mit den Aufschriften «Esperior Real Estate», «Bröcker und Witt» und «Tharsem Green Development» zu betrachten. Er wirkte entschlossener als gestern.

«Kein Selbstmord», sagte er. «Mord. Wissen wir jetzt.»

«Aus Rache?», fragte Tilla.

«Oder Leidenschaft?», gab Hark zurück.

«Wie viel Leidenschaft hat man mit hundertzwei übrig?»

Frühstücken wollte Hark nicht, aber ein in Schwarztee getunktes Croissant kaute er zumindest, als er mit Tilla auf die Straße trat. Gemeinsam blinzelten sie in den grellen Morgendunst. Drei Tassen Kaffee hatte Tilla getrunken, so müde fühlte sie sich nach den Ereignissen der Nacht. Aus ihrer Hosentasche lugte eine abgepackte Zahnbürste, diskret überreicht von der jungen Rezeptionistin, die ahnte, dass Tilla Flock noch mehr Nächte bei Hark Herforth verbringen würde. Obwohl die Pension menschenleer war, hatte Mirjana sorgsam nach links und rechts geschaut, bevor sie Tilla die

Zahnbürste gegeben hatte. Als würde sie etwas Verbotenes tun. Hark schmunzelte, während er sich daran erinnerte.

«Es ist ein sehr diskretes Haus», sagte er.

Christels Taxi roch heute nach Piña colada.

«Ganz nach draußen, bitte», sagte Tilla vom Rücksitz aus, «wir müssen zum Haus der Familie Monningen.»

Schlager rauschten im Radio. Eine Ananas aus Pappe hing am Rückspiegel. Christel fuhr, ohne Hark nach seinen Verletzungen zu fragen. Als wäre sie zu schlecht bezahlt für das Drama, das hinter den Prügeleien eines Pfarrers stand.

Durch Dünen führte die Fahrt, und an Wiesen und den Hügeln des Golfplatzes vorbei, eher farblos als grün, und an weiten Koppeln, auf denen Rinder standen. Tilla sah rostige Wohnwagen, seit Langem ausrangiert, und Zäune, an denen Bottiche standen. Fässer. Allesamt aus Plastik. Der Anblick irritierte sie, doch sie wusste nicht, warum, bis –

«Stopp!», rief sie plötzlich. «Fahren Sie zurück!»

«Was?»

Hatte Tilla sich quietschende Reifen und eine spontane Änderung der Richtung gegen jede Verkehrsregel erhofft, wurde sie von Christel enttäuscht. Die Fahrerin hielt ihr Taxi am Straßenrand, bevor sie sich in ihrer steifen Lederjacke umdrehte und Tilla durch bräunliche Brillengläser ansah. Der Warnblinker tickte im Hintergrund. Die Ananas wackelte.

«So läuft das nicht», sagte Christel kratzig. «Bin ich euer Privatchauffeur?»

«Nein.»

«Bin ich euer Diener?»

«Ganz sicher nicht.»

«Empfange ich Befehle, die ihr mir um die Ohren haut?»

«Keinesfalls», antwortete Tilla kleinlaut.

«Was soll ich jetzt machen? Fahren? Oder umdrehen?»

«Es wäre nett, wenn Sie kurz umdrehen würden. Bis zur Koppel mit den Rindern. Wenn es keine Umstände macht.»

«Geht doch», sagte Christel und zog zurück auf die Straße, wo sie illegal wendete, in deutlich mehr als drei Zügen. Hark sah Tilla ratlos an. Er wusste nicht, was sie gesehen hatte. Vielleicht wusste Tilla es selbst nicht.

Sie stieg aus, ohne auf Hark zu warten, und kletterte über den Stacheldrahtzaun, ohne auf ihre Kleidung zu achten. Hark sah einen zweiten, größeren Riss in Arianes roter Winterjacke, doch er glaubte nicht, dass Tilla sich im Augenblick dafür interessieren würde. Anstatt zu klettern, zwängte er sich durch den Stacheldraht. Mit humpelnden Schritten folgte Hark seiner Freundin, immer im sicheren Abstand zu den Rindern, die nicht auf eine Nordseeinsel zu gehören schienen und so groß waren, so schwergewichtig und bedrohlich, dass Hark zu hastig für seine Verletzungen lief.

«Was zum Teufel machen wir hier?», rief er.

«Da vorn», antwortete Tilla. Sie hielt auf einen der Wohnwagen zu. Gelebt hatte schon lange niemand mehr darin. Die Fenster waren blind. Die Tür herausgerissen. Hark sah Schaufeln, die am Wagen lehnten, und Schubkarren neben alten Eisentonnen, und dann, als die Schmerzen zunahmen, entdeckte er das, was Tillas Interesse geweckt hatte.

Ein hellgelber Benzinkanister.

«Genau so einen haben wir bei Josef gefunden», rief Tilla aufgeregt, «an der Georgshöhe.»

«Das gleiche Gelb?», fragte Hark skeptisch.

«Exakt das gleiche Gelb.»

«Tilla ...»

«Wenn ich den Namen der Firma finde, dann kann ich mit Ariane recherchieren, wo man so einen Kanister kaufen kann.»

«Tilla», wiederholte Hark, aber sie hörte ihn kaum.

«Und wenn man den Laden kennt», sagte sie atemlos, «dann kann man die Kameras checken und gucken, ob irgendein bekannter Insulaner der Käufer ist!»

«Hey», rief Hark, und Tilla rief zurück.

«Was, Hark?»

Die Rinder blickten interessiert auf, nur um sich dann wieder dem kargen Grund zu widmen. Hark atmete durch.

«Das ist nicht unsere Art von Ermittlung», sagte er. «Polizisten checken Kameras. Und es sind Polizisten, die Hunderte Läden an der Küste abklappern und fragen, ob sie gelbe Kanister verkaufen. Du und ich, wir können das nicht.»

«Und was können wir?»

«Wir reden, Tilla. Mit Leuten, die du schon als Kind gekannt hast. Die einen Steinwurf von dir entfernt wohnen. Leute, die ein seltsames Gefühl im Magen haben, wenn sie uns anlügen. Weil sie wissen, dass du sie durchschaust, und weil sie Angst vor meinem weißen Kragen haben.»

Tilla seufzte. Sie wusste, dass Hark recht hatte.

«Ich nehme den trotzdem mit», rief sie trotzig und hielt den Benzinkanister in ihrer Hand hoch. Dreckig war er. Der Aufdruck der Firma kaum zu erkennen. Tilla brummte unzufrieden, und sie brummte noch immer, als sie wieder im Taxi saß, den Kanister auf dem Schoß. Hark kam eine volle Minute später an.

«Ich sollte überlegen, ob ich dir wirklich jedes Mal nach-
laufen muss», sagte er und schnallte sich stöhnend an.

«Macht mir das Ding den Wagen schmutzig?», fragte
Christel, als sie wieder fuhr. Tilla schüttelte den Kopf.

«Haben Sie so einen schon mal gesehen?», fragte sie.

«Einen Benzinkanister? «

«Genau diesen», antwortete Tilla. «Gelb.»

«Ich fahre Taxi auf einer Insel mit ein paar Dutzend Kilo-
metern Straße. Glaubst du wirklich, dass ich Benzinkanister
auf meinen Touren mitschleppe?»

Tilla konnte nicht anders, als ein letztes Mal zu brummen,
unzufriedener als eben noch. Christels Wagen erreichte das
seit Langem leer stehende Golfhotel, und Tilla stieg aus, um
gemeinsam mit Hark über die Straße zu ziehen, wie Tage
zuvor, als sie das Haus von Elisabeth und Josef Monningen
besucht hatten. Ewig schien der Moment zurückzuliegen.
Hark Herforth fühlte sich, als wäre er Wochen und Monate
auf der Insel.

Auf dem Dünenkamm flatterte sein Mantel im Wind.

Tillas gelber Kanister. Ihre rote Jacke. Graue Wolken.

Als Hark und Tilla den Schotterweg erreichten, der zum
Haus der Monningens führte, waren sie gleichermaßen erstaunt und beunruhigt über das, was sie sahen. Hark humpelte ein Stück hinter Tilla und konnte erst an ihr vorbei-
blicken, nachdem seine Freundin abrupt angehalten hatte.
In der Einfahrt des Hauses standen Fahrräder, wie letzten
Samstag, und ein alter Jeep, aber es war der Polizeiwagen,
der Hark und Tilla irritierte.

«Dein Vater?», fragte Hark. Tilla nickte.

«Mein Vater.»

Sie hatten bei der Witwe Monningen angerufen, noch vom Hotel aus, und ein Treffen mit ihr und ihrer Tochter Dortje abgemacht. Aber niemand, weder Dortje noch Elisabeth, hatte Enno Flock erwähnt. Tilla klingelte. Ihr Bauch grummelte.

«Lächeln», sagte Hark.

«Du kennst meinen Vater. Ich kann nicht lächeln.»

«Vielleicht solltest du hinten einbrechen.»

«Du redest», zischte Tilla. «Ich bin überkoffeiniert.»

«Und ich bin unterzuckert!»

Dortje Monningen öffnete die Tür. Jetzt, da Hark sie kannte, sah er die Ähnlichkeit zwischen ihr und ihrer Mutter, auch wenn die altehrwürdige Elisabeth kurze Haare und wetterfeste Haut hatte und Dortje Monningen die langen silberblonden Strähnen, die so gut zu einer Künstlerin vom Meer passten. Ihre Augen waren sanft geschminkt. Spuren von Grün auf vollen Lippen. Sie trug eine metallene Brosche, die selbst gefertigt war, zumindest glaubte Hark das, nachdem er ihre eisernen Tierskulpturen bei Wester Monningen gesehen hatte.

«Kommen Sie rein», sagte Dortje. «Mutter wartet.»

«Mutter wartet», flüsterte Tilla, «wie in Psycho.»

Mutter wartete tatsächlich.

* * *

Die alte Elisabeth Monningen saß in einem Ledersessel im Wohnzimmer. Dortje stand neben ihr, und Enno Flock, in seiner steif gestärkten Polizeiuniform. Falten von Sorgen auf der Stirn. Ärger. Vielleicht Schlimmeres.

«Papa?», fragte Tilla leise. Noch immer trug sie den Kanister. Enno Flock blickte von seiner Tochter zu Hark.

«Will ich wissen, was mit Ihrem Gesicht passiert ist?», fragte er.

«Würde es dich interessieren?», gab Tilla zurück.

«Unruhestifter und Polizisten», raunte Flock. «Ich hasse es, immer wieder recht zu behalten.»

Hark versuchte, die Situation zu erfassen, doch er verstand nicht, was Tillas Vater bei den Monningens wollte. So streng sah Enno Flock aus, so düster in seiner Starre, dass einen Augenblick lang die Frage in Hark aufblitzte, ob der Polizist etwas mit dem nächtlichen Angriff zu tun hatte. Hark verdrängte den Gedanken.

«Also?», fragte er. «Warum sind wir hier?»

Elisabeth Monningen biss auf ihre Lippen, wie greise Menschen es manchmal machten. Ihre Hand zitterte. Ihre Augen konnten kaum noch sehen. Noch älter schien sie geworden zu sein in den Tagen, seit ihr Mann verbrannt worden war.

«Mein Masseur hat sich den Fuß gebrochen», sagte sie.

Kein Wort von Hark und Tilla. Elisabeth schmatzte.

«Am Strand», sagte sie mit dünner Stimme, «graben die Touristen immer Löcher. Haben Sie das schon mal gesehen?»

«Wahrscheinlich?», sagte Tilla unentschlossen.

«Immer wieder. So tief, wie es geht. Für ihre Kinder, mit den Wassereimern. Für Sandburgen. Für Boule, was weiß ich. Aber immer mehr, immer tiefere, immer größere Löcher.»

«Ich verstehe nicht», sagte Hark.

«Wenn die Touristen abends in ihre Hotels gehen, in ihre

Wohnungen, füllen sie diese ... diese Stolperfallen nicht. Sie gehen einfach. Löcher im Sand. Viel zu viele.»

Tilla sah ihren Vater an, aber wenn Enno Flock wusste, worauf Elisabeth hinauswollte, merkte man es ihm nicht an.

«Mein Masseur», fuhr die alte Dame fort, «wollte nur einen Spaziergang machen. Er trat in ein Sandloch. Und brach sich den Fuß. Maurice ist auch nicht mehr der Jüngste.»

«Er heißt Marcel, Mutter», sagte Dortje vorsichtig. Bis auf einen Seitenblick ignorierte Elisabeth ihre Tochter.

«So läuft das», sagte sie. «Fremde kommen auf unsere Insel, graben alles um, und wir, wir müssen mit dem Resultat leben. Und manchmal fallen wir über die Hinterlassenschaften der Eindringlinge und brechen uns die Knochen.»

Tilla atmete hörbar ein und noch hörbarer aus.

«Das war ein sehr, sehr langer Aufbau», sagte sie, «für eine sehr, sehr triviale Ansage.»

Jetzt war es Enno Flock, der einen Schritt nach vorn machte. Er zog seine Uniform gerade und holte tief Luft.

«Tilla», sagte er, «ich habe noch auf der Georgshöhe gesagt, dass du dich raushalten sollst. Das Ergebnis war, dass du mit diesem – mit diesem Kerl hier bei den Monningens eingebrochen bist. Bevor er am nächsten Tag in Josefs Kneipe eingestiegen ist, und dann in Wester Monningens Haus, was für mich nach deinem Erpressungsversuch völlig unerklärlich ist. Und dann trampelt ihr zwei Helden am Fundort meiner Wasserleiche rum und denkt, ich würde nicht merken, dass ihr sie mit euren Griffeln anpackt. Jetzt, heute, steht ihr vor mir, und dein Herr Pfarrer sieht aus, als sollte ich ihn in meine Ausnüchterungszelle sperren, und an diesem Morgen höre ich, dass die Mutter von deinem Ex-Verlobten deinen Kreuzzug mit ihrem Gymnastikkurs unterstützt. Was zur Hölle, Tilla?»

«Irgendjemand muss ja was tun!», gab Tilla zurück.

«Wie kommst du auf die bizarre Idee, dass wir nichts tun? Wenn ich dir jetzt sage, dass der Benzinkanister, den du wahrscheinlich irgendwo geklaut hast, allein am Hafen gute siebzig Mal existiert und von einer Firma aus Göttingen produziert wurde, überzeugt dich das dann, dass wir am Ball sind? Wenn ich dir sage, dass mir deine Schwester von Gero von Steinbrink und seinem Posten bei Tharsem Green erzählen wollte, während ich längst die Kopie seines Arbeitsvertrages in Händen hielt, glaubst du mir dann, dass wir den Mord an Josef bearbeiten? Wir wollen das Gleiche, Tilla!»

«Wollen vielleicht», sagte Tilla, «aber könnt ihr?»

«Vielleicht ja», rief Enno Flock, «vielleicht nein! Das ist eben das Wesen polizeilicher Arbeit. Aber es hilft nicht, wenn wir zwei Saboteure aus den eigenen Reihen haben, die nichts anderes tun, als uns in die Quere zu kommen und Wunden bei Menschen aufzureißen, die versuchen, in Ruhe um ihren ermordeten hundertjährigen Patriarchen zu trauern!»

Stille.

«Hundertzweijährig», sagte Tilla dann ganz leise.

«Mein Ehemann war nicht hundertzwei, Fräulein Flock», erwiderte die Witwe Monningen. «Er war neunundneunzig. Ich bin hundert. Was soll ich sagen? Ich mochte jüngere Kerle.»

Elisabeth ließ sich von Enno Flock beim Aufstehen helfen. Sie wankte zu Hark und zu Tilla, deren Hand sie nahm. Alle Feindseligkeit war aus ihrem Blick verschwunden. Warm war ihre Haut. Mütterlich ihre Stimme, als sie sprach.

«Josef», sagte sie, «hat viele Geschichten seines Lebens vor unserer ... Zeitenwende umgeschrieben. Vor dem Unglück, das unsere Ehe beinahe hat zerbrechen lassen. Vielleicht war ich unehrlich, als ich sagte, dass er immer ein guter Ehemann war.»

«Gut genug, nicht ermordet zu werden», sagte Tilla.

«Das ist wohl wahr», antwortete Elisabeth. «Er ist der Vater meiner Kinder, auf und unter der Erde. Ich bin froh, dass die Polizei nach dem Täter sucht. Aber wenn ein Pfarrer und eine Journalistin in der Vergangenheit meines Mannes graben, tiefer und tiefer und ohne Rücksicht auf Verluste, dann wird meine Familie irgendwann in die Löcher treten.»

«Und sich die Knochen brechen», sagte jetzt Dortje Monningen. Elisabeth ließ Tillas Hand los. Schwerfällig setzte sie sich zurück in ihren Sessel.

«Was sagen Sie da?», fragte Tilla ungläubig.

«Meine Mutter würde lieber unter der Schwere der Lügen lächeln, als unter der Last der Wahrheit weinen», antwortete Dortje. «Bitte. Hören Sie auf, uns zu belästigen.»

«Und die Polizei?», fragte Hark Tillas Vater.

«Ermittelt natürlich weiter», sagte der, «aber nach den Regeln des Anstands und der Pietät. Das soziale Leben auf einer Insel ist ein fragiles Konstrukt. Wenn Sie mir nicht glauben, dann – dann können Sie Eduard Loos fragen.»

Hark verstand nicht. Tilla schüttelte fassungslos den Kopf. Mit schimmernden Augen sah sie ihren Vater an.

«Das war mies», presste sie hervor, «sogar für dich.»

Enno Flock schwieg. Wie eine Wand wirkten er, Dortje Monningen und ihre Mutter Elisabeth, als Tilla und Hark zurückwichen und das Haus verließen. Noch immer hatte Tilla den gelben Kanister in der Hand. Jetzt fühlte sie sich albern damit. Wie ein kleines, dummes Mädchen.

«Wohin?», fragte Christel, die mit ihrem Taxi gewartet hatte. Tilla und Hark saßen hinten und ertrugen den schweren Geruch exotischer Cocktails. Künstliche Kokosnuss ließ Harks Schläfen schmerzen. Vergorene Frucht ätzte auf Tillas Zunge. Zigaretten und Leder und ein belegtes Brötchen bettelten um ein geöffnetes Fenster, doch wie immer hielt Christel alles geschlossen. Die Heizung blies heiße Luft durch den Wagen.

«Wer ist Eduard Loos?», fragte Hark seine Freundin.

Tilla sah auf ihre Hände. Abgesplitterter Nagellack.

«Also?», fragte Christel von vorn. «Wohin?»

«Tilla», wiederholte Hark. «Wer ist Eduard Loos?»

Der Motor des Wagens lief. Christel schien ungeduldig zu werden, denn sie justierte den Rückspiegel und prüfte, ob ihr irgendjemand zuhörte.

«Hallo?», fragte sie mit raspelnder Stimme. «Wird das noch was? Ich werde nicht jünger hier vorn.»

«Rede mit mir», sagte Hark jetzt, und ganz sanft legte er einen blutverkrusteten Finger auf Tillas Arm, bis seine Freundin ihm endlich in die Augen sah. Mehr als ein Moment verging. Der Warnblinker tickte unbeirrt, während Christel auf eine Antwort wartete.

«Zum Friedhof, bitte», sagte Tilla dann endlich.

«Zum Friedhof?», wiederholte Christel. Tilla schniefte.

«Zum Friedhof.»

* * *

Kaum ein Mensch war diesseits der Friedhofsmauern zu sehen. Hark steckte die Hände tief in die Taschen seines Mantels, so harsch pfiff der Wind über das flache Gelände, das ungeschützt zwischen roten Backsteingebäuden lag.

«Ariane», sagte Tilla Flock, als sie mit hochgezogenen Schultern die ersten Grabsteine passierte, «hat sich immer geweigert, mich für die Zeitung schreiben zu lassen. Zu viel Drama. Zu wenig Inselromantik. Alles, was ich vorschlug, war ihr zu hart. Zu herzlos. Zu politisch. Und alles, was sie vorschlug, war mir zu luschig. Ich durfte fotografieren. Hübsche kleine Bildchen. Mehr nicht.»

Eine einsame ältere Dame mit Kopftuch schleppte eine Gießkanne mit Wasser in Richtung eines frischen Grabes. Feste Schuhe tappten auf historischem Pflasterstein.

«Ich bin keine Journalistin», fuhr Tilla fort, «anders als meine Schwester. Aber es gab genug Geschichten, die ich erzählen wollte. Kleine Ungereimtheiten. Seltsame Geschäfte. Da ist eine Realität hinter der Idylle eines Ferienortes, dachte ich, und die muss man zeigen.»

«Natürlich», sagte Hark. Sein Kiefer schmerzte.

«Gar nicht natürlich. Nicht für Ariane. Wir haben uns immer gefetzt. In der Redaktion. Bei meinen Eltern. Bis ich irgendwann die Schnauze voll hatte und einfach loszog und auf eigene Faust recherchierte. Meine Schwester musste ja nicht alles wissen.»

Tilla bog ab in einen Weg, an dem ältere Grabsteine standen. Poröser Granit. Moos. Kaum lesbare Namen.

«War gar nicht spektakulär, mein Thema», sagte Tilla gegen die Brise. «Drei Cafés wurden verkauft. Mitarbeiter entlassen. Dann kaufte derselbe Besitzer die Läden zurück und stellte die Leute wieder ein, aber zu noch mieseren Konditionen als vorher. Klang für mich nach einer Story.»

«War es eine?»

«Für mich schon. Ich kniete mich rein. Ein großer, scharfer Artikel. Zeigte ich Ariane. Und was machte sie?»

Hark sah Tilla an. Hinter ihm hatte ein marmorner Engel die Hände gefaltet, über einem Grab, das viel zu klein war, um von Gottes Güte zu zeugen. Hark ignorierte es.

«Nichts», sagte Tilla. «Schublade. Papierkorb. Ende.»

«Oh», sagte Hark. Er musste stehen bleiben, so schlimm wurde der Schmerz in seinem Rücken. Ein Moment nur, dann zwang sich Hark weiter vorwärts. Auf einem Bein hinkend.

«Das hätte es sein sollen», sagte Tilla, als sie die streng eingefassten, spartanischen Grabstätten passierten, die aus nichts als Kieseln und einer Grabplatte bestanden.

«Aber?»

«Aber der Küstengruß ist keine große Publikation. Je kleiner die Zeitung, desto größer die Nähe. Wir setzen die Texte von Hand. Wir korrigieren selbst. Und wir bringen die fertigen Seiten selbst zum Drucker.»

Hark schnappte nach Luft.

«Was hast du gemacht?», fragte er. Tilla zögerte.

«Ich fand, dass die Geschichte über Eduard Loos, den menschlich verkommenen Cafébesitzer, die Titelseite verdient hatte», sagte sie. «Also gab ich ihr den Platz auf der Titelseite. Auf viertausend Titelseiten, um genau zu sein.»

Tilla blieb stehen, vor einem Grab ganz in der Ecke des Friedhofs. Frische Blumen lagen darauf. Das Foto eines älteren Mannes, eingefasst in einem Stein aus Kalk.

«Eduard Loos», las Hark.

«Ich hatte nicht gedacht», sagte Tilla leise, «dass meine blöde Story auf der Insel so einschlagen würde. Dass man über Eduard tuscheln würde. Dass man ihn meidet. Bis sich seine Familie kaum noch nach draußen traute, da, wo Eduard Loos wohnte. Ganz in der Nähe von Monningens Kneipe.»

Hark sah zwei blinde Schnapsgläser, die jemand neben den Grabstein gestellt hatte. Als wolle ein alter Freund an lange gemeinsame Abende mit Küstengras erinnern. Tilla sammelte allen Mut, den sie für ihre letzten Sätze brauchte.

«Ein paar Wochen später fand seine Enkeltochter ihn. Oben. Am Balken unter dem Dach. Sie war sieben verdammte Jahre alt und musste ihren Opa hängen sehen, weil ...»

«Tilla ...»

«... weil ich ihn in den Tod geschrieben habe», sagte Tilla, bevor Hark sie erneut unterbrechen konnte. Eine volle Minute des Schweigens verging. Hark schlug seinen Kragen hoch. Tilla kniete sich vor das Grab und rückte einen der vom Wind verwehten Blumensträuße gerade, und noch einmal, bis sie endlich zufrieden mit dem Bild war.

«Ich bin gar nicht mehr richtig hier, auf der Insel», wisperte sie, «aber weg komme ich auch nicht.»

«Es ist ...», setzte Hark an. Tilla sprang auf.

«Wehe, du sagst, dass es gar nicht meine Schuld war», zischte sie. «Wehe!»

«Was? Natürlich war es deine Schuld!»

Tilla stockte. Hark zuckte mit den Schultern, so gut es ging. Jede Faser seines Körpers schien gezerrt zu sein.

«Ohne deinen Artikel würde Loos noch leben», sagte er.

«Aber?», fragte Tilla erstaunt.

«Was, aber?»

«Das ist der Moment, in dem du mich aufbaust, Pater.»

«Ich habe nichts parat, um dich aufzubauen.»

«Aber das ist dein Job», rief Tilla. Hark schnaubte.

«Nein. So funktioniert das nicht. Ich kann dir keinen magischen Monolog bieten, der deinen Schmerz verschwinden lässt.»

«Und wofür habe ich dir mein Herz ausgeschüttet?»

«Was erwartest du?», fragte Hark. «Einen Pokal?»

Tilla warf Hark einen verständnislosen Blick zu.

«Was für eine Art Pfarrer bist du?», fragte sie.

«Ein mieser Pfarrer!», antwortete Hark viel lauter, als er wollte. «Pfarrer haben Patentrezepte, um Dinge zu bewältigen. Das Leben. Den Tod. Alles, was dazwischenliegt. Aber ich habe keine Rezepte. Nicht für mich und nicht für dich, und wenn du das nicht kapiert hast, seit du mich aus dem Meer gezogen hast, dann kann ich dir auch nicht helfen!»

Gruppen von Möwen flogen vorbei. Ihre Schreie klangen zu sommerlich für Hark, als dürften sie im Winter nicht existieren, sondern müssten auf warmes Wetter warten, auf Kinder am Strand und salziges Wasser auf sonnenbrauner Haut.

«Es ist ganz einfach», sagte Hark leise, nachdem sie beide sich gesammelt hatten. «Geht es dir schlecht?»

«Immer.»

«Glaubst du, dass es dir besser gehen würde, wenn du den Mord an Josef Monningen aufklärst?»

Tilla nickte zögernd. Hark sah ihr in die Augen.

«Elisabeth Monningen bestimmt nicht über dich. Dein Vater bestimmt nicht über dich. Der Typ, der mein Gesicht neu anordnen wollte, bestimmt nicht über dich. Warum zum Teufel hängen wir also noch auf kalten Friedhöfen rum, anstatt absurde Theorien zu verfolgen und Verdächtige zu nerven?»

«Ich weiß es nicht», sagte Tilla.

«Dann komm mit», sagte Hark, «und löse diesen Fall. Damit wir endlich wissen, wer wollte, dass Josef Monningen vor der ganzen verdammten Insel brennt.»

Dieses Mal war es Hark Herforth, der Tilla Flock mit sich zog, und nicht Tilla, die einem irrwitzigen Gedanken folgte, den nur sie kannte. Hark führte seine Freundin zum Ende des Weges und zum Ende des Friedhofes und dann zum Ende der Straße, an der die Pension lag. Tilla fror, als sie den Hotelflur betrat. Die Januarkälte zog unbarmherzig durch die Risse in Arianes Jacke. So sehr zitterte Tilla, dass Hark als Erster Roschi bemerkte, die im Speisesaal am Fenster saß und nach draußen blickte. Eine Tasse Tee stand vor ihr, wahrscheinlich mit Liebe gemacht von Mirjana.

«Kinder», rief Roschi, als sie aufblickte und Harks malträtiertes Gesicht sah. Sofort stand sie auf und setzte sich ihre am Band hängende Brille auf die Nasenspitze.

«Ich weiß nicht, ob das etwas Gutes ist», sagte sie, während sie Harks Wunden mit der Expertise einer vierfachen Mutter inspizierte, «aber wir haben sie. Meine Mädels haben die Wohnung eurer Wasserleiche gefunden.»

* * *

Das Monteurzimmer lag in der düstersten Gegend, die Hark je auf der Insel gesehen hatte. Abseits des Hafens führten abgesperrte Wege durch Industriegelände, an Containern und stillgelegten Hallen vorbei. Schwärme von Möwen flogen schreiend über Wellblechdächer, angelockt von Müllpressen und Bergen von Schrott und Schutt. Harks Blick blieb an rostigen Eisenstreben auf dem Schotterboden hängen. Hunderte davon, wie ein sich auftürmendes Spinnennetz.

«Was ist?», fragte Tilla.

«Dortje», sagte Hark. «Wusstest du, dass sie Tierkörper aus Eisen macht?»

«Sie ist Vollblutkünstlerin. Cellistin. Bildhauerin.»

«Aber wer kauft so was?»

«Wolltest du noch nie einen gigantischen Hirschkopf aus Rohren vom Sperrmüll auf deiner Gästetoilette haben?»

«Ich hätte einfach etwas anderes erwartet», sagte Hark. «Irgendwas aus der See. Kunst aus Treibholz.»

«Jeder macht hier Kunst aus Treibholz.»

«Oder Werke aus angeschwemmtem Müll.»

«Jeder macht hier Werke aus angeschwemmtem Müll. Ich kann dir drei Läden zeigen, in denen du Klorollenhalter aus Plastikflaschen und Treibnetzen kaufen kannst.»

«Dann eben ...»

«Hark», unterbrach Tilla ihren Freund, «es gibt Leute, die leben hier, ohne das Meer zu zelebrieren. Die sehen es nicht mal, wenn sie morgens zur Arbeit gehen. Willst du wissen, warum Dortje Monningen Tiere aus Eisen macht?»

«Warum?»

«Weil sie sich eine Kugel in den Kopf jagen würde, müsste sie jeden Tag Spardosen mit Muscheln bekleben.»

Hark dachte noch über Tillas Worte nach, als er eine Gasse zwischen zwei Lagerhäusern betrat, über sich nichts als einen schmalen Streifen Himmel. Unter keinen Umständen konnte er sich vorstellen, dass es hier Wohnungen gab, und doch führte Tilla ihn durch ein Gewirr von Gewerbehöfen mit dunklen Fenstern und heruntergezogenen Garagentoren, bis sie vor einem Flachbau standen, an dem von drei Klingeln nur eine einzige beschriftet war. Ketten hingen an gewaltigen Haken. An einem Container durchwühlte der einzige Obdachlose der Insel blaue Kleidersäcke. Stumm hob er die Hand zum Gruß, als er Tilla sah. Ein zurückhaltendes Winken. Tilla grüßte wortlos zurück.

Hark schellte.

«Was wollen wir eigentlich sagen?», fragte er.

«Wir behaupten, dass wir meinem Vater helfen», flüsterte Tilla. «Im Auftrag der Polizei. Total seriös.»

Skeptisch blickte Hark auf Tillas zerrissene Jacke. Seine eigenen schlammigen Schuhe. Tilla zog die Nase hoch.

«Vielleicht dürfen wir nichts über die Ermittlungen sagen. Tun wir geheimnisvoll. Regierungsbeauftragte.»

«Wir sehen nicht aus wie Regierungsbeauftragte.»

«Das ist der Sinn der Sache. Regierungsbeauftragte sehen nie aus wie Regierungsbeauftragte», antwortete Tilla.

«Wir sagen», zischte Hark nach einem Moment, «dass der Mieter in was Gefährliches verwickelt war. Drogen.»

«Menschenhandel.»

«Mord, in einer eiskalten Nacht …»

«Übertreib es nicht, Pater.»

«… an der eiskalten Nordsee, durchgeführt von einem eiskalten Killer mit eiskalten, blutrot tätowierten Händen.»

«Oder er ist ohne Sondergenehmigung Auto gefahren», sagte Tilla, als sich die Tür endlich mit einem Summen öffnete. Ein lichtloses Treppenhaus dahinter.

«Wir müssen runter», sagte Hark, der das Klingelschild gelesen hatte. Tatsächlich ging es abwärts, ins Souterrain, wo Tilla und Hark am Ende eines Flures die burschikose Vermieterin sahen, die vor der offenen Wohnungstür stand. Nervös räusperte Hark sich.

«Tag», setzte er an, «wir sind im Auftrag ...»

«Werfen Sie nachher den Schlüssel in den Briefkasten», sagte die Frau und drückte Hark den Bund in die Hand. Sie starrte sein verprügeltes Gesicht an, dann hastete sie zur Treppe, bevor sie sich ein letztes Mal umdrehte –

«Der Lagerraum, der gehört auch zur Wohnung.»

– und nach oben eilte.

«Wir helfen meinem Vater», rief Tilla ihr hinterher, «als Regierungsbeamte! Im Auftrag der Polizei! Seriös!»

Im Erdgeschoss schlug die Haustür zu. Hark starrte auf den Wohnungsschlüssel.

«Was genau haben sich Roschis Gymnastikmädels als Story ausgedacht, als sie herumtelefonierten?», fragte er.

«Ich habe keine Ahnung.»

«Huh.»

«Huh», gab auch Tilla von sich und betrat das Zimmer. Sie sah Möbel, die über Jahrzehnte zusammengetragen worden waren. Kein Holz war wie das nächste. Keine zwei Polster einander in ihren Farben auch nur ähnlich. Ein Glastisch stand auf dem Kachelboden, unter Masken und Gemälden, die Souvenirs aus Afrika sein mochten oder Imitate aus dem Ramschladen.

«Stilvoll», sagte Hark. Tilla ging zum Oberlicht, das ein Fenster ersetzen sollte. Ein Schacht draußen ließ einen Hauch von Tageslicht hinein. Die Wohnung roch muffig. In den Ecken Schimmel. Abgeplatzte Fußleisten auf billigem Laminat.

«Man darf nur in den Monaten außerhalb der Saison bauen und renovieren», sagte sie. «Die Handwerker kommen auf die Insel, schuften wie die Tiere und fahren wieder. Den Vermietern ist es egal, wie die Zimmer aussehen. Die kriegen ihr Geld.»

Vorsichtig öffnete Hark einen Kleiderschrank. Nichts darin bis auf einen Satz hoffentlich frischer Bettwäsche. Die Kleidung des tätowierten Toten musste in seiner Ledertasche gelagert sein, die Tilla jetzt unter dem Bett hervorzog.

«Dürfen wir das überhaupt anfassen?», flüsterte sie.

«Was würde dein Vater sagen?»

«Hm. Machen wir es trotzdem?»

Hark warf ihr einen Blick zu, der Tilla ohne weiteres Zögern den Reißverschluss der Tasche öffnen ließ. Sie zog ein Shirt hervor. Unterwäsche. Eine Jeans. Alles legte sie auf das Bett, bevor sie tiefer grub und etwas fand, das ihre Augen größer werden ließ.

«Holy shit», sagte sie und zog mit zitternder Hand eine Pistole hervor. Hastig legte sie sie ab, um gleich darauf die Spitze des Bettlakens zu nehmen und ihre Fingerabdrücke vom Lauf abzuwischen, als wäre sie ein Profi.

«Was?», fragte Hark. «Hast du etwa keine Waffe, hier auf der idyllischen Urlaubsinsel?»

«So schlimm sind die Touristen auch wieder nicht.»

«Ist die geladen?»

«Warum, hast du noch was vor?», fragte Tilla. Hark hatte die restlichen Reißverschlüsse der Tasche geöffnet, aber nichts gefunden, was geholfen hätte, die Wasserleiche zu identifizieren.

«Kein Perso?», fragte Tilla. Hark grunzte.

«Nein. Und kein Führerschein, keine Visitenkarte und kein Mitgliedsausweis für die Videothek.»

«Es gibt noch Videotheken?»

«In einer besseren Welt gäbe es noch welche.»

Die Leuchtstoffröhre im Badezimmer flackerte kalt, als Tilla das Licht einschaltete. Eine Zigarettenschachtel lag auf der Badewanne. Ein Buch daneben. Der Titel französisch. Tilla musterte das winzige Waschbecken, die Zahnbürste und die Zahnpasta. Letztere nahm sie vorsichtig in die Hand und las den ebenfalls französischen Namen. Hark öffnete derweil die Schränke der Küchenzeile, doch er fand nichts darin, nur Kaffeeweißer und eine beinahe leere Flasche Spülmittel, vermutlich zurückgelassen von den letzten Mietern.

«Hark», rief Tilla plötzlich. Hark drehte sich um, gerade noch rechtzeitig, um zu sehen, dass Tilla ihm etwas zuwarf.

«Hey!» Mit einem Keuchen fing er es. Das Ding, das Tilla geschmissen hatte, war ein Gummiball, weich und schmierig lag er in Harks weniger verletzten Hand. Er erschauderte.

«Was soll das bitte schön sein?», fragte er und warf den Ball angewidert auf das Sofa.

«Ein Stressball», antwortete Tilla. «Zum Quetschen.»

«Stressball?»

«Du drückst ihn. Baust Stress ab. Seelenfrieden.»

«Oh», machte Hark. Er zögerte, bevor er den Ball wieder zwischen den Kissen aufsammelte. Vorsichtig drückte er ihn, erst sanft, dann fester, und während er den Rest des Zimmers inspizierte, trug er ihn in der Hand. Leise hörte Tilla das umherwandernde schmatzende Geräusch des Gummis. Sie blickte sich im Raum um. Giftgelb leuchtete die einzelne Glühbirne.

«Nachttische», sagte Tilla.

Sie öffnete die Schublade links vom Einzelbett. Hark kniete sich schmerzvoll vor der rechten Kommode hin. Er fand nur einen alten Faltplan der Insel, den er kaum beachtete. Tilla hingegen stieß einen leisen Pfiff aus, als sie etwas aus ihrer Schublade zog. Metall rasselte.

«Autoschlüssel!», sagte sie.

«Altes Modell?»

«Älteres Modell als du.»

Hark schloss seine Schublade und stand auf. Sein Blick fiel auf die offen stehende Wohnungstür. Vorsichtig ging Hark in den Kellerflur, zum angrenzenden Lagerraum, den er aufschließen musste. Alles war finster, als Hark die Tür öffnete. Bis er den Lichtschalter fand.

Und schockstarr in den Raum stierte.

Tilla las mit schief gelegtem Kopf die Titel einer Reihe von abgewetzten Taschenbüchern im Regal, als sie ihren Freund aus dem Nebenzimmer rufen hörte.

«Tilla, komm mal her!»

Das Beben in Harks Stimme ließ Tilla zu ihm eilen, in den Lagerraum, der leer war bis auf einen mittig stehenden Stuhl und einen altmodischen Filmprojektor daneben. Tilla trat fassungslos neben Hark. Beide starrten an, was der tätowierte Tote auf den nackten Putz geklebt haben musste.

Fotos. Zahllose davon. Die gesamte Wand war voll.

Sie alle zeigten eine junge Frau, mit pechschwarzen Haaren und strahlend schön. Zwanzig Jahre alt, wenn überhaupt.

«Wer ist das?», flüsterte Hark.

«Kenne ich nicht».

«Sieht ... ein bisschen aus wie du.»

«Klar. Fünfzehn Jahre jünger und fünfzehn Kilo hübscher», sagte Tilla. Da fiel ihr etwas auf. Staunend näherte sie sich den Bildern, um sie zu berühren.

«Uralt», wisperte sie.

«Die Frau?»

«Die Fotos. Siebziger. Achtziger. Achte auf die Haare. Die Klamotten. Die Kacheln. Gott, diese Kacheln. Wie bei meiner Tante Gerti.»

Hark war überwältigt von dem Netz an Fotografien, und er musste an Mirjanas Wandbild der Verdächtigen denken, das in seinem Hotelzimmer prangte. Aber während die pastellfarbenen Karten mit den möglichen Mördern von Josef Monningen das Streben nach Gerechtigkeit repräsentierten, hatte der Lagerraum im Keller des Industriegebäudes etwas abgrundtief Böses an sich. Hark blickte zum Holzstuhl. Wer auch immer darauf gesessen hatte, war fokussiert gewesen auf die junge Frau. Ihre blitzenden Augen. Ihr Lächeln, so unbeschwert und frei. Tilla fror, als sie an den Projektor herantrat und den Schalter umlegte.

Es surrte. Klapperte.

Das Geräusch war nostalgisch, und nostalgisch war auch das zitternde Weißbild, das sich über die Wand mit Fotos der jungen Schönheit legte. Es dauerte einige Sekunden, dann wurde die helle Fläche dunkel. Hark und Tilla sahen Pinien. Das Meer. Ein Strand, verkratzt und staubig, und dann –

«Das ist sie», sagte Hark, als die junge Frau in einem weißen Sommerkleid in die Kamera lachte. Sie lief davon. Ein Familienfilm, vielleicht von den Eltern aufgenommen. Jetzt waren da Felsen, an denen sich Ozeanwellen brachen, und dann das Gesicht des Mädchens auf einer Terrasse. Sommerabend. Weingläser. Stummes Gelächter zum ratternden Motor des Projektors.

«Sie muss mittlerweile Rentnerin sein», sagte Hark. «Lebt vielleicht noch auf der Insel.»

«Das ist nicht die Insel», meinte Tilla.

Flackernd erbebte das Bild, als die Kamera der jungen Frau durch ein Dorf folgte. Mittagshitze. Geschlossene Fenster. Schmucklose Altbauten, über deren angrenzende Steintreppen das Mädchen jetzt zu einer Kirche emporstieg.

«Stopp», raunte Hark. Tilla hielt den Projektor an. Jede Bewegung fror ein. Hark ging näher an die Bilderwand heran, selbst beleuchtet von der Großaufnahme der Frau, von ihren sanften Augen und einem geheimnisvollen Lächeln. Lange Haare umspielten ihr Gesicht. Staub tanzte vor der Linse.

«Wer bist du?», fragte Hark leise und klopfte auf die Wand, zweimal. Tilla ließ den Film weiter laufen. Mit jeder weiteren Szene wurde das Mädchen jünger. Erst kellnerte sie, dann sah man sie bei ihrer Verabschiedung aus der Schule. Die Bilder wurden gelbstichiger. Verwaschener. Geburtstage. Ferien. Fünf Jahre, älter konnte das Mädchen nicht sein, als es wie ein Schattenriss vor einem Weihnachtsbaum saß und Geschenke auspackte.

Vorbei. Der Film lief aus. Weißbild.

Der Projektor stoppte.

«Hark», sagte Tilla plötzlich. Sie starrte auf die stillstehende Filmrolle. Ein Aufkleber darauf. Mit einer ungeübten Handschrift hingekritzelt. Ein Name. Nicht mehr.

«Adeline», las Hark.

«Ich brauche Luft», presste Tilla hervor. Frische Luft saugte sie auch ein, nachdem sie den Lagerraum und den Keller und dann das Haus verlassen hatte. Vom Frachthafen folgte Hark ihr zum Meer. Klärend rauschte der Regen. Ein Junge führte seinen Hund spazieren, einsam und von den Knien bis zur Kapuze gelb in seinem Poncho. Tilla klimperte mit dem Autoschlüssel in ihrer Tasche, während der Wind aufbrandete.

«Der Wagen», sagte sie matt, «den müssen wir finden.»

«Und wie?», fragte Hark, während er sich schmerzvoll auf eine Bank sinken ließ. Er sah zum steingrauen Meer.

«Die meisten Bauarbeiter, die parken billig auf dem Festland. Der große Parkplatz. Vielleicht haben wir Glück.»

«Im Auto könnte ein Führerschein drin sein.»

«Oder eine Frauenleiche.»

«Also fahren wir aufs Festland?», fragte Hark.

«Du fährst allein», seufzte Tilla und gab Hark den Wagenschlüssel. Erstaunt blickte Hark seine Freundin an.

«Ohne dich?»

«Es ist Mittwoch, Hark. Samstag bist du weg. Das Ganze wird immer undurchsichtiger. Was hat die Wasserleiche mit Monningen zu tun? Warum baut jemand einer unbekannten schwarzhaarigen Schönheit einen Schrein in einem Kellerraum? Was zum Teufel soll dieser Stuhl da?»

«Ich weiß nicht, ob ich das überhaupt wissen will.»

«Alles hängt zusammen. Aber uns läuft die Zeit davon.»

«Die Zeit zerfrisst alles», sagte Hark nachdenklich.

«Was?»

«Nichts. Was machst du stattdessen?»

Ungeniert griff Tilla in Harks linke Manteltasche und dann in die rechte, um ebenfalls einen Schlüssel zu finden, viel filigraner als der, den sie Hark gegeben hatte.

«Gero von Steinbrinks Schrank der Schande», sagte sie. «Wenn wir schon eingeladen wurden, dann kann ich mich auch durch die Akten wühlen und gucken, ob mir was auffällt.»

«Das wird Dunja vom Empfang ganz sicher freuen.»

«Oh, ich bin der Endgegner für alle Dunjas von allen Empfängen dieser Welt», raunte Tilla und verbeugte sich.

Mühsam stand Hark auf. Die Suche nach dem Auto eines Toten mochte spannender klingen als der Abstieg in Gero von Steinbrinks Archive, aber wenn Hark ehrlich war, dann hasste er es, sich von Tilla zu trennen. Schon jetzt spürte er die Hitze an seiner Stirn, die sich wie Fieber anfühlte, ohne Fieber zu sein. Über der Nordsee hingen grüne Sturmwolken. Bäume bogen sich knarzend. Dankbar für den nasskalten Wind fuhr Hark sich durch die tropfenden Haare. Als er Tilla auf ihrem Weg zur Bushaltestelle hinterherblickte, hoffte er, dass sich das Band der Freundschaft mit jedem Meter des Meeres zwischen ihnen nur spannen würde, statt zu reißen.

Hark drückte seinen Stressball.

* * *

Dunja vom Empfang lächelte nicht.

Tilla hatte an der Tür der Kanzlei geklingelt und in die Überwachungskamera gewunken, von deren Existenz sie eben erst erfahren hatte. Hoch oben am Zaun war sie angebracht. Tilla hoffte, dass Dunja auf den Monitor starrte, während sie ein zweites Mal klingelte und Gesten in die Kamera machte, die nach geöffneten Türen und umgedrehten Schlüsseln aussahen.

Endlich öffnete sich das Tor.

Tilla nahm die Treppe zur Haustür, leichtfüßig trotz aller Müdigkeit, während sie auf den Löwenkopf starrte, mit dem man gegen das Holz klopfen konnte. Doch Dunja öffnete, bevor Tilla nach dem Ring im Maul des Tieres greifen konnte. Enttäuscht betrat sie die Eingangshalle und sah die Empfangsdame, deren Gesicht ebenso geschminkt wie grimmig war.

«Was?», fragte Dunja nur.

«Herr von Steinbrink hat uns erlaubt, sein Archiv für die Ermittlungen zu nutzen», antwortete Tilla. Sie zeigte Geros Schlüssel. Dunja starrte skeptisch darauf.

«Er hat Ihnen seinen Schlüssel gegeben?»

«Sieht so aus.»

«Gott, dieser Kerl», zischte Dunja, bevor sie sich wieder fing und Haltung annahm. Auf hohen Schuhen klickerte sie durch die Empfangshalle zur Kellertür. Tilla folgte ihr. Ein wandgroßes Gemälde, an dem sie vorbeiging, zeigte Hirsche bei der Jagd.

«Wir brechen mehrere Gesetze, wenn wir Sie durch die Archive unserer Kanzlei gehen lassen», sagte Dunja.

«Ich verrate nichts», antwortete Tilla.

«Sie dürfen keine Fotos machen, keine Tonaufnahmen und ganz sicher keine Videos. Ihr Handy bleibt hier oben.»

«Jetzt durchkreuzen Sie all meine bösen Pläne.»

«Um achtzehn Uhr müssen Sie wieder draußen sein», sagte Dunja, während sie Tillas Telefon nahm. Tilla kräuselte die Nase. Sanft klimperte sie mit dem Schlüssel.

«Tag und Nacht. Hat Herr von Steinbrink gestern selbst gesagt», flüsterte sie, als wolle sie Dunja nicht vor den Kopf stoßen. Die Empfangsdame atmete ein und aus, und Tilla war sich nicht sicher, ob sie gedanklich gerade hier war oder an einem sonnigeren Ort, an dem man meditieren konnte.

«Hat Ihnen Herr von Steinbrink auch die Codes unserer Alarmanlage verraten?», fragte Dunja mit betonter Ruhe.

«Nein.»

«Oder hat er Ihnen seine Schlüsselkarte für unser Tiefgaragentor gegeben?»

«Nicht, dass ich wüsste.»

«Kennen Sie den östlichen Notausgang? Den westlichen?»

«Weder noch.»

«Dann müssen Sie um achtzehn Uhr wieder draußen sein oder bis morgen früh auf Aktenordnern schlafen», säuselte Dunja und öffnete die Kellertür. Scharniere quietschten, als wollten sie Tilla auf den Weg nach unten einstimmen.

«Achtzehn Uhr», sagte Tilla. «Bin pünktlich.»

Sie nahm die ersten Stufen, als Dunja hinter ihr die Tür zuwarf, zu wuchtig für ein Versehen. Tilla zuckte zusammen. Sie schleuderte der Empfangsdame einen stummen Fluch entgegen, bevor sie hinabstieg in die Tiefe des Kellers.

Tiefe des Kellers, dachte Tilla. *Sei nicht albern.*

Als sie am Fuß der Treppe ankam, erstaunte sie die Richtung des Flurs, der vor ihr lag. Tilla hätte schwören können, dass Gero von Steinbrink und Hark gestern nach rechts gegangen waren und nicht nach links, wie sie jetzt gehen musste.

Aber das Gefühl mochte nur der Nervosität geschuldet sein, die Tilla spürte, und sie musste nicht einmal das Ende des Ganges erreichen, bis sie verstand, warum sie nervös war.

Hark Herforth fehlte ihr.

Kopfschüttelnd bog Tilla in einen anderen Korridor ab.

Sie mochte an die Ermittlungen gedacht haben, als sie Hark an seine Abreise am Samstag erinnert hatte. Doch jetzt dämmerte ihr, dass es nur noch drei Nächte waren, bis ihr neuer Freund aus ihrem Leben verschwinden würde, als hätte es ihn nie gegeben. Am Fährhafen würde sie ihn verabschieden, und Hark würde nach Hause fahren, in sein altes Leben, zu seinen alten Freunden und seiner Familie – wenn er überhaupt eine hatte. Nicht einmal das wusste sie.

Nichts schien Tilla über ihn zu wissen.

Die nächste Kurve. Dann eine Eisentür, die Tilla mit Geros Schlüssel aufschloss, und der stockfinstere Raum, in dem sie erst mal den uralten Lichtschalter finden musste. In flackernder Helligkeit standen die Metallregale da, Dutzende, in Gängen, deren Länge Tilla erst jetzt erfasste, als sie allein hier unten war. Kein Raum lag vor ihr, dachte sie, sondern eine Lagerhalle. Die Geschichte der Inselkanzlei von Steinbrink, geführt in dritter Generation in einer von drei Städten.

Und immer diese welligen Haare.

Tilla sah Ordner und Bücher, Lexika und graue Mappen,

Dokumente und Fotos und massive Schubladen, während sie durch die Reihen schritt. Jahreszahlen vor ihrer Geburt. Namen, die sie kannte, meist von ihren Eltern oder von Restaurants und Läden hier im Ort. Griff sie nach einer Akte, dann las sie von Menschen, mit deren Kindern sie zur Schule gegangen war, oder von Geschäftsleuten, die Unternehmen geführt hatten. Cafés. Buchläden. Zimmervermittlung. Man hatte niemals nur einen Lebensweg hier draußen, so sagte man. Es sei denn, man fotografierte Sandhaufen für eine selbst kopierte Zeitung.

Tilla fand den letzten Schrank.

Eine ganze Schrankwand, sah sie jetzt, nicht nur ein Schrank. Gestern hatte sie auf Geros Worte geachtet. Darauf, ob er sie einlullen wollte mit seinen Lügen. Aber jetzt, da Tilla wusste, dass Gero von Steinbrink nichts mit dem Tod Josef Monningens zu tun hatte, war ihr Blick wie geschärft.

«Stehend klärt man keine Morde auf.»

Stühle aus Stahl fand Tilla in der letzten Regalreihe, und einen Tisch, auch wenn er zu schwer wirkte, um bewegt zu werden. Tilla versuchte es trotzdem. Sie sammelte ihre Kraft, dann zog sie den Tisch mit all seinem Gewicht über den steinernen Boden, heraus aus der Passage und bis zum Schrank der Schande. Das Geräusch kreischte in ihren Ohren. Kratzer auf dem Boden, die man nicht ignorieren konnte. Tilla entschied, dass das ein Problem für morgen war, nicht für heute, und öffnete die erste von vielen Schranktüren.

«Kackscheiße», entfuhr es ihr.

Sortiert war hier kaum etwas. Ordnung mochte in den restlichen Regalen herrschen, aber hier, im Schrank, den die Monningens und Gero von Steinbrink besser verbrannt hätten, drückten sich Namen auf den Ordnerrücken an obskure Wörter, waren Rechnungen nicht abgeheftet und Briefe nicht datiert. Tilla seufzte, als sie wahllos einen Schwung Papier griff. Sie setzte sich an den Tisch. Rieb die Augen und las die ersten Zeilen des ersten Dokumentes.

Auch Hark rieb seine Augen.

Oben, auf dem Schiff.

Er wusste, wie dämlich es war, bei Sturm und Regen einsam auf dem Außendeck zu sitzen. Eine einzige Familie hatte sich hochgewagt, um Hark wie einen Irren anzustarren und dann wieder in das Café der Fähre zu flüchten.

Hark legte den Kopf zurück.

Nichts als drohende Wolkenlandschaften über ihm.

Durch die Schiebetür hätte er gehen können, abwärts in den Bauch des Schiffes, wo es warme Plätze gab, und Tee. Doch Hark hatte die Eisentreppe nach oben genommen, wo es mit jeder Stufe ungemütlicher wurde. Als er humpelnd die höchste Plattform erreicht hatte, waren ihm die Pfützen auf den tiefroten Sitzbänken egal gewesen. Widerspenstig hatte er seinen Kragen hochgeschlagen, um sich ins Nasse zu setzen und sich vorzustellen, was Tilla wohl dazu gesagt hätte.

Andere Leute bezahlen für Sitzbäder viel Geld.

Hark lächelte in den Regen hinein.

Bis er an Samstag dachte.

Er stellte sich vor, wie er in ein paar Tagen mit gepackter Reisetasche hier stehen würde, auf dem Rückweg in eine Großstadt, die gesichtslos und gewaltig war, und zu Menschen, die sein Leid nicht verstanden, wenn sie es denn überhaupt kannten. Harks Eltern waren seit Jahren tot. Geschwister hatte er nicht. Nichts wartete zu Hause auf Hark, nur ein Beruf, den er nicht mehr verstand, und eine Wohnung, in der alles holzfarben war, weil Hark bei der Einrichtung keinerlei Ideen gehabt hatte. Tief in seinen gezerrten Muskeln spürte er, wie die Fähre im Wasser rumpelte, als sie draußen auf der See drehte und endgültig Kurs auf das Festland nahm.

Dieses verdammte Festland.

Hark spürte mehr und mehr Wassertropfen auf seinem Gesicht. Er schloss die Augen und versuchte, an das Auto des Toten zu denken, und daran, was die Leiche mit Josef Monningen zu tun haben mochte, und an den Raum mit den alten Fotos einer jungen Frau. An brennende Wattführer dachte Hark, und an mordende Immobilienhaie, an eiserne Tiere und schlohweiße Hirsche und Urgroßmütter, die Ermittlungen sabotierten. Selbst an den Stiefel des Fremden dachte Hark. Den Stiefel, den er noch immer vor sich sah und den er noch immer in seinen Eingeweiden fühlte.

Alles, damit er nicht an Samstag denken musste.

Hark bemerkte den Mann in schweren Stiefeln nicht, der ihn von der fernen Reling aus beobachtete, gehüllt in einen Regenmantel, von dessen Kapuze Wasser in Strömen herablief.

* * *

An Land tobte das Unwetter so stark, dass Hark in der Empfangshalle des Hafens einen Regenschirm kaufte. Wie ein Idiot fühlte er sich, als er auf den Vorplatz trat und den aufgespannten Schirm vor seinen Körper hielt. Klatschnass war er. Seine Finger drohten abzufrieren. Der Schriftzug der Insel prangte überfröhlich und lächerlich auf dem hellen Blau des Schirms, während der Regenguss wilder als in den letzten Tagen auf Hark einprasselte. In der Schlange für die nächste Fähre stand kein Auto. Kein Mensch saß im Café. Die Kälte hatte endgültig den Kampf gegen Harks Mantel gewonnen. Er zitterte. Seine Knochen summten vor eisigem Schmerz.

«Ich könnte gerade gemütlich in Gero von Steinbrinks Keller sitzen», sagte Hark gegen die heftig umschlagenden Windböen zu seinem treuen Schirm.

Der Weg vom Hafen bis zum Parkplatz war weiter, als er geglaubt hatte. Als Hark im Wolkenbruch eine Autowerkstatt ansteuerte, um dahinter den Wegweisern folgend eine steil abwärts führende Rampe zu finden, erinnerte er sich daran, dass er mit seinen Eltern früher auf der anderen Seite des Deichs geparkt hatte. Kleiner war alles gewesen, wusste Hark noch, und improvisierter. Die Fläche hingegen, auf die er jetzt stieß, war gewaltig. Geteert. Geordnet. Harks Schirm flatterte. Knickte um. Und flog davon.

«Verräter», schrie Hark in die Regenwand.

Fast leer war der endlos scheinende Parkplatz.

Die wenigen Fahrzeuge, die hier standen, waren weit verstreut. Einige Monate noch, dann würde es im Osterurlaub keinen einzigen freien Platz mehr geben. Aber jetzt, als Hark das erste Auto ansteuerte, erinnerte ihn die Stimmung an einen winterlichen Friedhof. Hark zog sich den Mantel über den Kopf.

Es war nicht der erste Wagen, und auch nicht der, zu dem sich Hark danach vorkämpfte. Erst, als er das ferne Ende der Fläche erreichte, fiel ihm ganz hinten ein kleines Auto auf, so rostrot wie verrostet. Das Alter passte, Marke und Fabrikat auch, so viel wusste Hark. Er näherte sich dem Wagen. Chaos im Innenraum. Essensreste. Zigaretten, die gleichen wie im Hotel. Hark beugte sich zum Nummernschild vor. Gelb. Eine Dreizehn im Kennzeichen.

«Frankreich», wisperte Hark.

Er wurde beobachtet, als er den Autoschlüssel aus seiner Jackentasche holte und ihn im Schloss drehte. Es klickte. Triumphierend öffnete Hark die Tür. Eine Wand von übler Luft schlug ihm entgegen, aber Hark zwängte sich trotzdem auf den Fahrersitz und schloss sich ein, um den Regentropfen auf dem Dach zu lauschen. Es schien absurd, dass der Besitzer des Autos tot war. Eine Decke, die Hark auf dem Rücksitz fand, hätte noch warm sein können. Auf der alten Gitarre mochte der rot tätowierte Mann eben noch gespielt haben. Ein Kissen war durchgelegen. Wildromantisch.

Im Auto schlafen ist toll, wenn man es nicht tun muss, hatte Harks Vater einmal gesagt. Hark wusste nicht mehr, was sie besprochen hatten. Er klappte die Sonnenblende herunter, um einen Führerschein zu suchen. Vergebens.

Das Handschuhfach.

Hark musste dagegenschlagen, um es zu öffnen. Ein ganzer Schwall von Münzen ergoss sich auf den Beifahrersitz. Hark blinzelte, bevor er verstand, was er sah.

«Kleingeld für die Maut ...»

Er legte den Kopf schief, als er etwas in der Tiefe des Handschuhfachs erblickte. Eine Musikkassette, selbst aufgenommen. Kein Titel. Hark legte das Tape ein. Ließ die Zündung des Wagens an. Er schaltete das Autoradio ein, bis rauschende melancholische Musik ertönte. Gitarren und Streicher und französische Worte, gehaucht von einer Sängerin mit weicher Stimme. Ein zärtliches Lied voller Sehnsucht nach etwas, das Hark im Kopf nicht verstand.

Im Herzen dafür umso mehr.

Hark gestattete sich ein Lächeln, bis er in den Rückspiegel schaute. Eine Gestalt im Regenmantel sah er, jedoch weit genug entfernt, um nur ein Tourist zu sein, oder ein Arbeiter auf dem Weg zu seinem eigenen Auto. Angespannt richtete Hark seine Aufmerksamkeit auf den Kofferraum.

Eine Frauenleiche, hatte Tilla gesagt.

Regentropfen hämmerten auf ihn nieder, als Hark die Autotür hinter sich zuschlug. Innerhalb von Sekunden war er wieder durchnässt und musste sich das Wasser aus den Augen wischen. Er ging um den Wagen herum und schloss die Heckklappe auf.

«Eins», zählte Hark. «Zwei.»

Und endlich: «Drei.»

Er riss die Klappe hoch.

Nur Chaos. Leere Tüten. Abfall. Alkoholflaschen.

Beinahe hätte Hark die Klappe wieder zufallen lassen, überlegte es sich aber doch anders. Er musste sich überwinden, die Hände tief in die Habseligkeiten und Abfälle des Toten vom Ostheller zu stecken, aber Hark schob und wühlte, er wendete und suchte, bis tatsächlich etwas Weißes unter einer Papiertasche aufblitzte. Hark kniff die Augen zusammen, um es besser erkennen zu können.

Er streckte die Hand aus.

Und lachte gänzlich fassungslos laut auf …

… gerade dann, als Tilla Flock neun Kilometer weiter

nördlich aufkreischte. Eine kalte Hand lag plötzlich auf ihrer Schulter.

«Oh du meine Güte, Entschuldigung», keuchte Dunja vom Empfang, «ich wollte Sie nicht erschrecken.»

«Dann schleichen Sie sich doch nicht so an, hier unten in diesem Horrorkeller!», platzte es aus Tilla heraus. Dunja sah sie irritiert an. Tilla sah irritiert zurück.

«Horrorkeller?», wiederholte Dunja.

«Sorry. Mein Bedarf an staubigen, dunklen Räumen ist für heute gedeckt. Oder für den Rest meines Lebens.»

«Was genau machen Sie dann in unseren Archiven?»

«Das frage ich mich selbst gerade», antwortete Tilla und schob einen weiteren Stapel Papier zur Seite. Erst jetzt sah sie die Tasse in Dunjas Hand.

«Kaffee», sagte die Empfangsdame. «Für Sie.»

«Ist das eine Friedensgeste, Dunja vom Empfang?»

«Eigentlich ist es ganz nett, jemanden im Haus zu haben. Ich weiß, wie einsam es hier unten sein kann.»

Während Dunja die Tasse auf den Tisch stellte, lehnte Tilla sich zurück. Erst jetzt bemerkte sie, dass die Frau unter der Schminke hübsch war und verletzlich wirkte. Dunja lehnte sich ihrerseits an ein Metallregal.

«Im Ernst», sagte sie, «was genau suchen Sie?»

«Irgendeine Verbindung der Monningens zu einer Leiche, die gestern Morgen hinter dem Ostheller angespült wurde. Oder etwas aus den letzten siebzig Jahren, was enthüllen könnte, welche Feinde die Familie auf der Insel hat.»

«Die Monningens haben keine Feinde», sagte Dunja.

«Haben sie nicht?»

«Nur Freunde und solche, die es werden wollen.»

Tilla überlegte. Sie blätterte durch die Papiere, die sie schon durchsucht hatte, und starrte zu den Reihen von Ordnern, die noch im Regal standen. Weniger wurden es nicht.

«Es macht keinen Sinn», sagte Tilla entnervt. «Die meisten Namen in diesen Akten kenne ich nicht einmal.»

«Sie sollten auch nicht nach Namen suchen», erwiderte Dunja. Tilla sah sie an.

«Wonach dann?»

«Beziehungen äußern sich in Zahlen, nicht in Namen. Stellen Sie sich vor, Josef Monningen hätte einen Auftrag vergeben für ein Geschäft. Irgendwo in diesen Akten steht dann eine große Geldsumme, die von einem anderen Unternehmer an die Monningens geflossen ist.»

«Und?», fragte Tilla.

«Wenn ein Unternehmer den Zuschlag von Josef gekriegt hat, dann gibt es einen anderen, der ihn nicht gekriegt hat. Welcher von denen ist wütend auf Monningen? Der Sieger? Oder der Verlierer? Zahlen. Sie suchen nach auffälligen Zahlen. Ich würde bei großen Summen anfangen.»

«Ist ... ist irgendwas hiervon digitalisiert? Sodass wir mit dem Computer suchen können?»

«Wie Krabbenpulen», sagte Dunja. «Alles Handarbeit.»

Ein Stöhnen. Tilla öffnete einen Ordner. Aber dieses Mal achtete sie nicht auf Firmennamen, nicht auf Vorgänge und Unterschriften, sondern auf Ausgaben, auf Einnahmen und Tabellen mit Werten. Beinahe bemerkte sie nicht, dass Dunja sich einen eigenen Stuhl nahm und sich setzte, um ebenfalls nach einer Akte zu greifen, und so saßen die zwei Frauen im Lichtkegel, lesend und markierend vor endlosen Aktenschränken.

Hark eilte derweil auf die Fähre.

Dieses Mal blieb er als einziger Passagier unten, in der Wärme der tieferen Stockwerke, wo das Meer nah genug tobte, um Wellen gegen die Fenster krachen zu lassen. Die Rückfahrt zur Insel schien endlos, so dringend wollte Hark zu Tilla, um ihr zu zeigen, was er gefunden hatte. Er legte die weiße Plastikkarte auf den Tisch, laminiert und von Hand geschnitten, wie man es nur noch selten sah.

Es war der Ausweis einer Videothek.

Längst kannte Hark keinen Laden mehr, in dem man Filme ausleihen konnte. Alle hatten geschlossen. Hark dachte an früher, an Samstagabende mit dem Duft von Popcorn und Stunden, in denen man zwischen tausend Titeln wählte.

«Jean-Baptiste Moulière», murmelte Hark den Namen auf dem Ausweis. Stumm las er die Adresse der Videothek, die in einem Dorf irgendwo an der südfranzösischen Küste liegen musste. Cassis hieß der Ort.

Jean-Baptiste Moulière hieß der Tote.

Adeline hieß die unbekannte schwarzhaarige Frau.

Hark blickte aus dem Fenster. Regen und Salzwasser liefen die Scheiben hinab, auch wenn sich der Sturm langsam legte. Hark schämte sich nicht für die Gänsehaut auf seinen Armen. Er hatte den Namen eines Toten ermittelt, auch wenn er die Rolle des Mannes und seine Verbindung zur jungen Adeline nicht verstand. Und doch hatte sich das französische Lied in Harks Kopf verfangen, als er über die See fuhr, und in den Hafen der Insel, deren Dünen noch so viele Geheimnisse bargen.

* * *

Tilla wünschte, sie hätte Harks Stressball.

Vielleicht war eine Stunde vergangen. Vielleicht zwei. Vielleicht war es schon Abend. Tilla hatte jedes Gefühl für Zeit verloren im Archivkeller, in dem sie noch immer Dunja gegenübersaß. Beide Frauen gähnten gleichzeitig.

«Sinnlos», sagte Tilla. «Viel zu viel Material.»

«Was haben Sie erwartet?», gab Dunja zurück. «Dass in Gero von Steinbrinks Schrank illegaler Aktivitäten fein säuberlich aufgelistet ist, wer einen Grund für die öffentliche Verbrennung Josef Monningens hatte?»

«Ein bisschen.»

«Gucken Sie dahinten, unter M wie Mörder.»

Tilla verdrehte die Augen. Sie stand auf, um sich zu recken. *Monningen*, las sie auf dem Schild, das über dem Schrank der Schande prangte. Sie hatte viel recherchiert zu fragwürdigen Geschäften, zu Verflechtungen mit Politikern, die der Familie über Jahrzehnte Vorteile verschafft hatten. Josef Monningen war ruchlos gewesen. Seinen Besitz hatte er verteidigt und vergrößert, und vielleicht war sein Tod die logische Konsequenz des Lebens gewesen, das er geführt hatte.

Aber nichts davon fand Tilla in den Akten.

«Wir bräuchten Jahreszahlen», stöhnte sie. «Konkrete Zeitpunkte, um die Daten einzugrenzen. Das ist wie die Suche nach einer bestimmten Alge in der Nordsee. Zeitverschwendung.»

«Es gibt Fälle», sagte Dunja, «die sind unlösbar. Wir haben als Inselkanzlei nicht viel mit investigativer Arbeit zu tun, aber ich weiß, dass manchmal alle Wege einer Geschichte in Sackgassen enden. Das ist Schicksal.»

Tilla knirschte mit den Zähnen, auch wieder, als sie die Treppe zur Eingangshalle hinaufstieg. Sie ließ die Villa hinter sich, um auf der menschenleeren Straße in einen Strudel aus Gedanken abzutauchen. Frustriert fragte sie sich, wozu sie überhaupt gut war, wenn sie noch nicht einmal in einem Schrank voller Beweise für halblegale Aktivitäten eine Spur fand, die zu Josef Monningens Mörder führte. Tilla blickte von links nach rechts. Sie wusste nicht, in welche Richtung sie gehen sollte, ob zur Pension oder nach Hause oder zu Ariane oder einfach ans Meer, wo niemand mit ihr sprechen würde, weil niemand sie sah. So hilflos fühlte sich Tilla, dass sie die Hände in den Nacken legte und ein wütendes Stöhnen ausstieß, das zu einem Schrei geworden wäre ...

... wenn nicht plötzlich Hark vor ihr gestanden hätte.

Noch immer war er pitschenass.

«Ich habe nichts», presste Tilla hervor.

«Ich habe einen Namen», rief Hark, mit verblüffend viel Kraft und wenig Achtung für die Erkältung, die er sich sicher einfangen würde. Auf dem Weg durch die Stadt zeigte er den Mitgliedsausweis von Jean-Baptiste Moulière und berichtete vom rostigen französischen Auto, und als Tilla und Hark in die Pension hasteten, waren sie so tief ins Gespräch versunken, dass sie Mirjana an der Rezeption fast nicht bemerkten. Angestrengt dachte Tilla nach.

«Jean-Baptiste Moulière», sagte sie. «So einen Namen muss man doch finden. Eine Telefonnummer.»

«Da unten telefoniert man bestimmt noch. Mit Schnur.»

«Vielleicht lebt diese Adeline in Cassis.»

«Vielleicht», sagte Hark nachdenklich, gerade dann, als Mirjana sich über den Tresen reckte.

«Waren Sie erfolgreich?», fragte sie fröhlich. Nachdem Tilla und Hark ihr alles erzählt hatten, folgten sie der jungen Rezeptionistin hinter den Empfang, als wäre das Hotel ihr eigenes Heim. Hark stand, während Tilla und Mirjana am Computer saßen und nach Moulière suchten.

«Moulière», sagte Mirjana im viel zu grellen Schein des Monitors. «Wissen Sie, was das heißt? La Moulière?»

«Nein?»

«Muschelbank», antwortete die Rezeptionistin. Tilla schmunzelte kopfschüttelnd. Hark sah Mirjana erstaunt an.

«Sie sprechen Französisch?»

«Und Serbisch, Finnisch und ein wenig Plattdeutsch.»

Mirjana tippte, ohne Harks und Tillas beeindruckte Gesichter zu registrieren, las und tippte erneut, um dann mit den Schultern zu zucken.

«Keine Telefonnummer. Nichts zu einem Jean-Baptiste in Cassis. Möglicherweise hat er seine Spuren verwischt. Meine Mutter traut niemandem mit Tätowierungen.»

«Meine Mutter traut niemandem ohne Tätowierungen», antwortete Tilla. «Wilde Vergangenheit.»

Hark starrte frustriert auf den Monitor. So nah schien ein Fortschritt im Fall, doch so weit entfernt wirkte gleichzeitig das Dorf, aus dem Jean-Baptiste Moulière kam. Der Umweg, den die Suche nach dem Mörder Josef Monningens genommen hatte, war ausufernd. Unerwartet. Hark spürte den gezerrten Nacken.

«Wen können wir fragen?», überlegte er. «Ein gefährlich aussehender Typ voller Tattoos. Es muss doch jemanden geben, der die Leute des Ortes kennt. Die Geschichten. Die Dramen.»

Eine Idee ließ Tilla zur Rezeption blicken. Auf dem Tresen lagen die letzten Ausgaben des Küstengrußes aus.

«Je kleiner die Zeitung, desto größer die Nähe ...»

«Wie bitte?», fragte Mirjana.

«Wir brauchen die Chefredaktion der kleinsten – nein, der allerkleinsten Lokalzeitung der Region um Cassis herum. Niemand ist tiefer drin in den Storys als Journalisten, die am Puls ihrer Dörfer leben. Kein Polizist. Kein Politiker. Glaubt mir – wenn ich eines weiß, dann das.»

«Und wenn wir eine Zeitung finden?»

Ein Grinsen umspielte Tillas Mund, als sie mit ihrem Stuhl näher zu Mirjana rollte. Sie senkte die Stimme.

«Ich wette, Sie können dolmetschen.»

* * *

Ariane Flock stand mit offenem Mund da, als Tilla, Hark und die hoch motivierte Mirjana die Redaktion betraten. Sie wirkte genauso verwundert wie ihr Kollege Thomas Manschott, während Hark die Schreibtische zusammenrückte und Tilla eines der Telefone griff, das Kabel so lang wie möglich zog und es auf das neu geformte Tischviereck knallte. Die Rezeptionistin stellte eilig Stühle auf, bevor sie erst Thomas Manschott ansah –

«Sie müssen das Telefonat transkribieren, bitte.»

– und dann die fassungslose Ariane.

«Und Sie müssen am Computer recherchieren, wenn Ihnen Daten oder Namen auffallen.»

«Namen? Welche Namen?»

Tilla erklärte knapp, was sie erklären musste, doch

246

Ariane wirkte nicht weniger ratlos, als Mirjana sich an den Tisch setzte und den Lautsprecherknopf des Telefons drückte.

«Warum könnt ihr das nicht selbst machen?», fragte Ariane. Die junge Rezeptionistin wählte die Nummer, ohne aufzublicken.

«Können Sie sich vorstellen, wie diese beiden mitschreiben und parallel am Computer suchen?», flüsterte sie und nickte fast unmerklich in Tillas und Harks Richtung. Einen Moment lang zögerten Ariane und Thomas. Dann setzten sie sich wortlos an den Tisch und hörten zu, während die Telefonleitung klickte. Ein ausländischer Klingelton hallte durch den Raum.

Und hallte.

Und hallte.

«Oui?», ertönte die tiefe Stimme eines Mannes.

«Das heißt ja», flüsterte Thomas. Tilla stieß ihn an, damit er schwieg.

«Monsieur Perrault, La Voix des Calanques?», fragte Mirjana mit perfekter Aussprache. Dann begann sie eine Unterhaltung, von der Hark, Tilla und Ariane kaum ein Wort verstanden.

Nur Thomas hörte zu und raunte plötzlich in die Stille des Raumes: «Sie hat gefragt, ob Pascal Perrault die Redaktion leite und bereit sei, einer Lokaljournalistin bei der Lösung eines Mordfalls behilflich zu sein. Ist er.»

Tilla, Hark und Ariane sahen gleichzeitig zu Thomas. Er hob die Hände, unschlüssig, was sie von ihm wollten.

«Was?», fragte er. «Wart ihr nie in der Schule?»

«Ich hab mein großes Latinum», flüsterte Hark.

«Wenn Tote doch nur tote Sprachen sprechen würden», sagte Thomas, um sich dann wieder dem Gespräch von Mirjana zu widmen. Die Rezeptionistin nickte, während sie den Worten von Pascal Perrault lauschte. Seine Stimme klang weich, aber bestimmt. Tilla stieß Mirjana sanft an.

«Fragen Sie ihn, warum eine tätowierte Leiche aus seiner Gegend an meiner Insel angeschwemmt wird», flüsterte sie.

Hark hing an Mirjanas Lippen, als sie nach Jean-Baptiste Moulière fragte, und dann sah er Thomas an.

«Also?», zischte Hark.

«Ja, man kennt Jean-Baptiste in der Region», wisperte Thomas. «Der Mann war Teil einer Truppe von Schlägern. Zuhälter. Dealer. Aber nicht deswegen ist Moulière dort berüchtigt.»

«Weswegen dann?»

«Wegen seiner Schwester», antwortete Mirjana stirnrunzelnd, und Thomas nickte. Er hörte weiter zu, um dann zu übersetzen.

«Scheint, als sei Jean-Baptistes Schwester Anfang der Achtziger ... Moment. Was heißt noch mal *disparaître*?»

Tilla schnipste mit den Fingern, bis Ariane verstand und flink auf der Tastatur des Computers tippte. Sie ging französische Begriffe durch, schneller und schneller, und dann las sie und blickte auf. Tilla sah sie fragend an.

«Verschwunden», flüsterte Ariane. «Verschwunden!»

«Wie heißt die Schwester?», fragte Mirjana auf Französisch. Perraults Stimme rauschte aus dem Lautsprecher.

«Aline?», sagte er unsicher. «Amélie?»

«Adeline?», rief Tilla atemlos in den Raum. Heimlich drückte sie Harks Hand. Niemand wagte, etwas zu sagen.

«Oui», antwortete Perrault endlich. «Adeline.»

Fünf Herzen hämmerten, während Mirjana für Pascal Perrault übersetzte. Perrault schlug vor, eine Mitarbeiterin aus dem Archiv zu holen, die Ewigkeiten für die *Voix des Calanques* arbeitete und das Verschwinden der jungen Adeline Moulière sicher mitbekommen hatte. Ariane kritzelte Stichworte, wie sie vielleicht früher Stichworte gekritzelt hatte, in den großen Redaktionen. Die Archivarin kam ans Telefon.

Mirjana übersetzte. Wort für Wort.

Kaffee lief gluckernd durch die Maschine.

«Adeline war ein Freigeist», übersetzte die junge Rezeptionistin. «Ein süßes Mädchen. Die Achtziger waren eine Zeit der Sehnsucht. Adeline wollte weg, raus aus dem spießigen Elternhaus. Ihr Bruder Jean-Baptiste zog mit ihr los. Freunde nahmen sie in einem Bus mit. Sie fuhren durch Europa. Machten Musik. Ein glückliches Leben.»

Alle lauschten den altersschweren Erzählungen der Zeitungsarchivarin. Traurig klang sie, als sie fortfuhr.

«In Deutschland zerstritt sich die Gruppe dann, nach Monaten. Alle fuhren zurück nach Frankreich. Adeline nicht.»

Als Mirjana sanft den französischen Namen aussprach, regte sich etwas in Tilla. Eine Erinnerung. Sie wusste nicht, warum sie daran dachte, aber sie hörte die Stimme eines Mannes, der den Namen sagte.

«Adeline ...», flüsterte Tilla.

«Adeline blieb allein zurück», übersetzte Thomas. «Sie zog bis zur Küste. Nahm die erstbeste Fähre auf eine Insel und heuerte als Kellnerin an, bei einer Familie, die Hotels besaß, und Kneipen. Den Namen weiß ich nicht mehr.»

«Monningen?», fragte Hark.

«Peut-être», sagte die Archivarin am Telefon.

Vielleicht.

Tilla und Hark blickten sich an. Beide nickten sanft, während Ariane Flock ein fasziniertes Lächeln nicht zurückhalten konnte. Sie schrieb, bis sie mit Schwung die volle Seite abriss.

«Qu-est-ce qui s'est passé après?», fragte Mirjana.

«Was ist dann passiert?», dolmetschte Thomas.

«Adeline zog weiter. Dann verlor sich ihre Spur, im Frühling 1981. Ich erinnere mich an die Verzweiflung ihrer Eltern. Aber Adeline war ein Hippie, wissen Sie. Man suchte nicht wirklich nach ihr. Die Welt war eine andere, damals.»

«Jean-Baptiste», rief Hark in den Raum. «Warum kam er auf die Insel? Gerade jetzt?»

Stille. Mirjana sprach. Die Archivarin antwortete.

«Wahrscheinlich suchte er Seelenfrieden», übersetzte Thomas. «Adelines Verschwinden hat die Moulières zerstört. Die Eltern starben, ohne ein Wort von ihrer Tochter zu hören. Und Jean-Baptiste geriet auf die schiefe Bahn. So viele Leben waren ruiniert. Nur ein Mädchen. Vom Erdboden verschluckt.»

Die alte Frau schien zu erschöpft, um weiterzureden. Während Mirjana das Gespräch zu Ende brachte, setzte sich Hark. Er fasste das Gehörte zusammen und sah seine Worte in Bildern vor sich.

«Anfang der Achtziger reist eine junge Französin auf unsere Insel. Sie arbeitet. Für die Monningens. Irgendwann geht sie wieder und verschwindet spurlos. Ganze vierzig

Jahre später kommt ihr Bruder Jean-Baptiste zu uns, aber er wird brutal ermordet und seine Leiche angespült. Und das drei Tage, nachdem Josef Monningen auf der Georgshöhe verbrannt worden ist.»

«Während irgendjemand verhindern möchte, dass Sie zwei weiter ermitteln», sagte Mirjana.

Jeder in der Runde dachte darüber nach, was geschehen sein könnte. Nur Tilla lächelte Hark an.

«Was?», fragte er.

«Unsere Insel. Du hast von unserer Insel gesprochen.»

Hark lächelte zurück.

«Frühling 81», sagte er nachdenklich.

«Frühling 81», stimmte Tilla zu. «Frühling 81 ...»

Sie stand auf, so ruckartig, dass auch Hark aufsprang. Beide sahen sich an und nickten, und bevor die anderen auch nur an eine Frage denken konnten, waren Hark und Tilla schon verschwunden. So, wie sie eben noch von der Kanzlei zur Pension gehastet waren, hasteten sie jetzt von der Redaktion zurück zur Kanzlei und dort an der verblüfften Dunja vorbei hinab in die Keller und zum Archiv und in die Gänge mit ihrem Wust an Jahreszahlen.

«Frühling 81», wisperte Tilla, gänzlich elektrisiert.

* * *

«Wenn Adeline Moulière für die Monningens gearbeitet hat, muss es Unterlagen geben», raunte Hark, während er die Regale ablief. Er strich über Plaketten mit den Jahren, nach denen die Ordner sortiert waren. Tilla stimmte zu.

«Arbeitsverträge.»

«Kommunikation.»

«Irgendwas.» Tilla drang in die Tiefe der Gänge vor. «Vielleicht sogar Informationen zu ihrem toten Bruder. Jeder Mensch hinterlässt doch Spuren!»

Eilig zogen Hark und Tilla am auslaufenden Jahrzehnt vorbei, bogen um die Ecke und dann noch einmal, um die frühen Zweitausender hinter sich zu lassen. Die Neunzigerjahre wurden in einem schmalen Gang aufbewahrt, den kaum ein Lichtstrahl erreichte. Im Halbdunkel fand Tilla das richtige Jahrzehnt, dessen Schilder schon vergilbt waren. Mit halb zugekniffenen Augen las sie gravierte Inschriften, während sie den richtigen Bereich suchte. So viele Ordner gab es, dass sie in Kisten gesammelt waren, eine Box für jedes Jahr.

«88», flüsterte Tilla, «87, 86, 85 ...»

Einundachtzig.

Hark wuchtete einen schweren, staubigen Karton aus dem Regal.

Es krachte, als er ihn auf den Stahltisch fallen ließ.

Tilla zog einen Ordner heraus. Hark einen anderen. Sie schlugen die Seiten auf und blätterten, nahmen mehr Akten heraus und durchforsteten auch diese, erst noch energisch, dann mit skeptischen Blicken und am Ende ratlos.

«Nichts», sagte Hark nach einer Ewigkeit. «Nichts.»

«Tausend Verträge.» Tilla schloss den vierten Ordner oder den fünften. «Handwerker. Lieferanten. Therapie für Bertram. Sonst nichts.»

«Bertram Monningen baute 1981 ab? Ausgerechnet?»

«Zumindest war er seit diesem Jahr in Therapie.»

Nachdenklich blätterte Tilla weiter. Personalakten. Berichte. Listen von Angestellten, getippt auf altmodischen

Schreibmaschinen, Lebensläufe und Arbeitszeugnisse. Unzählige Menschen hatten die Monningens angestellt, aber –

«Fuck», zischte Tilla. «Jede Aushilfe hat eine Akte. Jede Putzkraft ist minutiös aufgeführt. Aber von Adeline Moulière gibt es nicht einmal einen Fetzen Papier.»

Tilla und Hark seufzten gemeinsam. Sie setzten sich auf die Stahlstühle, und Tilla machte so lange eine Geste mit der Hand, bis Hark verstand und den Stressball aus seiner Tasche kramte. Er gab ihn seiner Freundin. Gummi quietschte rhythmisch. Staub tanzte in der schalen Luft. Tilla dachte nach, auch wenn sie kaum noch Kraft dafür fand.

«Beziehungen äußern sich in Zahlen, nicht in Namen», brummte sie nach einer Weile. Ihre Augen schmerzten.

«Was?»

«Auffällige Zahlen. Große Zahlen. Letzter Versuch, Hark, dann bin ich endgültig durch. Dann zeige ich dir nur noch das Bademuseum und die Wattausstellung, versprochen.»

«Langweilig», meinte Hark, während er mit einem kalten Krampf in den Armen nach weiteren Ordnern griff. Ein letztes Mal blätterte er, Seite an Seite mit Tilla, doch er nahm kaum noch wahr, was er vor sich sah. In den Tabellen fand er Wüsten von Ziffern. Graue Textflecken. Werte, so abstrakt, dass Hark den wichtigsten fast übersehen hätte.

«Tilla», rief er plötzlich. Er blätterte zurück.

«Was ist das?»

«Ein Kaufvertrag. Für ein Haus. In Hamburg.»

«Josef hat ständig was gekauft», sagte Tilla mit einem Augenrollen. «Auch auf dem Festland. Halt das Tempo, Hark.»

«Aber dieses Haus ist, äh … teurer», sagte Hark.

Gemeinsam mit Tilla sah er sich den Vertrag an. Längst

gab es die Bank nicht mehr. Aber den Namen der Person, für die Josef das Stadthaus gekauft hatte, kannte Hark, und auch Tilla staunte, als sie ihn las.

«Dortje Monningen», sagte sie und starrte mit Hark auf die exorbitante Summe am Ende des Vertrages.

«Ganz normal, seiner Tochter ein Objekt im Wert der heiligen katholischen Kirche zu kaufen, oder? Und das im selben Jahr, in dem ein Mädchen spurlos verschwindet? Ein Mädchen, das eigentlich in diesen Akten auftauchen sollte?»

Tilla und Hark überlegten gemeinsam. Fieberhaft.

«Dortje verwaltete alle Unterlagen der Familie, bevor sie Künstlerin wurde», sagte Tilla endlich. «Vielleicht hat Josef Monningen gar nicht seine Tochter beschenkt.»

«Sondern?»

«Die Frau, die Anfang 1981 seine Bücher geführt hat.»

Hark atmete durch. Alles in ihm brannte darauf, mit Dortje Monningen zu sprechen. Sie mussten verbunden sein, dieser Beginn einer längst vergessenen Dekade und das französische Geschwisterpaar und Dortjes Haus und Wester und Josef und Bertram Monningen, der einst gesprochen hatte, bis er es nicht mehr tat.

* * *

Dortje Monningens Künstlerinnenhände waren filigran, aber der Ton, den sie dem Cello entlockte, klang tief und bedrohlich. Er gesellte sich zu anderen Tönen, von anderen Spielern des Kammerorchesters, und das Lied, das sie jetzt auf der Bühne anstimmten, war klein und schnell und böse.

Dortje schloss die Augen.

Der Abendhimmel lag dunkelblau über dem Kurtheater, als Hark und Tilla die Türen erreichten. Altweiße Mauern aus hochherrschaftlichen Zeiten waren verschandelt von einem Vorbau, der schon jetzt rostete, als wäre er älter als die ältesten Gebäude der Insel. Tilla wusste, dass Dortje Monningen mittwochs mit dem Orchester probte, im großen Theatersaal, der nun erfüllt war von den Klängen klassischer Musik. Hark und Tilla eilten durch die Reihen leerer Stühle, bespannt mit rotem Samt, im voluminösen Licht von Lampen, die an stuckverzierten Decken hingen. Balkone boten die besten Plätze. Gold funkelte. Es roch nach Holzpolitur.

Dortje Monningen entdeckte Tilla und Hark, sobald sie die Augen wieder öffnete. Einen einzelnen falschen Ton spielte sie.

«Hier?», fragte sie später, als Hark und Tilla sich mit ihr in eine mittlere Sitzreihe setzten.

«Es ist dringend», antwortete Tilla.

«Das hier ist mein Refugium. Nichts kann dringend sein in einem Refugium», sagte Dortje, aber Hark schien keine Lust zu haben auf den sphärischen Klang ihrer Stimme.

«Warum kauft ein Vater seiner Tochter ein Stadthaus, das selbst damals ein Vermögen gekostet haben muss? In Hamburg? Einer darbenden Künstlerin?»

«Ich ...»

«Und das ausgerechnet 1981? Ereignisreiches Jahr.»

Dortje Monningen blickte von Tilla zu Hark und dann zurück zu Tilla, aber sie sah bloß zwei versteinerte Gesichter. Harks Wunden waren tiefrot geworden. Seine üblen Prellungen blau. Tilla sah müde aus. Wild entschlossen. Ihre

Fingernägel waren abgekaut. Ihre Haare wirr. Sie hatten viel hinter sich gebracht in diesen letzten Tagen, Hark Herforth und Tilla Flock, und Dortje Monningen spürte das. Sie wählte ihre Worte mit Bedacht.

«Mein Vater investierte immer gern in seine Familie», sagte sie. «Er hat Westers Haus gekauft und meines auch.»

«Aber dieser Kauf», erwiderte Tilla, «der war etwas Besonderes. Diese Großzügigkeit. Dieses Objekt. Gekauft im selben Frühling, in dem Ihr Onkel Bertram verstummte.»

«Und in dem eine junge Frau auf der Insel auftauchte und dann verschwand», fügte Hark hinzu. «Adeline Moulière.»

«Ich frage mich, warum Sie und Ihre Mutter wollen, dass wir nicht mehr ermitteln», sagte Tilla. «Warum Hark und ich verfolgt werden. Verprügelt. Fast überfahren.»

Hark sah Dortje Monningen mit stechenden Augen an.

«Helfen Sie uns, Dortje. Reden Sie. Ihre Schultern sind zu schmal für das, was sie tragen müssen. Sie spüren es doch selbst. Glauben Sie mir, ich erkenne Traurigkeit.»

Dortje blickte auf Harks Priesterkragen unter seinem Mantel. Im Hintergrund stimmte das Orchester ein klassisches Lied an, ruhiger jetzt, mit weichen Tönen. Dortje blinzelte, ihre Augen waren feucht. Sie sah zu Boden.

«Das Haus war eine Belohnung», sagte sie leise.

«Wofür?»

«Für meine Fähigkeiten als Buchhalterin, Namen aus Büchern verschwinden zu lassen. Namen von ... jungen Frauen.»

Das Lied war beinahe vorbei, als Dortje Monningen die Kraft fand, zu sprechen. Lange hatten Tilla und Hark ihr Zeit gegeben, bevor sie endlich aufblickte.

«Das Mädchen war zu uns gekommen», sagte sie. «Eine Französin. Adeline. Mein Vater hatte sie eingestellt, so wie die anderen Hippies und Straßenkinder, die er einstellte. Ich glaube, er hatte ein Herz für die Heimatlosen.»

Tilla schwieg. Hark ebenso.

«Sie war hübsch, wissen Sie? Jung. Makellos. Ganz anders als meine Mutter, die eine Härte hatte vom Leben hier. Adeline hatte endlos wallende Haare. Kurven. Glänzende Augen. An Mama war alles praktisch, immer schon. Papa war dem Mädchen verfallen. Er wollte sie. Es war erbärmlich.»

Im Hintergrund packten die anderen Musiker ihre Instrumente ein. Ein Knall hallte durch den Saal, als die Scheinwerfer über der Bühne ausgeschaltet wurden.

«Wir konnten nichts dagegen machen», fuhr Dortje Monningen fort. «Papa verbrachte die Tage mit Adeline. Die Nächte. Es musste geschehen, was dann geschah, nach ein paar Monaten.»

«Was?», fragte Tilla, obwohl sie die Antwort kannte.

«Adeline wurde schwanger. Nur Wochen nachdem meine Mutter eine ... Fehlgeburt gehabt hatte. Das war endgültig zu viel Demütigung für sie. Also stellte meine Mutter Adeline Moulière zur Rede, und dann ...»

«Dann was?», fragte Hark leise. Die letzten Musiker hatten die Bühne verlassen. Der Saal wurde dunkler.

«Dann gab sie dem Mädchen Geld, um zu verschwinden. Viel Geld. Adeline verließ bei Nacht und Nebel die Insel. Schwanger. Und meine Eltern versprachen mir das Stadthaus, wenn ich alles, was an sie erinnerte, aus den Akten tilge.»

Die Türen hinter der Bühne wurden geschlossen, während sich eine andere öffnete. Weder Tilla noch Hark sahen den Mann im Regenmantel, der den Saal betrat, und sie hörten seine Schritte nicht, als er durch die Reihen ging. Alles, was sie hörten, war Dortje Monningens Stimme.

«Vater versprach, sich zu ändern. Den Weg zurück zu seinem Glauben zu finden. Als Onkel Bertram krank wurde, kam die Familie wieder zusammen. Vater war nicht mehr in seinen Kneipen, abends, sondern auf der Georgshöhe, wo er betete und Buße tat. Alles war anders von diesem Tag an.»

Der Mann kam näher. Dortje sah ihn, doch er legte nur den Finger auf die Lippen, während er sich Hark und Tilla näherte, unbemerkt. Nasse Fußspuren auf samtrotem Teppich.

«Verstehen Sie jetzt, warum wir nicht wollten, dass Sie alte Wunden aufreißen?», fragte Dortje. Hark sah sie an.

«Und warum liegt Adeline Moulières Bruder tot in einem Leichenschauhaus?», fragte er, gerade dann, als er aus den Augenwinkeln eine Gestalt sah, die seine Sitzreihe betrat. Ein Mann war es, breit und unnatürlich hochgewachsen, und Hark wusste nicht, ob er zuerst in sein rotes Gesicht sehen sollte oder auf die schweren Stiefel, die er so gut kannte.

Es war Karl Arneke.

Der Besitzer von Josef Monningens Kneipe, der Hark einmal fast zusammengeschlagen hätte mit seinem Brecheisen, und der sein Werk vollendet hatte auf der Straße, nachts, vor dem Hotel. Hark sah die Stiefel noch vor sich.

«Herr Pfarrer», grollte Karl, «wir müssen reden.»

«Lauf», zischte Hark. Er stand auf. Riss Tilla hoch.

«Was?»

«Lauf!»

Tilla und Hark stürzten durch die Tür, die in die Garderoben der Künstler führte. Sie hatten sich auf die Bühne hochgezerrt, waren gerannt und gestolpert und dann gegen den Türrahmen geknallt, als sie beide gleichzeitig den Griff packen wollten. Jetzt hasteten sie durch leere Räume, hinter ihnen Karl Arneke, der mit einer für seine Größe unerwarteten Wildheit durch die Gänge donnerte, die Harks Herz beinahe platzen ließ. Tilla zog ihn zur Seite.

«Hier!»

Sie hatte den ersten Notausgang gefunden, während Karl aufholte, seine Hand beinahe an Harks Mantel. Durch stille Gänge jagten sie. Das Kammerorchester hatte das Haus längst verlassen. Niemand würde merken, wenn Arneke Tilla und Hark mit seinen Pranken umbrachte. Niemand würde ihre Schreie hören. Tilla warf sich gegen eine Feuertür. Motten summten um den Scheinwerfer herum, der jetzt ein fliehendes Paar beleuchtete. Tilla und Hark sprangen Treppenstufen hinunter auf den Kies, der das Kurtheater umgab. Steine spritzten auf.

«Wohin?», schrie Hark. Seine Eingeweide brannten.

«Da!»

Tilla kannte noch immer Schleichwege, die zu mehr Schleichwegen führten. Sie zog Hark an Büschen und Bäumen vorbei in eine Gasse, die zu einer zweiten Gasse wurde. Bewegungsmelder ließen Lichter angehen. Hunde bellten hinter verschlossenen Türen. Tilla wartete, bis sie die nächste größere Straße gekreuzt hatten, um wieder zwischen zwei Häusern zu verschwinden. Von Karl Arneke war nichts mehr zu sehen.

«Wir können nicht zum Hotel», keuchte Tilla.

«Wohin dann?»

«Vielleicht ...»

Tilla konnte den Satz nicht beenden. Ein Geländewagen schoss plötzlich mit heulendem Motor um die Kurve, dasselbe Auto, das Tilla und Hark fast auf ihrem Tandem überfahren hätte. Der Wagen raste auf sie zu wie auf zwei Rehe, die im Scheinwerferlicht festgefroren waren.

Dieses Mal war es Hark, der Tilla zur Seite zog.

Der Wagen rauschte an ihnen vorbei, so knapp, dass Tillas Haare aufgewirbelt wurden und Harks Mantel flatterte. Mit einem Aufschrei rannte Tilla weiter, jetzt wieder vor Hark, aber hier gab es keinen Schleichweg. Nur eine Straße, die breit genug für Busse war. Hark sah, wie Karls Wagen an der nächsten Kreuzung drehte, so schnell, dass der Anblick beängstigend war.

Tilla Flock und Hark Herforth rannten um ihr Leben.

Den Fahrradladen, in dem sie vor tausend Jahren ihr Tandem gemietet hatten, bemerkten sie kaum. Das Denkmal mit der Möwe. Sie hörten den Geländewagen hinter sich, während sie um die Kurve stolperten, und dann war er neben ihnen, auf der Straße, und Tilla und Hark auf dem Bürgersteig.

«Tilla», brüllte Hark.

«Was?»

«Stopp!»

Hark blieb abrupt stehen. Er hielt Tilla fest, sodass auch sie strauchelte, aber nicht weiterlief, und weil der Wagen von Karl Arneke nicht schnell genug bremsen konnte, preschten Hark und Tilla im roten Schein der Rücklichter über die Straße, um an der nächsten Kreuzung abzubiegen.

Weiter.

In Richtung Meer.

Die Straße, in der Hark den Hirsch gesehen hatte.

Noch während Hark überlegte, dass sie nicht ewig wei-
terrennen konnten, wuchtete der Geländewagen sein Gewicht hinter ihnen um die Kurve, gab Gas und holte bedrohlich auf. Erst die königsblaue Beleuchtung des großen
Hotels gab Hark Hoffnung. Gemeinsam mit Tilla wich er
der Stoßstange des beinahe schleudernden Autos aus, um
die Tür des Hotels aufzustoßen und in die Lobby zu hetzen,
schreiend –

Doch niemand war hier. Alles dunkel.

«Fuck», kreischte Tilla.

«Weiter!»

Arneke hatte seinen Wagen schräg auf der Straße stehen
lassen. Die Autotür stand offen. Er platzte in die Eingangshalle und sah Hark und Tilla im Gang, der zu den Aufzügen
führte und zum Schwimmbad. Karl setzte seinen massiven
Körper in Bewegung. Mit jedem Meter lief er schneller.

Hark sah die Bar des Hotels an sich vorbeirauschen.

Leer.

Es schien, als gebe es keine Gäste, und wenn es doch welche gab, dann waren sie auf ihren Zimmern, behütet in ihrer
kleinen, heilen Welt. Sobald Hark und Tilla den Aufzug erreicht hatten, drückten sie wie von Sinnen den Rufknopf,
aber Arneke hatte sie fast erreicht. Als er selbst vor den sich
öffnenden Türen ankam, fiel die Tür des Treppenhauses neben dem Aufzug gerade ins Schloss.

«Hoch», keuchte Tilla.

Verschwitzt schafften sie es ins erste Stockwerk. Ins

zweite. Durch Glaswände und Innenfenster sahen sie ihren Verfolger im Aufzug. Er kam näher, aber Tilla riss im Treppenhaus die nächstbeste Tür auf und sah einen Korridor vor sich, von dem Zimmer abzweigten, links und rechts und bis zum Ende des Flurs.

«Notausgang», presste Hark hervor.

Sie mobilisierten ihre letzten Kräfte, um zum fernen Ende des Flures zu rennen, zu taumeln, zu stolpern. Karl Arneke hingegen schien nicht einmal aus der Puste zu sein. Als Hark die Tür des Notausgangs aufstieß und sich mit Tilla in einem blau beleuchteten, kreisrunden Treppenhaus wiederfand, überlegte keiner von beiden lange. Sie flohen nach oben, nicht nach unten.

Ein Fehler.

Jede Stufe ragte vor ihnen auf wie ein Berg.

Jeder Schritt zerriss die Fasern in Harks Körper.

Sie fielen fast aufwärts, als sie die letzte Treppenstufe erreichten und sich von dort aus durch eine schwere Tür ins Freie kämpften. Ein Aussichtsturm. Das Dach des Hotels. Sterne über ihnen und die Lichter der Stadt im Dunkeln und das Meer. Aber kein Ausweg. Keine Leiter. Ganze vier Stockwerke unter ihnen lag die rettende Straße.

«Hark?», jaulte Tilla verzweifelt.

Hark sah sich ebenso verzweifelt um.

Im blauen Treppenhaus war in diesem Moment alles still. Karl Arneke kannte das Haus. Er kannte den Turm, und er wusste, dass Hark Herforth und Tilla Flock dort gefangen waren. Geduldig drehte er die Klinke, drückte die Tür gegen die Wucht des Windes auf und betrat das Dach.

«Herr Pfarrer?», sagte Karl. «Tilla?»

Keine Antwort.

Arneke ging weiter. Eine Sitzbank stand in der Mitte des Aussichtsturms. Niemand hockte dahinter, als Karl sich bedrohlich über die Lehne beugte. Niemand konnte dahinter hocken, denn Hark und Tilla kauerten versteckt auf dem angrenzenden Hoteldach, Silhouetten vor der fernen Georgshöhe.

«Die Monningens», raunte Karl, «würden sehr gern besprechen, ob es finanzielle Anreize für eine Abreise gibt. Von euch beiden. Es ist viel wärmer auf dem Festland.»

Tilla schloss die Augen. Als hätte Karl ihre Gedanken gehört, zückte er ein Messer, bevor er seinen Blick auf die Balustrade richtete. Er schien sie absuchen zu wollen, Stück für Stück, und mit jedem Moment kam er Tilla näher, und Hark, der neben ihr hockte und den Atem anhielt.

Alles tat ihm weh.

Nichts fühlte sich normal an.

«Lasst uns wie Erwachsene darüber reden», rief Karl.

Hark wusste nicht, warum er plötzlich aufsprang und sich über die Brüstung auf Karl Arneke stürzte. Er wusste auch nicht, woher er die Kraft nahm, sich gegen den Hünen zu werfen, wieder und wieder, bis dem das Messer aus den Fingern fiel. Hark drückte Karl voller Wucht an das gegenüberliegende Geländer und stieß mit einem Schrei so fest gegen Arnekes gewaltigen Brustkorb, dass …

… Karl Arneke rücklings über die Balustrade kippte.

Und fiel.

Schreiend.

Bis er auf den Boden schmetterte.

Alles war plötzlich ruhig. Hark konnte das Meer hören.

Das Blut in seinen Ohren. Er zog Tilla an sich und brach mit ihr zusammen. Gemeinsam starrten sie das Messer auf den Holzbohlen an, während Arneke auf dem gefrorenen Rasen tief unter ihnen einen letzten Atemzug machte, königsblau beleuchtet und vielleicht verwirrt darüber, dass sein Leben so plötzlich enden sollte.

* * *

«Karl Arneke», sagte Tillas Vater leise. Er schüttelte den Kopf, bevor er sich aufrichtete und die Leiche seinem Kollegen Helge Weingärtner überließ. Waldemar Übbing war zum besseren Überblick auf eine Mauer geklettert.

Tilla und Hark saßen auf einer Bank vor dem Hotel, Arm in Arm unter einer Notfalldecke. Keiner von beiden versuchte auch nur, sich den Leichnam des Mannes anzusehen, der sie hatte umbringen wollen. Tilla schluchzte vor Kälte, als ihr Vater sich neben sie setzte. Enno Flock kämpfte mit den Worten.

«Sieht so aus», brachte er schließlich hervor, «als hättet ihr zwei bei den Monningens ganz schön was ausgegraben.»

«Sieht so aus», sagte Tilla matt.

«Nach jetzigem Stand denken wir, dass Adeline Moulière damals tatsächlich von Josef schwanger wurde. Sie wurde der Insel verwiesen und verschwand. Vierzig Jahre später kommt ihr Bruder auf die Insel, tötet aus Rache Josef Monningen und wird seinerseits von Karl Arneke umgebracht, der für die Monningens offensichtlich die Drecksarbeit erledigte. All das wollte man unter den Teppich kehren. Selbst mich haben die Monningens dafür benutzt. Meine Güte.»

«Ein Haufen redlicher Menschen», sagte Hark. Enno Flock nickte. Helge Weingärtner verscheuchte Schaulustige.

«Ich weiß nicht, wer in dieser Familie mit wem in welche illegalen Aktivitäten verstrickt ist», sagte Tillas Vater. «Aber die nächsten Tage werden für Elisabeth, Wester und Dortje unbequem sein. Morgen befragen wir sie.»

«Morgen erst?», fragte Tilla erstaunt.

«Tilla, Elisabeth Monningen ist hundert Jahre alt. Glaubst du wirklich, die packt die Koffer und flieht?»

Die Notfalldecke raschelte im Wind. Tilla schwieg.

«Der Schrank der Schande», sagte Hark stattdessen.

«Was?»

«Gero von Steinbrink hat im Familienarchiv Akten mit den Greatest Hits der Monningens. Alles, was illegal war. Geschäfte. Immobiliensachen. Bestechungen. Was auch immer die Familie getan hat, Sie finden es in diesen Akten.»

«Und es gibt einen Lagerraum», hauchte Tilla. «Am Hafen. Mit Fotos und Filmen von Adeline. Frag mich nicht, warum, Paps. Alle Rätsel haben wir nicht lösen können.»

«Aber viele», sagte Enno. Tilla lächelte müde.

«Wird man nach ihr suchen?», fragte sie.

«Adeline? Ja. Aber wir werden sie nicht finden.»

«Warum nicht?»

«Die Achtziger waren wild für junge Zugvögel. Mit dem Geld der Monningens kann das Mädchen sonst wo gelandet sein. Holland. England. Vielleicht auf einem Tanker nach Übersee. Wie gesagt, die Achtziger waren wild.»

«Ich erinnere mich verschwommen», sagte Hark und nickte in einem Augenblick seltener Einigkeit gleichzeitig mit Enno Flock. Ein Moment verging, bevor Flock seinen Mut zusammennahm und seine Tochter ansah.

«Hör zu ...»

«Papa», unterbrach Tilla ihn, «ich will heute Nacht nicht im Hotel schlafen. Können Hark und ich nach Hause kommen? Zu dir? Und Mama? Ganz ohne Drama?»

Enno Flock nahm die Hand seines Mädchens.

Kurze Zeit später warf er im Rückspiegel einen Blick nach hinten, wo Tilla an Harks Schulter gelehnt auf dem Rücksitz des Polizeiwagens saß. Laternenlichter glitten über das Gesicht seiner Tochter. Orangefarbene Nachtstimmung auf dem Weg zum Hafen und von dort aus in das Wohnviertel, in dem Tilla Flock aufgewachsen war.

Hark stützte Tilla auf dem Weg nach drinnen.

Auf der Treppe zu ihrem Zimmer.

Alles hier sah aus, wie es zu Tillas Jugendzeiten ausgesehen haben musste. Ein Leben im Stillstand, so muteten die Wände an, und die beklebte Kommode, und das Bett mit bunt karierter Bettwäsche. Als Tilla unter ihre Decke glitt, war Hark sich sicher, dass der Radiowecker sie schon für die Schule geweckt hatte, damals, als die Zukunft noch vor Tilla Flock gelegen hatte wie ein großes, spannendes Rätsel.

Tilla schlief einen unruhigen Schlaf.

Hark schloss neben ihr die Augen.

Filmplakate auf Teddybärtapete.

* * *

DONNERSTAG

N ebel.

Was Tilla sah, als sie kurz nach Tagesanbruch aus dem Fenster guckte, war der dickste Nebel, den sie seit Langem zu Gesicht bekommen hatte. Pures Grau schien aus der Dunkelheit vor ihr zu wabern, sodass die Bäume gleich neben dem Haus der Flocks Schemen glichen, schwarz, wenn sie nah standen, und fast unsichtbar, wenn sie die Grundstücksgrenze einfassten.

Nur Nebel.

Tilla ließ Hark schlafen. Lautlos zog sie einen Morgenmantel an und ging nach unten in die Küche. Sie machte genug Kaffee für alle, auch wenn außer ihr noch niemand wach war. Während der Duft frisch gemahlener Bohnen durch den halbdunklen Raum zog, füllte Tilla ihre Tasse und betrat das Atelier ihrer Mutter.

Sie liebte die Selbstporträts.

Lore Flock hatte sich mal mit, mal ohne Rollstuhl gemalt. Mal mit Infusionen. Mal ohne. Mal mit Sorgenfalten und dann wieder ohne, wie sie einst ausgesehen hatte, bevor das Leben der Flocks implodiert war in einem einzigen Jahr.

Tilla betrachtete die Leinwand und die Inseln von Farben und Pinseln auf Hockern, die ihre Mutter immer da aufbaute, wo sie gerade malen wollte. Der Raum war chaotisch wie die Frau, die in ihm malte, und die Tochter der Frau, die nicht malen konnte, aber schreiben. Wenn man sie ließ.

Zurück im Wohnzimmer fand Tilla ein Foto, das Hark aus Jean-Baptiste Moulières Zimmer mitgebracht hatte. Adeline Moulière mit ihrer rabenschwarzen Haarpracht. Adeline, für die Josef Monningen ein Lügner geworden war, ein Betrüger, selbst dann, als seine Frau eine Fehlgeburt erlitten hatte.

Tilla spürte ein eigenartiges Kribbeln in der Nase.

«Fehlgeburt», wisperte sie in die Stille des Raumes hinein.

Niemand hatte die Frage beantworten können, zu welchem Zweck Adelines Bruder einen Schrein seiner Schwester neben seinem Zimmer aufgebaut hatte, über vierzig Jahre nach ihrer überstürzten Abreise von der Insel. Sicher war nur, dass Jean-Baptiste Moulière Josef Monningen auf die Georgshöhe gelockt haben musste, um ihn anzuzünden. Ein später Akt der Rache, dachte Tilla. Rache für die Lebenswege, die sich wegen der Monningens getrennt hatten. Rache für Adelines Schwangerschaft. Für ihre Liebe zu einem alten Mann.

Alter Mann, dachte Tilla. *Josef Monningen* ...

Wieder kribbelte ihre Nase.

Sie trank einen Schluck Kaffee.

Tilla dachte an den Filmprojektor und an die stummen, verwaschenen Aufnahmen von Adeline Moulières Leben, die sie betrachtet hatte. Ein bezauberndes kleines Mädchen war mit den Jahren größer geworden. Hatte die Schule beendet. Gearbeitet. Gelacht. Gefeiert. Und dann, dann hatte sie beschlossen, als Blumenkind durch die Welt zu ziehen, in diesem längst verblassten Jahrzehnt, als –

Tilla erstarrte.

Elisabeth und Josef sah sie jetzt vor sich, gebeugt von

hundert Jahren, und dann wieder Adeline, so jung und schön und makellos. Tilla rechnete zurück, wie sie in Gero von Steinbrinks Archiv zurückgerechnet hatte.

«2020», flüsterte sie, «2010, 2000, 1990 ...»

Adeline.

Josef.

Elisabeth.

Eine Fehlgeburt ...

«1981», zischte Tilla. «Holy fuck. Wie blöd sind wir?»

Sie musste sich darauf konzentrieren, auf den Treppenstufen zu ihrem Zimmer nicht zu stolpern, so hastig wollte sie zu Hark. Sie weckte ihn aus einem tiefen, traumlosen Schlaf. Er brummte.

«Wasnlos?»

«Josef Monningen krempelte sein Leben um, richtig?», sagte Tilla. «Aus dem alten Josef wurde der neue Josef.»

«Oh Gott. Wie spät ist es?»

«Weil Elisabeth eine Fehlgeburt hatte. Laut Wester. Und Dortje. Eine Zeitenwende, sagte Elisabeth selbst.»

«Ja», grummelte Hark. Er drehte sich zur Seite. «Und?»

«Ich wette, wenn du das Ehepaar Monningen vor dir siehst, in der Zeit, als Adeline auf die Insel kam, dann sind das zwei Menschen in ihren frühen Vierzigern, oder?»

Hark schien zu überlegen, auch wenn Tilla nur seinen Rücken sah. Seine Stimme klang belegt von Schlaf.

«Hab nie genau drüber nachgedacht», sagte er.

Tilla beugte sich über ihn.

«1981 war Elisabeth Monningen über sechzig», flüsterte sie mit hörbarer Anspannung.

«Was?»

«Über sechzig. Wie viele Frauen kennst du, die in den Achtzigern mit sechzig Jahren schwanger wurden?»

Nebelweißes Morgenlicht hinter den Vorhängen. Möwen.

«Ab neunzig verschwimmt die Lebenszeit», grollte Hark dann. «Hat Pater Visser gesagt. Dir kommt ein ganzes Jahrhundert wie zehn Jahre vor oder so. Bin nicht wach.»

Tilla setzte sich ruppig auf die Bettkante.

«Warum sollte man bei so was lügen? Ausgerechnet bei der Frage nach dem einschneidenden Punkt in Josefs Leben? Wir wussten von der Affäre. Warum eine Fehlgeburt erfinden?»

«Weil sie eine Familie von Lügnern sind.»

«Das ist mir zu einfach, Hark.»

«Tilla», murmelte Hark, «du hast so viel rausgefunden. So viel aufgewirbelt. Überlass die restlichen Fragen deinem Vater, damit er auch was zu tun hat. Leg dich hin. Schlaf. Ich weiß nicht, wie du es schaffst, um diese Zeit so schnell zu reden, aber ich wette, du bist todmüde.»

Tilla war nicht todmüde. Ihre Nerven summten.

Während Hark die Decke wieder hochzog, stand seine Freundin auf, um sich Klamotten überzuwerfen. Lautlos eilte sie nach unten. Einen letzten Blick warf sie auf das Bild von Adeline Moulière, dann griff sie in einer fließenden Bewegung einen Stift und kritzelte Worte auf einen Block. So schnell riss sie das Blatt ab, so eilig legte sie es auf den Küchentresen, dass sie beinahe ihre Kaffeetasse umstieß. Tilla schnappte sich Arianes rote Jacke und verließ das Haus ihrer Eltern.

Draußen wurde eine Autotür zugeschlagen.

Ein Rest Kaffee schwappte in Tillas Tasse.

Der Januarnebel waberte immer dichter, und wenn man konnte, dann sah man Tilla Flock, die mit dem stotternden Minibus ihres Vaters ins undurchdringliche Nichts fuhr, während ihr abgegriffenes Handy nutzlos in ihrem Zimmer lag.

* * *

Hark hörte das Klappern von Geschirr.

Er wachte auf, ohne zu verstehen, dass er allein war. Hervorragend hatte er geschlafen, in der Nacht und auch nach dem frühen Gespräch mit Tilla, und sein Körper fühlte sich zum ersten Mal seit langer Zeit ausgeruht. Nicht einen Moment lang hatte er an die fehlerhaften Prozesse seines Körpers gedacht. Nicht einen Augenblick damit verschwendet, die Tumore zu fürchten, die in ihm wucherten, und die Infarkte, die mit jedem Atemzug näher kamen, vor allem an schlechten Tagen.

Nein, gestern war ein guter Tag gewesen.

Ein seltsames Gefühl blieb trotzdem, als Hark sich aus dem Bett aufraffte. Beim Waschen kam er sich wie ein Eindringling bei den Flocks vor und noch mehr beim Hinuntersteigen der Treppe, dorthin, wo der Flur zum Wohnzimmer führte und zur Küche. Frühstücksduft. Klirrende Tassen.

«Guten Morgen», sagte Hark schüchtern, als wäre er ein fünfzehnjähriger Junge im Haus seiner Freundin.

Dass Tillas Mutter im Rollstuhl saß, hatte Hark nicht gewusst. Sie deckte den Frühstückstisch mit einem Lächeln, und beim Begrüßen hielt sie Harks Hand länger, als er erwartet hatte.

«Sind nur wir zwei heute früh», sagte sie. «Mein Mann ist längst auf der Wache. Tilla ist auch draußen, irgendwo.»

Weder Tillas Mutter noch Hark bemerkten den Zettel auf der Anrichte. Hark setzte sich an den für ihn gedeckten Platz. Tillas Mutter rollte direkt neben ihn, nicht auf die andere Seite des Tisches, und griff nach der Teekanne.

«Lore», sagte sie. «Mutter Ihrer kuriosen Freundin.»

«Hark Herforth. Kurioser Freund Ihrer Tochter.»

«Tee, richtig?»

«Wie aufmerksam», sagte Hark, als Tillas Mutter ihm Ostfriesentee einschenkte. Lore Flock schmunzelte.

«Tilla hat erzählt, dass Sie keinen Kaffee trinken. Sie hat viel von Ihnen erzählt. Das ist ungewöhnlich, wissen Sie? Tilla redet viel, doch sie erzählt fast nichts.»

Lore nahm eine silberne Dose. Löffel um Löffel voll Zucker gab sie in ihren Kaffee. Wie gebannt schaute Hark zu.

«Was für eine Art Freund sind Sie, Pater Herforth?», fragte Tillas Mutter nach einer Weile. Hark nahm einen Schluck Tee.

«Ich schwöre Ihnen bei allem, was mir heilig ist, dass ich die Art Freund bin, bei der sich Eltern keine Sorgen um ihre Tochter machen müssen.»

«Das wäre mal was Neues», sagte Lore, bevor sie sich zur Küchentheke wandte. Sie griff nach einem Tablettenspender, ohne Tillas Kaffeetasse oder die Notiz direkt daneben zu beachten. Zurück am Tisch, sortierte sie ihre Pillen. Zwölf Medikamente zählte Hark. Lore bemerkte seinen Blick.

«Fragen Sie ruhig», sagte sie.

«Was soll ich fragen?»

«Was Sie fragen wollen. Was alle fragen wollen.»

Hark lehnte sich in seinem Stuhl zurück. Er überlegte, lange, bis er sich schließlich räusperte.

«Wie ...», setzte er an, «wie konnten Sie in einem so kleinen Haus zwei so unterschiedliche Mädchen großziehen?»

Ein überraschter Moment der Stille. Lore nahm die ersten Tabletten, bevor sie antwortete.

«Wie man alle Kinder großzieht. Mit der größten Liebe, den größten Ängsten und der größten, tiefsten Müdigkeit.»

«Mein Theologieprofessor hatte einen Spruch. Warum sind Sie müde, wenn ich doch so viel müder bin als Sie?»

«Der kannte Tilly und Arri nicht», sagte Lore lächelnd und blickte zu einem Regal, auf dem Familienfotos standen. Enno Flock mit seinen zwei Mädchen. Lore Flock, laufend und nicht so blass, wie sie jetzt neben Hark saß.

«An einem Tag lebt man ein ganz normales Leben», sagte sie, «und dann schläft man in getrennten Betten, weil man nie mehr die Treppe nach oben gehen wird.»

«Getrennte Betten halten die Liebe frisch», sagte Hark. Lore stieß unbeeindruckt die Luft aus der Nase.

«Getrennte Liebe hält die Betten frisch.»

Die nächsten Medikamente. Große, schwere Pillen. Lore atmete durch und schluckte.

«Hat Tilla Ihnen von Eduard Loos erzählt?», fragte sie mit erstickter Stimme. «Ihrem Artikel?»

Hark nickte.

«Möchten Sie wissen, wann ich meine Diagnose bekommen habe? Ein Jahr, nachdem Eduard sich umgebracht hatte. Auf den Tag.»

Jede Tablette schien Lore jetzt schwerzufallen. Sie unterdrückte ein Würgen.

«Wenn Sie sich also jemals fragen», ächzte sie, «warum meine Tilla sich nicht sonderlich mag, dann führen Sie ein Gespräch mit Gott. Ich weiß nicht, was für eine Art Humor das sein soll, aber in diesem Haus hatten wir genug davon.»

«Vielleicht», sagte Hark, und das weniger vorsichtig, als er wollte, «ist es ja nicht Gott, wegen dem Tilla sich nicht mag. Vielleicht ist es eher ihr Vater.»

«Sehr gewagt für ein erstes Frühstück, Pater.»

«Keiner von uns hat genug Zeit, die Worte weise zu wählen», antwortete Hark. Lore Flock nahm die nächste Pille.

Die Welt vor den Fenstern war nichts als eine weiße Wand. Lores Hals verkrampfte sich. Schwielen auf ihrer Haut. Schatten unter ihren Augen. Hark atmete schwerer.

«Ein Therapeut würde mir wohl sagen, dass Sie alles verkörpern, wovor ich Angst habe», wisperte er nach einer Weile. Lore nickte zu seinem Priesterkragen.

«Ein Therapeut würde mir wohl sagen, dass Sie alles verkörpern, wovor ich Angst habe», wisperte sie zurück.

«Wie seltsam, dass wir uns getroffen haben.»

«Mein Silvesterhoroskop im Küstengruß hat von einem sehr, sehr seltsamen Jahr für unsere Insel gesprochen», sagte Lore Flock und reichte Hark ihr Glas. «Bringen Sie mir noch etwas Wasser? Ich muss die halbe Apotheke schlucken, um zu funktionieren, und glauben Sie mir, Pater, es ist nicht die amüsante Hälfte.»

Hark stand auf. Als er an der Anrichte vorbeiging, bemerkte er endlich die halb leere Kaffeetasse und den Zettel mit Tillas Handschrift daneben. Hark blieb stehen.

Und las.

Und las noch einmal.

«*Ergibt alles keinen Sinn*», stand da. «*Bin bei den Mon-ningens.*»

Hark Herforth fuhr zu Lore Flock herum.

«Ich muss telefonieren!», rief er. Aber als er Tillas Nummer wählte, schallte das Klingeln ihres zurückgelassenen Handys durch das Haus, wieder und wieder.

* * *

Christel konnte ihr Taxi nicht so schnell um die Kurven lenken, wie Hark es wollte. Sie war gekommen, obwohl ihre Schicht erst später begann, und hätte man sie gefragt, dann hätte sie noch nicht einmal sagen können, warum. Als jetzt der Pfarrer auf ihrem Rücksitz saß und sie antrieb, die Serpentinen in den Dünen noch ein wenig enger zu nehmen, verfluchte sie diesen frühen, dunstverhangenen Tag.

«Es reicht jetzt», grollte sie. «Ich kann nicht mit hundert Sachen durch den Nebel fahren. Kapieren Sie das?»

Hark kapierte es nicht.

«Hier», rief er, sobald er die Umrisse des Golfhotels im Weiß sah, flach wie in Bilderbüchern, deren Motive sich mit den Seiten aufstellten. Christel stoppte den Wagen, und Hark sprang hinaus, ohne zu zahlen. Doch die Fahrerin wusste, dass sie ihn wiedersehen würde, früher oder später.

Es war früher.

Hark war durch den Nebel zum Grundstück der Monningens gelaufen und hatte an Türen und Fenstern geklopft. Umsonst. Jetzt stieg er wieder in das Taxi ein und wollte weiter, bis zum Leuchtturm, wo er Tilla in Westers Haus suchen würde.

Er hatte ein mieses Gefühl im Bauch.

Gedanken rasten durch seinen Kopf, während Christel durch den Nebel jagte. Worte hörte er. Erinnerungen, wenn auch undeutlich und so diesig wie die Luft draußen.

Huren. Schnaps. Wutausbrüche, hallte Wester Monningens Stimme in ihm wider, und dann Harks eigene: *Was brachte Ihren Vater dazu, sein Leben zu ändern?*

«Unsere Zeitenwende», murmelte Hark. Elisabeths Worte.

Mutter hatte eine Fehlgeburt, hatte Wester behauptet. Hark dachte an Tillas Frage: *Warum sollte man bei so was lügen?*

«Wie weit noch?», rief er Christel zu.

«Da vorn ist es, Sie Chaot.»

Jeder mochte den neuen Josef, niemand den alten.

Der Mann war kein Engel.

Choleriker erster Güte.

Mit den aufblitzenden Bildern einer jungen Adeline im Kopf, so zart und wehrlos unter Josef Monningens Blicken, stieg Hark aus. Er knallte die Autotür wuchtig genug zu, dass Christel ihn am liebsten angeschrien hätte. Aber bis sie ihr Fenster heruntergekurbelt hatte, war Hark schon im Nebel verschwunden. Keine Chance hätte sie gehabt, ihn in diesen träge wabernden Schwaden zu finden, selbst wenn sie knapp hinter ihm gewesen wäre. Christel seufzte. Nach Wald und Wiese roch der Anhänger aus Pappe an ihrem Rückspiegel.

«Tilla!»

Hark Herforth lief, so schnell es die neblig weiße Landschaft zuließ. Er verließ sich auf sein Glück, nicht gegen einen Baum zu laufen oder einen Zaunpfahl. Als sich der gewaltige eiserne Hirschkopf hoch über ihm aus dem Dunst schälte, kam sich Hark vor wie in seinem Albtraum. Er ließ den Minibus bei Wester Monningens Garage hinter sich, unsicher, wem das Fahrzeug gehörte. Gerade als er rufend an die Haustür klopfen wollte, bemerkte er, dass sie nur angelehnt war. Leise öffnete sie sich.

Mit hämmerndem Herzen blickte Hark zurück.

Nur der Hauch eines Zauns vor endlosem Weiß.

Hark Herforth betrat Wester Monningens Haus.

* * *

Er hätte eine Waffe gebraucht, dachte Hark.

Während er von Diele zu Diele ging, insgeheim überrascht darüber, dass in Westers Haus nichts knarzte und nichts ächzte, fühlte er sich nackt. Nicht, dass er gewusst hätte, was mit einer Waffe anzufangen wäre. Aber in seiner Hand schien etwas zu fehlen, als sie über die Wand strich auf dem Weg ins Wohnzimmer, wo Hark noch vor zwei Tagen mit Wester gesessen und geredet hatte.

Ewig war das her. Hark griff nach der Türklinke.

Elisabeth Monningens Stimme ließ ihn fast aufschreien.

«Kommen Sie ruhig rein, Pater.»

Es war nicht Tilla, die Hark im Raum als Erstes auffiel. Es waren die Koffer. Die Reisetaschen. Die Mäntel. Erst, als Hark begriff, dass die Monningens im Aufbruch waren, nahm er die kühl wirkende Elisabeth auf der Couch wahr, daneben die still und stumm ins Leere starrende Dortje und Bertram Monningen, der in seiner eigenen Welt gefangen war und nichts hörte. Nichts spürte. Nichts sah.

Nicht einmal die gefesselte Tilla Flock.

«Sorry», entfuhr es Tilla. Hark hob eine Augenbraue.

«Ich will meinen Stressball zurück.»

Tilla kauerte auf dem Boden, die Hände gefesselt. Hark fragte sich nicht lange, warum sie nicht geknebelt war. Niemand hätte sie gehört, wenn sie geschrien hätte.

«Keinen Schritt näher», raunte Wester Monningen. «Auf die Knie.»

Wie ein verwitterter Turm stand er über Tilla Flock.

Als Hark sich mit schmerzenden Knochen auf dem Boden niederließ, bemerkte er, dass weder Gero von Steinbrink noch seine Frau Hanna hier waren. Das Gepäck reichte für Elisabeth, Dortje, Bertram und Wester. Sie waren es, die fliehen wollten.

«Nicht sehr christlich», sagte Hark, während er die Waffe in Wester Monningens Hand anstarrte.

«Der Zug ist abgefahren, Pater», erwiderte Wester.

«Dieser Zug fährt niemals ab. Ist Teil des Konzeptes.»

«Wir Monningens haben unseren Weg vor sehr, sehr langer Zeit gewählt», sagte Wester mit brüchiger Stimme. Er schien die Situation zu bedauern, auch wenn er die Pistole mit festem Griff hielt. Hark erwiderte seinen eisig starren Blick.

«Es gab eine Zeitenwende bei Ihrem Vater», sagte er, «den einschneidenden Moment, der Josef dazu brachte, sein Leben zu ändern. Aber es war keine Fehlgeburt. Richtig?»

«Ein Ausrutscher meinerseits», antwortete Wester. «Ich hatte kein Verhör in meinem Haus erwartet. Sie überrumpelten mich. Ich musste schnell improvisieren. Nicht meine Stärke.»

«Das Mädchen. Adeline. Wo ist sie?»

«Nirgendwo.»

«Adeline», flüsterte Bertram Monningen in seinem Rollstuhl, so wie er den Namen geflüstert hatte, als er Tilla vor Tagen im Haus der Monningens überrascht hatte.

«Sie ist nie weitergezogen», zischte Hark. «Ihr Vater hat Dortje das Haus in Hamburg doch nicht gekauft, damit sie eine kleine flirtende Kellnerin aus den Büchern tilgt.»

Keine Antwort. Hark sah zu Dortje. Nichts von der plötzlichen Härte ihrer Mutter hatte sie. Nichts von der Stärke ihres Bruders. Hark wollte weiterreden, aber Tilla kam ihm zuvor.

«Mord», stieß sie düster aus. «Adeline Moulière wurde ermordet. Dortje verwischte ihre Spuren, als hätte sie die Insel nie betreten. Und wurde dafür belohnt. Oder?»

«Adeline», flüsterte Bertram wieder. Hark sah ihn an.

«War es Bertram? Waren Sie es, Wester? Dortje? Nein, das glaube ich nicht. Adeline Moulière wurde ermordet von ...»

«... meinem Mann», unterbrach ihn Elisabeth Monningen.

«Mama», flüsterte Dortje. Elisabeth sprach trotzdem weiter.

«Diese Hure bezirzte ihn. Bis er ihr ein Kind machte. In meinem Haus. In meinem Bett! Schreien wollte ich.»

«Aber eine Dame von Welt schreit nicht», sagte Tilla.

«Oh, Kind, ich habe geschrien. Ich habe so lange geschrien, bis mein Josef das verkommene Ding abgestochen hat, und den Bastard in ihrem Bauch gleich dazu.»

Mit einer plötzlichen Bewegung warf Tilla sich nach vorn, doch Wester packte sie an den Haaren. Riss sie zurück. Noch ehe Hark reagieren konnte, war die Waffe auf ihn gerichtet.

«Ruhig, Pater», sagte Wester. Er nickte Dortje zu, die widerwillig aufstand, um ein dünnes Seil zu holen. Mit kalten Händen zog sie Harks Arme hinter seinen Rücken.

«Erzählen Sie die ganze Geschichte», stieß Hark aus. «Sie haben gewonnen, Wester. Stillen Sie zumindest unsere Neugier.»

Niemand wagte es, ein Wort zu sagen, bis ausgerechnet Dortje anfing. Ihre Stimme war dünn. Sie fesselte Hark an den Handgelenken, während sie erzählte, und Hark sah die Vergangenheit vor seinen Augen, sah Adeline als blutjunges Mädchen an Land aus ihrem Bus aussteigen. Wallendes schwarzes Haar im Wind. Hark stellte sich vor, wie sie sich mit ihrem Bruder stritt, und mit ihren Freunden, und wie sie davonlief und die erstbeste Fähre auf die erstbeste Insel nahm. Wahllos betrat Adeline eine Kneipe, in der sie anheuern wollte. Ihr Lächeln war bezaubernd, als sie mit Josef Monningen an der Theke sprach. Grauhaarig war er. Braun gebrannt. Väterlich.

«Papa hat sich nie beherrschen können», flüsterte Dortje, während sie den Seemannsknoten an Harks Fesseln festzog. Beinahe konnte Hark das Aftershave eines jüngeren, markigen Josef Monningens riechen. Sah zu, wie er seine Kellnerin berührte, wie er sich ihr unter den Augen seiner Frau aufdrängte, und wie er letztlich in einem Kellerraum über sie herfiel.

Monate vergingen auf der Insel.

Die Schatten unter Adelines Augen wurden tiefer.

Hark hörte Dortjes Worte nicht, während er sich vorstellte, wie Adeline Molière Josef die Schwangerschaft in seiner stillen Kneipe gestand. Er hörte nicht die Vorwürfe, nicht den Streit. Aber er sah, wie Elisabeth Monningen den Raum betrat und wütend auf Adeline und Josef einschrie, bis das Chaos größer wurde. Das Messer lag auf der Theke, bereit, von Josef gegriffen zu werden. Ein Stich war nicht genug. Es mussten Dutzende sein, bis Josef endlich abließ von dem Mädchen und Elisabeth zufrieden war.

«Mein Vater wusste nicht, was er mit der Leiche machen sollte», sagte Dortje. «Er brauchte Hilfe. Mein Bruder war Polizist. Mein Onkel Bertram ein starker Kerl, damals noch. Wir Monningens waren eine Familie. Jeder packte mit an.»

«Und wo haben sie Adeline verschwinden lassen?»

«Das Meer ist tief und weit und wild», sagte Wester. Mehr nicht. Dortje setzte sich. Tilla runzelte die Stirn.

«Ich habe mal gehört, dass jede Leiche, die man ins Meer wirft, wieder angespült wird», sagte sie.

«Vater war Wattführer. Er kannte die Strömungen.»

«Und Ihr Onkel?», fragte Hark. «Warum ist er verstummt?»

Wester Monningen blickte zu Bertram, der lächelte, obwohl es nichts zu lächeln gab. Spucke tropfte.

«Es war nicht schön, dabei zu helfen, die Leiche einer jungen Frau zu beseitigen, glauben Sie mir. Bertram erholte sich nie davon. Mit den Jahren ... ging es ihm schlechter.»

Hark versuchte, mit einem heimlichen Seitenblick etwas zu finden, was ihm helfen könnte. Einen Feuerhaken vom Kamin sah er. Einen schweren Kerzenständer. Einen eisernen Marder.

«Denken Sie gar nicht dran», drohte Wester, so streng, dass Hark widerwillig in sich zusammensackte. Er sah zu Boden.

«Das Mädchen war also tot. Von der See mitgenommen. Und Ihr Vater entschied sich, sein Leben nach diesem Mord zu ändern. Ein neuer Josef zu werden. Er suchte Vergebung.»

«Dieser Zug fährt niemals ab. Ihre eigenen Worte.»

«Vielleicht sollte man den Fahrplan ändern», grollte Tilla. Abrupt packte Wester sie und zog sie auf die Beine. Eilig schien er es jetzt zu haben. Tilla schrie auf. Hark wurde nervös.

«Josef Monningen wollte Vergebung», rief er hastig, «aber einen christlichen Tod durfte er nicht sterben. Warum? Wer zündete Ihren Vater auf der Georgshöhe an? War es Jean-Baptiste Moulière?»

Hark blickte von Wester zu Elisabeth, von Elisabeth zu Dortje, von Dortje zu Bertram und von Bertram zu Tilla.

«Ich», sagte Wester dann. Harks Augen wurden groß.

«Sie ...?»

«Ich würde gern beschreiben, wie das Fleisch meines Vaters schmorte. Wie ich ihn das Messer spüren ließ, mit dem er Adeline ermordet hatte, und welche Genugtuung es war, ihn brennen zu sehen, nach all den Jahrzehnten, die wir leiden mussten unter den Dingen, die wir für ihn getan hatten.»

«Aber?», fragte Hark. Wester spannte den Waffenhahn.

«Aber ich fürchte, wir haben keine Zeit mehr. Meine Familie und ich, wir müssen unsere Fähre kriegen. Vielleicht gibt es noch ein Leben für uns, weit, weit weg vom Meer.»

«Fliehen? Jetzt noch? Seien Sie nicht albern, Wester.»

«Sehen Sie uns an, Pater. Mein Vater hat uns alle gebrochen. Ein Rest an Frieden, mehr wollen wir nicht.»

Mit eisernem Griff zog Wester Monningen Tilla mit sich

zur Verandatür. Hark schaffte es nicht, auf die Beine zu kommen, obwohl die Wut ihm Kraft zu verleihen schien.

«Was soll das, Wester?», brüllte er. «Was machen Sie da?»

«Ich mache, was wir Monningens ein Leben lang gemacht haben», antwortete Wester tonlos und öffnete die Tür. «Ich beseitige Spuren.»

«Hark!», schrie Tilla, als Wester Monningen sie nach draußen zog. Im Nebel verschwanden sie, einen Moment lang noch Menschen, dann nur noch Schemen von Menschen, und dann Geister, die sich vor Harks Augen auflösten. Hark stieß einen wutentbrannten Schrei aus. Verzweifelt riss er an seinen Fesseln, doch der Knoten zog sich nur noch fester zu.

Mit einer unheilvollen Ruhe stand Elisabeth Monningen auf.

«Mein Sohn ist melodramatisch», sagte sie. «Er hatte Skrupel, als Polizist. Aber am Ende ist er ein Herdentier.»

«Machen Sie mich los!», rief Hark.

«Mein Mann», erzählte Elisabeth ungerührt, während sie sich lederne Handschuhe anzog, «war krank. Unheilbar. Und was macht man, wenn man die Nachricht bekommt, dass bald alles vorbei ist? Man korrigiert die Fehler seines Lebens.»

«Adeline», raunte Bertram in seinem Rollstuhl.

«Man entschuldigt sich bei Freunden. Man hofft auf das Himmelreich. Und vielleicht, vielleicht schreibt man deshalb Briefe an die Brüder von toten schwangeren Mädchen, um alte Sünden zu offenbaren und um Absolution zu betteln.»

Sie zog ihren Mantel an. Nahm ihren Hut. Einen Stock.

«Josef hat Adelines Bruder alles gestanden», sagte sie.

«Nach über vierzig unbehelligten Jahren. Was hat er nur geglaubt? Dass der Mann mit ihm das Brot brechen würde?»

Elisabeth Monningen griff nach ihrer Handtasche und humpelte gebeugt zur Tür. Hark sah zu ihr hoch. Tageslicht schien hart und nebelweiß in ihr faltiges Gesicht.

«Jean-Baptiste Moulière kam auf die Insel», sagte sie. «Mit großen Plänen für meine Familie. Plänen von Rache.»

«Die alttestamentarische Variante», flüsterte Hark. Er dachte an den Lagerraum neben Jean-Baptistes Zimmer. An die Fotos von Adeline. Den Stuhl, auf dem er Josef hatte fesseln wollen, und vielleicht alle Monningens, um ihnen Dinge anzutun, die unaussprechlich waren. Elisabeth hob den Kopf in einem letzten, großen Anflug von Familienstolz.

«Aber Wester, Wester beschützte uns», sagte sie. «Wir Monningens halten den Kurs. Selbst im größten Sturm.»

Mit stählernem Blick sah sie zu Dortje.

«Pass auf. Aber lass ihn noch ein letztes Mal beten.»

Elisabeth Monningen verließ erst das Wohnzimmer, dann das Haus. Hark hörte, wie eine Autotür zugeschlagen wurde. Mühsam drehte er sich zu Dortje, die die Hand ihres Onkels hielt. Sie zitterte.

«Dortje», zischte Hark. «Sie wollen das alles nicht.»

«Seien Sie still, Pater. Bitte.»

«Das hier, das sind nicht Sie! Jede Familie hat einen Ausreißer. Sie haben niemanden ermordet, Dortje. Sie haben sie nicht im Meer versenkt. Das Mädchen. Adeline.»

«Adeline», flüsterte Bertram wieder. Dortje kniff die Augen zusammen, als würde es hinter ihrer Stirn schmerzen.

«Ich habe alles ausgelöscht, was von ihr geblieben war», sagte sie gequält. «Ihren Namen. Ihr ganzes Ich.»

«Dann verschaffen Sie Adeline endlich Gerechtigkeit. Heute. Jetzt.»

«Seit vierzig Jahren sehe ich sie in meinen Träumen!»

«Binden Sie mich los», zischte Hark und robbte näher an sie heran. «Lassen Sie mich Tilla retten. Die letzten vierzig Jahre können Sie nicht ungeschehen machen. Aber was wäre ...»

Dortje sah Hark an. Tränen in ihren Augen.

«... was wäre, wenn Ihnen noch zwanzig gute Jahre blieben? Ihr Vater war neunundneunzig, verdammt.»

«Hundertzwei», flüsterte Dortje. «Mutter ist nicht mehr so fit, geistig.»

Der Nebel war zu Wolken geworden, die vor dem Fenster entlangzogen. Bleich vor Angst und Selbsthass kauerte Dortje Monningen auf der Couch, als Hark draußen einen entfernten Schrei von Tilla hörte. Er kam Dortje jetzt nah, ganz nah.

«Wollen Sie Adeline Moulière bis zum Ende Ihres Lebens sehen?», fragte er. «Ihre Todesschreie hören? Ihre Stimme? Sich vorstellen, wie sie ihr Baby genannt hätte?»

Schwer atmete Hark. Schweiß auf seiner Stirn. Dortje schien sich zu winden. Hark setzte zur letzten Frage an.

«Was war es? Ein Mädchen?»

«Bitte, Pater! Hören Sie auf!»

«Eine kleine ... Adeline?»

«Adeline», flüsterte Bertram ein letztes Mal, und jetzt, jetzt stand Dortje auf und griff nach Harks Fesseln.

* * *

«Tilla!», brüllte Hark in das geisterhafte Weiß.

Keine Antwort.

Er folgte Fußspuren, die sich vom Haus entfernten, durch Pfützen und in die sandigen Hügel dahinter. Der Regen war gnädig gewesen in der Nacht, und Hark sah nicht nur Wester Monningens schwere Abdrücke, sondern auch die Striemen von Tilla, die er hinter sich hergezogen hatte.

«Tilla!»

Etwas war geschehen, hier, wo Hark jetzt stoppte. Trotz aller Furcht konnte er sich ein stolzes Lächeln nicht verkneifen, als er Spuren eines Kampfes im Matsch sah, auch wenn dahinter wieder Striemen und Monningens schwere Schuhabdrücke davon zeugten, dass Tilla dieses Ringen verloren hatte. Hark zog weiter.

Nebel. Keine zwei Meter weit reichte die Sicht.

Hark wusste nicht, ob er in Richtung des Landesinneren lief oder zum Meer. Er hatte jedes Gefühl der Orientierung verloren, und es wurde schlimmer, als die Fußspuren im Dünengras endeten und dahinter nichts mehr zu sehen war. Überall konnte Wester Monningen sein. Vor Hark. Hinter ihm. Ganz woanders. Hark keuchte. Sein Herz schien in seiner Brust zu explodieren. Er drehte sich, wieder und wieder.

«Tilla», brüllte er, heiser mittlerweile, als –

«Hark!»

Hark riss den Kopf herum. An dem Hügel, dessen Ansatz er im Dunst erkennen konnte, war nichts auffällig, aber Tilla und Wester mussten dahinter sein, ganz nah. Hark stolperte vorwärts, aufwärts, über den Kamm, bis er ein weiteres Mal Tillas Namen schrie.

Und ein Schuss ohrenbetäubend krachte.

Sand spritzte direkt vor Hark auf.

Er hätte fliehen sollen. Die Richtung wechseln. Sich ducken vielleicht. Aber Hark dachte nicht daran. In diesem Moment war es ihm egal, ob er starb. Sein Körper war tot, jetzt, schon immer, spätestens seit der Nacht, in der seine Frau und sein Sohn gestorben waren. Wester Monningen konnte ihm nichts anhaben.

Hark Herforth fühlte sich unsterblich.

Er setzte sich in Bewegung.

Ein weiterer Schuss donnerte durch den Nebel. Wieder spritzte Sand in die Luft, dieses Mal neben Hark, und dann erneut. Wester schien jetzt wilder zu feuern. Verzweifelter, je näher Hark ihm und Tilla kam. Hark lief, dann rannte er, jetzt über Sanddünen und durch ihre Täler, und nichts konnte ihn aufhalten –

«Hark!», schrie Tilla.

– bis der nächste Schuss anders klang.

Etwas im undurchdringlichen Grau wurde getroffen.

Ein Körper stürzte zu Boden. Hark blieb stehen.

«Wester?», rief er, völlig außer Atem.

Keine Antwort.

Meter um Meter ging Hark weiter, zögerlich, weil er Angst davor hatte, was er sehen würde. Und tatsächlich lag da ein Schatten im Schlamm. Etwas Großes. Ein Mensch?

«Tilla?»

Es war nicht Tilla, die da lag, getroffen von einer Kugel aus Wester Monningens Pistole.

Es war ein Hirsch.

Schneeweiß war er, bis auf die Wunde, aus der Blut tropfte und rot in das Fell sickerte. Vielleicht erkannte das Tier

Hark, wie Hark es erkannte. Er kniete sich hin. Streckte die Hand aus. Berührte den sterbenden Körper.

«Still», flüsterte Hark. «Gleich ist alles besser.»

Die Augen des Hirsches hielten Harks Blick, während die Atemzüge schwächer wurden. Ein letzter noch. Dann war nur der Wind zu hören. Hark richtete sich auf. Hoch über ihm war die Sonne eine milchige Scheibe im Dunst.

«Verschwindet!», brüllte Wester Monningen irgendwo.

Hark folgte den schnaubenden Geräuschen. Er hörte das Röhren von anderen Hirschen. Hufe trommelten auf dem Boden. Wester schoss. Ziellos. Panisch. Matsch traf Hark.

«Lasst mich in Ruhe!», kreischte Tillas Entführer.

Das Bild, das endlich im Nebel deutlicher wurde und dann ganz klar vor Hark lag, war ein seltsames. Ein ganzes Rudel Damwild hatte Wester Monningen umzingelt. Er hielt Tilla noch immer fest, doch die Tiere bedrängten ihn. Tilla riss sich los. Sie rannte zu Hark. Schluchzte auf.

«Wester», rief Hark humpelnd, «es ist vorbei.»

Nun konnte er auch die Umgebung besser sehen. Hinter Wester und den Hirschen erhoben sich Hügel, in denen Bunker lagen. Alte Anlagen, von denen Hark schon oft gehört hatte. Ganz sicher hatte Wester Tilla Flock hier umbringen wollen, in den gemauerten Löchern, die über Monate niemand betreten würde, vielleicht über Jahre.

«Wir hatten doch keine Wahl», schrie Wester. «Mein Vater hat uns gezwungen, ihm zu helfen.»

«Er hat Sie nicht gezwungen, ihn zu ermorden», rief Tilla zurück. «Er gehörte ins Gefängnis. Nicht in ein Grab.»

«Aber er lächelte. Als er brannte. Weil mein Vater wusste, dass er einen friedlichen Tod nicht verdient hatte.»

Die Hirsche waren unruhig. Wester machte sie nervös, und ihre Geweihe machten Wester nervös, der immer noch mit seiner Waffe herumfuchtelte. Seine Hände zitterten. Seine Schläfen pochten.

«Also ich, ich bin müde», sagte Hark. «Sie nicht?»

«Furchtbar müde», antwortete Wester. «Wir alle sind seit so langer Zeit so unendlich, abgrundtief müde.»

«Wie genau soll das alles enden? Was ist der Plan?»

So verkrampft war Wester Monningen, dass er kämpfen musste, um nicht zu fallen. Tränen standen in seinen Augen.

«Ich habe Angst, Pater.»

«Ich auch.»

«Jeden Tag.»

«Jede Minute.»

«Ich habe Angst», rief Wester, «dass es heute endlich passiert. Dass der Tag gekommen ist, an dem ich büßen muss.»

«Anfänger», gab Hark spöttisch zurück. «Panik frisst sich durch mich wie eine Krankheit. Immer. Und mein bester Ausblick, der ganz normale Verlauf des menschlichen Lebens ist der, dass ich eines Tages an dem sterbe, wovor ich mich fürchte. Wollen Sie wirklich über Angst reden? Mit mir?»

Weit entfernt toste das Meer. Hark hielt Tillas Hand.

«Sie sind Polizist außer Dienst, Wester», rief er. «Respektierter Bürger dieser Insel. Und, mit Verlaub, steinalt. Das sind gute Voraussetzungen für einen Prozess, oder? Wollen Sie nicht das Leben mit Ihrer Familie ...»

Hark beendete den Satz nicht. Der Schuss aus Westers Pistole unterbrach ihn. Wie Donner hallte er durch die Dünen, bis er vom Nebel geschluckt wurde. Die Hirsche flohen in alle Himmelsrichtungen. Wester blickte verwirrt auf den

Lauf seiner Waffe und dann zu Hark, der ebenso verwirrt an sich hinabsah und Blut erwartete und eine Wunde.

Tilla sank getroffen zu Boden.

Sand wehte über ihre rote Jacke.

«Nein», keuchte Hark. Er ließ sich neben Tilla fallen. Mühsam versuchte er, sie aufzurichten, aber Tilla lag da, als wäre alles Leben aus ihrem Körper entwichen.

«Tilla», flüsterte Hark, «Tilla», um dann nach oben zu blicken. Zum Himmel.

Wester Monningen starrte noch immer auf die Waffe in seiner Hand. Er taumelte vorwärts. In Harks und Tillas Richtung. Die Pistole schwankte. Wester zog einen Fuß nach, als hätte sein Alter ihn endlich eingeholt. Endlich sah er wie der greise, frierende Mann aus, der er war.

«Nicht sie», zischte Hark mit hasserfüllter Stimme in die Wolken. «Das wagst du nicht. Nicht noch einmal.»

Monningens Blick war leer, als er über Hark aufragte.

«Sie ist nicht im Meer», sagte er heiser.

Hark blickte ihn verwirrt an.

«Was?»

«Adeline. Sie ist nicht im Meer. Sie – sie ist auf der Georgshöhe.»

Hark konnte nicht reagieren. Nicht, als Wester die Waffe auf ihn richtete, und nicht, als er sie höher hob, um den Lauf an seine eigene Schläfe zu setzen und abzudrücken.

Der Schuss war ohrenbetäubend.

Wester Monningen ging zu Boden.

Hark Herforth hielt Tilla Flock, so fest er konnte.

* * *

FREITAG

Endlich herrschte Chaos auf der Insel.

Polizeiwagen zogen von der Stadt bis zum Parkplatz am Ostheller. Blaulicht, immer wieder, überall, selbst einen Tag nach dem Selbstmord Wester Monningens, von dem alle sprachen. Reporter redeten in die Mikrofone ihrer Sender oder saßen in der Bibliothek des Kurhauses, um Artikel zu schreiben. Man konnte meinen, die Hauptsaison hätte früher angefangen, so voll waren die Straßen.

Zumindest für einen halben Tag.

Als Hark aus der Tür seiner Pension trat, wirkte alles schon wieder still und leer. Hark wusste nicht, was mit Elisabeth Monningen passiert war, mit Dortje und mit Bertram. Wahrscheinlich waren sie verhaftet worden, von Enno Flock und seinen Kollegen, und dann hatte man sie auf das Festland gebracht, wo sie von wichtigeren Polizisten verhört werden würden, in wichtigeren Räumen von wichtigeren Gebäuden. Hier auf der Insel würde man wieder Betrunkene aus Strandkörben jagen und prüfen, wer ohne Erlaubnis im Auto über die Insel fuhr.

So, wie es immer gewesen war.

«Gero von Steinbrink ist sauber», sagte Tillas Vater, nachdem Hark die Polizeistation betreten hatte. «Seine Frau auch.»

«Der Anwalt», sagte Hark matt. «Ist sauber.»

«Sauberer als der Rest. Das scheint Sie zu ... ärgern?»

Keine Antwort. Hark zog seinen Mantel aus.

«Wie geht es Tilla?», fragte er. Flock schmunzelte.

«Sie hätte heute schon entlassen werden können, aber sie mochte den Pudding so gern.»

Enno führte Hark in sein Büro. Ein Diagramm von Karteikarten an der Wand. Namen darauf. Josef. Elisabeth. Karl Arneke.

«Unser Wandbild ist schöner», sagte Hark.

«Sie waren mir einen Schritt voraus, das gebe ich zu.»

«Ich nicht. Tilla. Ich habe nur versucht mitzuhalten.»

Vielleicht hätte Enno Flock etwas sagen wollen, über seine Tochter. Darüber, wie sehr er sie unterschätzt hatte. Über seine Strenge ihr gegenüber. Seine Unnahbarkeit. Stattdessen setzte er sich und nahm einen Notizblock. Ein Diktiergerät. Er schaltete es ein und dann stellte er es auf den Tisch, während Hark aus dem Fenster sah.

«Sie kamen letzten Samstag an», sagte Flock.

«Ich kam letzten Samstag an», bestätigte Hark.

«Und dann? Fangen Sie einfach ganz vorn an.»

Hark dachte an den Anfang zurück. Und musste lächeln.

Er lächelte noch immer, als er später mit Blumen das Krankenhaus betrat. Im Aufzug fuhr er nach oben, neben ihm eine junge Mutter, die ein Baby auf dem Arm trug. Das Kind hatte ein Feuermal am Hals. Es schlief.

«Ein Inselkind?», fragte Hark.

«Waschecht», antwortete die Mutter. «Ein Junge.»

«Wie alt?»

«Fast eine Woche.»

«Und die Nächte?», fragte Hark.

«Sind okay.»

«Sie dürfen ehrlich sein. Beichtgeheimnis.»

«Gott», keuchte die Frau, «wenn ich gewusst hätte, wie anstrengend das ist, hätte ich mir einen Hund angeschafft.»

Amüsiert nickte Hark. Beinahe wippte er im Takt, mit dem die Frau ihr Baby wippte, hielt sich aber zurück.

«Aber es ist schön», sagte die Frau dann. «Zu wissen, dass man gebraucht wird. Dafür lebt man doch. Oder?»

«Nur dafür», sagte Hark. Die Türen öffneten sich. Hark grüßte noch, bevor er in den Korridor ging, zu Tillas Zimmer. Alle Fenster waren geöffnet. Rauer Wind ließ die Vorhänge als klamme Stofflappen kurz über dem Nullpunkt schwingen.

«Du hast ein sehr, sehr gestörtes Verhältnis zu Kälte, Tilla», sagte Hark und drückte seiner Freundin einen Kuss auf die Stirn. Eine Vase für die Blumen fand er nicht.

«Woher soll der Frühling wissen, dass der Winter bald vorbei ist, wenn alle die Fenster verbarrikadiert haben?»

«Dein Vater sagt, du könntest heute entlassen werden?»

«Pssst», zischte Tilla, «ruinier mir das nicht. Es gibt gute Mahlzeiten. Es gibt Pillen. Es gibt Aquafitness mit Marcel. Das ist wie Wellness, und alles, was ich dafür tun musste, war entführt und angeschossen zu werden.»

«Die Kugel hat dich kaum berührt.»

«Arianes Jacke ist da anderer Meinung», sagte Tilla und nickte zum Stuhl. Rot hing der Winterparka über der Lehne, ein Fetzen war lose. Hark schüttelte sanft den Kopf.

«Wird peinlich, die zurückzugeben.»

«Ariane war hier. Sie will sie nicht mehr.»

«Das hat sich doch gelohnt», sagte Hark. «Musstest für eine eigene Jacke nur drei Mordfälle lösen, dich fast auf einem Aussichtsturm erdolchen lassen und Zielscheibe für einen wahnsinnig gewordenen Senioren sein.»

«Halt die Klappe und guck Fernsehschrott mit mir.»

Hark schob Tilla in ihrem Bett unsanft zur Seite. Er ließ sich neben sie fallen, nahm die Fernbedienung und schaltete den Fernseher ein. Teleshopping lief.

«Hast du schon gepackt?», fragte Tilla irgendwann.

«Leise. Die verkaufen Gemüseschneidemaschinen.»

Tilla drückte sich an ihren Freund, teilte ihre Decke mit ihm und starrte auf den Bildschirm. Glücklich grinsende Köche priesen absurde Geräte an. Aber Hark hörte nicht zu. Er dachte an morgen, und Tilla dachte an morgen und was werden würde, wenn der Samstag nach einer atemberaubend langen, atemberaubend kurzen Woche dem Sonntag weichen musste.

* * *

SAMSTAG

S amstag sind die Ferien vorbei, hatten Harks Eltern immer gesagt. Die früheste Fähre hatten sie gebucht, damit man noch was vom Tag hatte, wenn man zu Hause ankam. Oft hatte Harks Vater nachmittags noch den Rasen
gemäht, und Harks Mutter war einkaufen gefahren. Es hatte
gestimmt:

Samstags waren die Ferien vorbei.

Heute wollte Hark die späteste Fähre nehmen.

Er achtete auf das Geräusch der Kofferrollen, wie sie über
den Teppich der Pension in Richtung Empfang glitten. Noch
immer klang es wie früher, wenn man die Stufen der Treppe
hinablief, und nichts hatte sich am Blick geändert, den Hark
durch den Flur in Richtung Straße warf. Nur die Frau an der
Rezeption, die war jünger und kleiner und freundlicher.

«Es war nett mit Ihnen», sagte Hark, als er seinen Schlüssel aus der Tasche nahm. Mirjana nickte traurig.

«Ich hoffe, alles war zu Ihrer Zufriedenheit?»

«Absolut. Nur die Morde, die würde ich mir für den nächsten Aufenthalt verbitten.»

«Ich leite es dem Management weiter.»

Hark teilte ein Schmunzeln mit Mirjana. Der Schlüssel
klimperte, als er ihn auf den Tresen legte. Kaum sichtbar
war der Umriss der Insel auf dem Metall eingraviert.

«Warum rennst du so?», stöhnte Tilla ein wenig später.

«Weil sie gerade dabei sind», antwortete Hark.

«Wobei?»

Tilla hatte gehofft, dass Hark sie im Rollstuhl aus dem Krankenhaus schieben würde, aber ihr Freund hatte sich geweigert. Widerwillig hielt er sie am Arm und konnte sich des Gefühls nicht erwehren, dass Tilla gebeugter ging, als sie musste. Hark zog sie vorwärts. Tilla grummelte.

«Wo gehen wir hin?», fragte sie, ohne eine Antwort zu bekommen.

Hark lief mit Tilla durch die Straßen, durch die sie in den letzten sieben Tagen so oft gegangen waren. Jeden Weg verknüpfte er mit einem Bild. Jedes Haus mit einem Wort, das Tilla gesagt hatte. Sie wanderten, bis sie die Promenade erreicht hatten, und dann den Hügel, der sich vor ihnen zur Georgshöhe erhob. Auch jetzt war sie abgesperrt, aber mit neuen Bändern. Polizisten standen oben. Arbeiter. Schweres Gerät, ganz sicher vom Festland. Presslufthammer ratterten.

«Glaubst du, sie liegt wirklich da?», fragte Tilla.

«Auf der Georgshöhe», antwortete Hark, «war mal eine alte Funkstation. Die wurde abgerissen. Rate mal, wann.»

«Anfang der Achtziger.»

«1981. Als Josef Monningen Adeline ermordete, war da oben eine Baugrube. Josef wusste, dass die Leiche angespült werden würde, er war Wattführer. Er kannte die Strömungen. Aber die Georgshöhe, die würde man zubetonieren. Also grub er bei Nacht und Nebel mit Wester und Bertram die Grube noch tiefer. Sie schmissen Adeline in das Loch. Schippten Erde drauf. Und hofften, dass keiner was merken würde.»

«Keiner merkte was …»

«Vierzig Jahre lang», wisperte Hark. Tilla schauderte.

«Kein Wunder, dass Bertram Monningen daran zerbrach», sagte sie. «Die Leiche eines Mädchens. Ein ungeborenes Kind in ihr. Verscharrt, bei Nacht, und doch immer da. Ganz nah.»

«Hiob. Wie das Wasser im See verschwindet und der Strom versiegt, so legt sich der Mensch hin und steht nicht mehr auf. Er wird nicht erweckt. Solange der Himmel bleibt.»

«Ich sehe heute keinen Himmel», sagte Tilla. «Nur Wolken. Wäre ein guter Tag für Adeline, erweckt zu werden.»

Die Arbeiter riefen etwas. Schwerer dröhnten die Maschinen, um dann allesamt zu verstummen. Einen Moment lang schlug Tillas Herz schneller, aber als die Polizisten zu Schaufeln und Spitzhacken griffen, da wusste sie, dass die Suche noch lange dauern würde. Sie lehnte sich an Hark.

«Kommt sie endlich nach Hause? Wenn man sie findet?»

«Nach Cassis. Mit ihrem Kind. Ihrem Bruder. Das Grab ihrer Eltern. Dann ist die ganze Familie wieder vereint.»

«Die Georgshöhe», zitierte Tilla, und sie sah nach oben, zum Hügel, auf dem tiefer und tiefer gegraben wurde.

«Vielleicht», sprach Hark leise zu Ende, «findet hier im Tode Erlösung, wer sie im Leben nicht finden durfte.»

Gitarren. Französischer Gesang. In Harks Kopf.

Er dachte an das alte Lied, das er in Jean-Baptiste Moulières Auto gehört hatte. An die Mutter, die Adeline hätte sein können. Die alte Frau, die aus ihr geworden wäre. Als würde eine ratternde Filmrolle vor Harks Augen ablaufen.

Adeline Moulière war ihr Name.

Adeline Moulière.

«Du musst bald los», sagte Tilla, nachdem sie sich auf eine

Bank an der Promenade gesetzt hatte. Sie stöhnte wegen ihrer Flanke. Hark stöhnte wegen seiner geprellten Knochen.

«Muss ich wohl.»

«Die Fähre zum Festland wartet nicht. Nicht mal auf verprügelte Pfarrer, die Mordfälle gelöst haben.»

Ein Jogger zog vorbei. Er beäugte Tilla skeptisch, bis sie ihm den Mittelfinger zeigte. Beinahe stolperte der Mann.

«Tilla?», fragte Hark nach einer Weile.

«Was?»

«Vielleicht bleibe ich einfach noch ein bisschen.»

Tilla drehte ihren Kopf so ruckartig, dass ihr Hals protestierte.

«Was?»

«Zu Hause wartet niemand auf mich. Nur Staub. Und eine Pflanze, die mich verabscheut. Was soll ich da?»

«Aber du hast gesagt, du bleibst Samstag bis Samstag.»

Jetzt war es Hark, der seine Freundin anschaute. Ein Hauch von Frieden lag in seinem Gesicht. Er dachte daran, wie er vor Mirjana gestanden hatte, an der Rezeption, der Zimmerschlüssel mitten auf dem Tresen. Längst war Harks Bett abgezogen. Die Minibar aufgeräumt. Sein Bad makellos. Die Silhouette der Insel hatte auf dem Metall gefunkelt, bis Harks Schlüssel in Mirjanas kleiner Hand verschwunden war.

«Halt», hatte Hark plötzlich ausgerufen.

«Ja?»

«Wäre mein Zimmer noch ein bisschen länger frei?»

«Aber … es ist Samstag», hatte Mirjana geantwortet.

«Ich habe nie gesagt, welcher Samstag», flüsterte Hark jetzt zu Tilla, wie er es leise zu Mirjana gesagt hatte.

Januarwind rauschte. Möwen flogen über farblose Dünen.

Noch erlaubte Tilla sich nicht, Hark zu glauben. Erst, als er sanft ihren Arm drückte, huschte ein verwirrtes Lächeln über ihr Gesicht. Tilla hielt Hark fest, so wie er sie festhielt, und dann ließen sie gemeinsam den Blick schweifen über die Promenade, die bald voll mit Menschen sein würde, und das Meer, das jetzt noch eisig war. Nur noch Wochen, dann würden Touristen mit den Füßen darin wandern. Monate, dann würden Kinder in den Wellen baden, und dann, irgendwann, würden die Wanderer in Herbstjacken kommen, die aus warmen Teestuben hinaus auf fallende Blätter blickten.

Und alles würde von Neuem beginnen.

So blieben Tilla Flock und Hark Herforth lange sitzen, Seite an Seite wie Freunde, die sich ein Leben lang gesucht und endlich gefunden hatten.

Hier, auf einer Nordseeinsel,
deren Strände weder einen Anfang kannten
noch ein
Ende.

* * *

Daniele Palu
Marconi und der tote Krabbenfischer

Ein St.-Peter-Ording-Krimi

Commissario Marconi, Münchner mit
italienischen Wurzeln, verschlägt es an
die Nordsee – nach St. Peter Ording.
Nach dem Tod seines Bruders ist er der
Vormund für dessen Kinder Klara und
Stefano. Mit seinem Umzug zu den
reservierten Nordfriesen, denen Marconi nicht viel abgewinnen kann, wird
er zum Dienststellenleiter der örtlichen
Polizeiwache degradiert – und gleich auf
die Probe gestellt: Ein toter Krabbenfi-
scher, in seinem Boot von einer Har-

400 Seiten

pune durchbohrt. Eigentlich Sache der Kripo Flensburg, aber da sonst
nichts zu tun ist ... Mit seinen Kollegen, dem regeltreuen Jens und der
resoluten Eva, nimmt Marconi die Ermittlungen auf, während er zu
Hause «Spaghetti Krabbonara» für die Kinder kocht und sich mit
dem Jugendamt herumschlägt. Dabei ist mit mehreren heißen Fährten
im Mordfall schon genug zu tun: Hat Elektrofischer Henning Voss
den Toten auf dem Gewissen, weil er ihm ins Gehege kam? Oder hat
eine Umweltschutzorganisation ihre Finger im Spiel, der die Schlepp-
netzfischerei gegen den Strich geht?

Weitere Informationen finden Sie unter **rowohlt.de**

Karen Sander
Der Sturm: Vergraben

Bei einer Sturmflut auf dem Darß bricht ein Stück der Steilküste weg, und die Gebeine einer Frau werden freigelegt. Noch während die Überreste geborgen werden, entdecken die Kriminaltechniker ein zweites Skelett. Kriminalhauptkommissar Tom Engelhardt und sein Team vermuten, dass es sich bei den beiden Toten um weitere Opfer des sogenannten Darß-Rippers handeln könnte, der im Sommer 1989 auf der Halbinsel mehrere Liebespaare

400 Seiten

brutal ermordete. Die Mordserie endete mit dem Fall der Mauer, der Täter wurde nie gefasst.

Eine CD, die ebenfalls am Fundort entdeckt wurde, soll Hinweise geben, doch die Daten darauf sind schwer beschädigt. Die Kryptologin Mascha Krieger wird hinzugezogen. Als sie erfährt, dass ihr Vater damals an der Suche nach dem Darß-Ripper beteiligt war, kommt ihr ein ungeheuerlicher Verdacht ...